A menina dos olhos molhados

Marina Carvalho

A menina dos olhos molhados

Marina Carvalho

GLOBO Alt

Editora responsável **Eugenia Ribas-Vieira**
Editora assistente **Sarah Czapski Simoni**
Capa **Renata Zucchini**
Imagem da capa **Tanya Shatseva/ Shutterstock**
Diagramação **Eduardo Amaral**
Projeto gráfico original **Laboratório Secreto**
Preparação **Laila Guilherme**
Revisão **Tomoe Moroizumi e Erika Nogueira**

Texto fixado conforme as regras do Acordo Ortográfico da Língua Portuguesa (Decreto Legislativo nº 54, de 1995).

CIP-BRASIL. CATALOGAÇÃO NA PUBLICAÇÃO
SINDICATO NACIONAL DOS EDITORES DE LIVROS, RJ

C325m
Carvalho, Marina
A menina dos olhos molhados / Marina Carvalho. - 1. ed. - São Paulo: Globo Alt, 2016.
296 p. ; 23 cm.

ISBN 978-85-250-6207-9

1. Ficção infantojuvenil brasileira. I. Título.

16-35031
CDD: 028.5
CDU: 087.5

1ª edição, 2016
1ª reimpressão, 2017

Direitos de edição em língua portuguesa para o Brasil adquiridos por
Editora Globo S.A.
Av. Nove de Julho, 5229 — 01407-907 — São Paulo-SP
www.globolivros.com.br

Pois o jornalismo é uma paixão insaciável que só se pode digerir e torná-lo humano por sua confrontação descarnada com a realidade. Ninguém que não a tenha sofrido pode imaginar essa servidão que se alimenta dos imprevistos da vida. Ninguém que não a tenha vivido pode conceber, sequer, o que é essa palpitação sobrenatural da notícia, o orgasmo das primícias, a demolição moral do fracasso. Ninguém que não tenha nascido para isso e esteja disposto a viver só para isso poderá persistir num ofício tão incompreensível e voraz, cuja obra se acaba depois de cada notícia como se fora para sempre, mas que não permite um instante de paz enquanto não se recomeça com mais ardor do que nunca no minuto seguinte.

Gabriel García Márquez

Prólogo – Dez anos antes...

Sei que estou meio velho para viajar com meus tios, mas não tive muita escolha. Tem sido uma época estranha dentro de casa. Meus pais não param de discutir; tudo é motivo para brigas que não acabam enquanto eles não esgotam todo o estoque de gritos.

Por isso, quando tia Vera me chamou para passar parte das férias em Iriri, na casa que ela e meu tio alugaram, não pensei duas vezes. Mas é claro que sem os caras tem sido bem chato.

Então só me resta perambular pela cidade, montado em minha bicicleta velha, tentando esquecer aquela carta maldita que tem feito minha mochila xadrez pesar uns cem quilos — figurativamente falando, claro.

Não sei o que fazer com ela, ou melhor, com a porcaria da notícia escrita lá. No momento prefiro ignorá-la, fingir que nem existe.

Como todas as cinco manhãs anteriores, levanto cedo da cama e começo meu ritual de sempre: visto um bermudão de *tactel*, que serve para tudo, inclusive cair na água quando me der na telha, compro pão na única padaria do lugar, deixo em casa e saio sem rumo, permitindo que meu humor me sirva de bússola.

Em cima da minha bicicleta me sinto o maioral. Ela é antiga, porém tem um design bem bacana. Corto as ruas de Iriri uma, duas, vinte vezes! Mas não me canso. Melhor que me concentrar nas porcarias dos meus problemas.

E é na vigésima primeira vez que passo na frente da casa com varanda de madeira que noto um par de olhos protegido pela vidraça da janela. Não encaro. Sou um garoto orgulhoso. Mas pelo canto do olho, parcialmente escondido pela aba do boné, vejo que é uma menina.

Não tenho ideia do que está fazendo escondida dentro de casa em vez de aproveitar a praia, que fica a poucos metros dali. Está certo que é apenas uma criança e não deve ter permissão para sair sozinha. Mas há alguma coisa naqueles olhos. Curiosidade? Tédio? Tristeza? Não sei... Tampouco pretendo investigar.

Tenho quase quinze anos. Faz tempo que meus interesses mudaram. Hoje prefiro meninas que apreciam minha companhia, não as que ainda sonham em ser princesas. E aquela atrás da janela ainda deve viver no mundo cor-de-rosa dos contos de fada, a julgar pelo brilho nos olhos dela.

Estranho. Parecem olhos molhados. A menina dos olhos molhados.

Não dou a mínima.

Capítulo 1

O acesso à informação pública é um direito inerente à condição de vida em sociedade, que não pode ser impedido por nenhum tipo de interesse.[1]

Não é segredo para ninguém que amo o meu trabalho, apesar de, na maioria dos dias, terminá-los jogado no sofá, com Cid roncando ao meu lado enquanto tento assistir a qualquer porcaria que não exija mais de quinze por cento da minha capacidade de interpretação.

Mas eu não sou daquelas pessoas que sempre souberam o que queriam da vida. Só decidi fazer Jornalismo na hora de marcar o xis no cartão de inscrição do vestibular. Eu deixava minha mãe louca com tanta indecisão, a ponto de ela me inscrever num monte de palestras de orientação vocacional.

Nenhuma delas me ajudou em absolutamente nada. Passei o ensino médio todo indeciso, cogitando até mesmo a possibilidade de não fazer coisa alguma e sair pelo mundo afora somente com uma mochila nas costas. Porém fui educadamente informado por meus pais — minha mãe e meu padrasto, na verdade — de que eu não teria como me sustentar, a não ser que estivesse disposto a mendigar por subempregos nos países onde pretendia mochilar.

1 Os textos de abertura dos capítulos foram retirados do Código de Ética dos Jornalistas Brasileiros.

Por fim, como sempre fui um cara inquieto, cheguei à conclusão de que o jornalismo era mais a minha praia, para o alívio de toda a família. E desde então não me arrependo, quero dizer, quase nunca, exceto em dias como o de hoje, em que, entre correr atrás de notícias ou aguentar minha irmã caçula assassinar meus ouvidos com aquelas bandas de quinta categoria que ela curte, eu escolheria a segunda opção.

Estamos esperando Luciana, nossa editora, que normalmente só chega depois de nós. Ela é a única mulher da editoria de jornalismo investigativo e se vangloria pelo fato de ter o poder em suas mãos. Luciana é uma feminista enrustida, inofensiva, embora não esconda o prazer de ter quatro marmanjos sob seu domínio.

Começo a batucar na mesa com a caneta, revelando minha impaciência, quando o sinal de alerta de mensagem do meu celular me faz interromper o tique. Abro o aplicativo e me distraio vendo um vídeo idiota que Fernando acabou de enviar para o grupo da redação.

Solto uma gargalhada sonora, pois assistir a um camelo quase engolindo a cabeça de um homem é muito ridículo, até mesmo para os nossos padrões de bobeira.

— Imbecil — resmungo entre dentes.

— Obrigado — responde Fernando, no segundo em que Luciana faz uma entrada triunfal. Hoje ela está com os cabelos meio avermelhados. Qualquer dia desses vai ficar careca. Mulheres nunca estão satisfeitas com sua aparência.

— Bom dia, rapazes! O que temos para hoje?

Assim funcionam nossas reuniões de pauta diárias: bem cedo, com todos se manifestando efusivamente sobre os fatos mais relevantes do momento.

No final, volto à minha mesa com a função de cobrir o caso da menina acusada de matar os pais, cujo julgamento está marcado para começar na próxima segunda-feira.

Sento diante do computador com o intuito de organizar os dados que já levantei:

- Isabela Santana era a típica filha privilegiada, que cresceu cheia de mimos e cuidados.
- Namorava o músico Gabriel Duarte, um homem de caráter meio duvidoso.
- Os pais, Paulo Henrique e Helena Santana, não aprovavam o namoro.
- Os dois, médico e arquiteta, foram encontrados mortos na madrugada de 15 de fevereiro de 2008, no próprio quarto do casal.
- Isabela passou a noite fora com o namorado. Quem encontrou os corpos e ligou para a polícia foram os empregados da casa.
- Horas depois do velório, ao qual a menina, então com dezenove anos, compareceu num estado bastante abalado, ela foi apontada pela perícia como a principal suspeita. Acabou confessando os crimes em seu depoimento, mas incluiu Gabriel como cúmplice.

Coço a cabeça, estalo o pescoço, movimento os dedos. Então me concentro e começo a escrever a matéria, uma reconstituição dos fatos para contextualizar o público antes do julgamento, já que os assassinatos aconteceram anos atrás e a memória das pessoas tende a ser meio curta.

Estou no meio do texto, desligado de tudo ao meu redor, quando o telefone da minha mesa emite três toques consecutivos. Trata-se de uma chamada interna. Atendo bufando, prestes a soltar uma lista de palavras censuráveis sobre aquele que ousou interromper meu fluxo de criatividade.

Detesto ser interrompido, e a essa altura todo mundo já se acostumou com meu jeito.

— Que foi? — questiono enquanto aperto o osso do nariz.

— Bernardo, bom dia! O dr. Maurício quer falar com você.

Isso me surpreende. O editor-chefe do jornal não costuma se dirigir a mim pessoalmente. Seu costume é usar Luciana como porta-voz dos recados.

— Agora mesmo — completa Ofélia, a secretária particular do homem.

Dou um suspiro afetado ainda ao telefone, para que fique bem claro que a solicitação imprevista me irritou. A mulher nem dá bola. Prova disso é que desligou o aparelho na minha cara.

Sigo emburrado por entre mesas e corredores da redação. Quando estou com esse tipo de humor, as pessoas preferem me ignorar, o que acho até bom. Não que eu seja um sujeito de mal com a vida. Só não gosto de ver meus planos alterados em função de decisões alheias.

Passo por Ofélia sem que ela tenha tempo de me anunciar ao chefe. Apenas faço um movimento com a cabeça e meto a mão na maçaneta, entrando com tudo na sala de Maurício Gusmão.

— Mandou me chamar, Maurício? — pergunto à queima-roupa ao vislumbrar a silhueta de outra pessoa além do editor-chefe. — Vai ter que ser rápido. Estou no meio de uma matéria. E vou sair daqui a pouco. Consegui uma entrevista exclusiva com a mulher do traficante.

Nem brincando perderei a exclusiva com a primeira-dama do crime de Belo Horizonte. O marido dela é um dos homens mais procurados do país, contudo a cabeça do negócio, a grande administradora do tráfico, é a mulher. Foi um custo convencê-la a me receber.

— Boa tarde para você também, Bernardo. — Maurício não é nada sutil na ironia. — Senta aí.

Faço o que ele manda, especialmente porque estou curioso. Jogo-me na poltrona de couro preto, com bastante estardalhaço, ao lado de uma garota meio nova demais para fazer parte do grupo de "privilegiados" que andam com o chefe.

Talvez seja filha dele.

— Conhece a Rafaela Vilas Boas?

— Não. — Nunca ouvi falar mesmo. Então decido que preciso deixar de agir como um burro bravo e me viro para ela. — Você?

Não pretendia empregar rispidez na voz, contudo o tom que saiu da minha boca foi exatamente esse. Devo ter intimidado a menina, pois ela fez que sim com a cabeça, os olhos bastante arregalados e temerosos. O que de fato me surpreende são as bochechas coradas. Faz tempo que não vejo rubor nas faces de uma mulher.

— A Rafaela vai fazer estágio na *Folha*, mais especificamente na sua editoria — anuncia Maurício, com o indicador em riste, enquanto alisa a barriga protuberante que se insinua por baixo do paletó do terno.

Não entendo qual é o meu papel nisso tudo. Por que eu deveria ser comunicado a respeito da contratação de alguém, especialmente de uma estagiária? Resolvo levar o aviso meio na brincadeira.

— Sei. Estamos precisando mesmo de alguém para servir o cafezinho.

Então eu rio, para enfatizar a piadinha. Mas fico sozinho nessa, porque nenhum deles me acompanha. Que falta de senso de humor!

— Escuta aqui, Bernardo. — Maurício se empertiga e me encara de um jeito duro. Prevejo a bronca que vou levar na frente da garota. — Pode parar com as brincadeirinhas. O assunto aqui é sério, e eu exijo que você se comporte. Pelo que me consta, até bem pouco tempo atrás, *você* também trabalhava como estagiário, e acredito que não chegou nem perto de servir cafezinho.

Óbvio que não. No entanto é melhor deixar passar. Se o homem quer despejar suas palavras, que assim seja.

— Acontece que a Rafaela foi indicada por uma professora muito respeitada, que é, além disso, uma amiga pessoal. E, por confiar no julgamento dela, acredito que o jornal não só oferecerá uma oportunidade para a garota aqui, mas também tem muito a ganhar com a qualidade dos textos dela, o que eu mesmo pude atestar.

Ainda no escuro, olho mais uma vez para a menina, agora com maior atenção. Ela é pequena, porém não me parece exatamente assustada. Está mais para ofendida, ultrajada. Se escreve tão bem assim, como o próprio Maurício fez questão de frisar, devo ter mexido com os brios dela.

Melhor pegar leve.

— Está certo, Maurício. Já entendi. Parabéns pela aquisição. Mas não saquei onde entro nessa história. O editor da área não sou eu, está lembrado? Não posso arranjar uma função para ela.

Acabo de dizer o óbvio, o que é muito chato, uma perda de tempo.

A garota estreita o olhar, de um modo meio felino. Não duvido que esteja cogitando desferir um golpe leonino na minha jugular. Tenho de me policiar para não chocá-la com o que eu gostaria realmente de dizer.

Porém o chocado acaba sendo eu, assim que tomo conhecimento dos verdadeiros planos de Maurício, que os proclama com um sorrisinho pregado na cara:

— É verdade. Você não é o editor. Embora seja o melhor repórter investigativo que conheço, o cara certo para orientar a Rafaela, ensinar as particularidades da profissão, na prática mesmo. Por isso eu decidi implantar uma nova metodologia de estágio aqui no jornal.

Deus ajude que eu esteja enganado, contudo acredito que não ficarei satisfeito com a conclusão do raciocínio do chefe.

— A Rafaela vai ser uma espécie de sombra sua. Aonde você for, ela vai junto. Quero que ela sinta a prática investigativa através de alguém como você, inquieto, questionador, cabeça-dura.

Depois dessa bomba, só me resta rir. Solto uma gargalhada, porque não consigo acreditar no que fui obrigado a escutar. Ou Maurício enlouqueceu ou está assistindo a muitos seriados americanos, desses bem batidos e bobos.

— Você só pode estar brincando, não é? — Peço que minhas suspeitas sejam confirmadas. Afinal, não existe nem uma remota chance de eu me tornar babá de estagiária.

— Não mesmo. E, se eu tivesse um pouquinho mais de juízo, te dava uma advertência por desrespeito. Nunca falei tão sério e exijo que você tenha compostura e acate minha decisão.

Perplexo demais, encaro a garota, com vontade de torcer o pescoço dela. Sei que não tem culpa, mas, se tivesse ido procurar estágio em outro lugar, agora eu não estaria nessa situação ridícula.

Todo mundo sabe que sou como um cavaleiro solitário. Minha paciência para trabalhar em equipe é zero. Faço as coisas do meu jeito, às vezes de forma não muito ortodoxa, e os resultados nunca decepcionam.

Nem sempre pensei assim e, por querer compartilhar demais, acabei me ferrando. Águas passadas.

— Maurício — digo bem devagar, a fim de não correr o risco de não ser entendido —, você me conhece. Não nasci para ensinar, mas para fazer. Como acha que vou dar conta do meu trabalho com essa... garota na minha cola?

Mal acabo de falar e ouço um arrastar brusco de cadeira. De repente a tal de Rafaela fica de pé e ajeita a postura, que lembra a de um ganso bravo, prestes a atacar. Ela reposiciona a alça da bolsa no ombro, depois suspira. A menina é marrentinha.

— Olha, dr. Maurício, não tem problema. Melhor deixar pra lá.

Maravilha! Pelo menos a baixinha tem bom senso.

O que não se pode dizer de Maurício, que também fica de pé. O cara é meio monstruoso, com seu tamanho e sua largura. Ele lança um olhar que tem maior significado que um discurso completo.

— Deixar pra lá coisa nenhuma! Bernardo, você está avisado. A Rafaela começa o estágio na segunda-feira e encontrará uma mesa ao lado da sua. E o senhor vai recebê-la de braços abertos e também vai carregá-la para onde a notícia o levar. Vai ser educado, elegante e solícito.

Ele toma fôlego antes de continuar com as ameaças:

— Caso resolva descumprir minhas ordens, acredito que a editoria de classificados vai adorar ganhar um colega novo.

Deixando claro que não tem nada mais a dizer, Maurício nos dá as costas e faz um gesto de dispensa, daqueles que não dão abertura para questionamentos. Faço um esforço hercúleo para não estrangular a garota, que sai da sala às pressas, como uma fugitiva da polícia.

Penso em deixar que ela escape ilesa, porém na sala de espera, enquanto Ofélia não consegue esconder sua perplexidade diante das vozes alteradas que devem ter ultrapassado os limites do escritório do chefe, alcanço Rafaela, agarro seu braço para que não escape e faço com que a última palavra seja minha:

— Reze para ser eficiente. Caso contrário, vai se arrepender de ter escolhido o curso de Jornalismo.

* * *

Já é tarde quando chego em casa. Cid vem me receber na porta, como sempre. Ele é grande para as dimensões do meu apartamento. Um cachorro do porte de um weimaraner requer mais espaço. A sorte é que moro num *loft*. Pelo menos não há paredes para limitar ainda mais seus movimentos desajeitados.

Faço um carinho atrás das orelhas dele, prometendo-lhe um passeio mais tarde, mesmo que o horário não seja o mais seguro para andar pelas ruas do Sion. Ainda assim, é o melhor: sem trânsito, sem a confusão de pessoas vestidas com roupas de ginástica, exercitando-se — ou se exibindo — pelo trajeto destinado aos atletas.

Coloco a coleira em Cid e saímos instantes depois, aproveitando o ar fresco de junho para colocar as ideias em ordem. Ainda não engoli o novo projeto do jornal, ao qual fui atrelado sem ser consultado e contra a minha vontade.

Entretanto, para ser bem justo, as coisas comigo normalmente acontecem assim. Quando menos espero, pronto! Sou pego de surpresa.

E eu que dê um jeito de digerir tudo depois...

Capítulo 2

A divulgação de informação, precisa e correta, é dever dos meios de comunicação pública, independente da natureza de sua propriedade.

Sete anos antes...

Primeiro dia de faculdade. Não sei o que esperar, porque sempre ouvi dizer que na universidade tudo muda. Os velhos problemas do ensino médio — professores estressados, bilhetes na agenda, suspensões, pedidos para ir ao banheiro — são extintos, e a vida começa de verdade.

Entro na sala de aula e dou uma olhada falsamente desdenhosa para meus novos colegas. Sinto uma excitação no ar, uma expectativa pelos dias incríveis que virão. Procuro um lugar que deixe claro que tipo de cara eu sou: nem na frente, senão pensarão que sou um nerd puxa-saco de professor, nem no fundão, a fim de não transmitir a imagem de aluno desinteressado. Pretendo não passar despercebido pelo curso. Estou aqui com o objetivo de construir uma carreira, não para bancar o universitário cuca fresca.

Arranjo uma carteira no miolo da sala e me ajeito nela, evitando fazer contato visual com meus novos colegas, ainda que meu interesse neles seja bem maior que o desdém que vesti como armadura. Gosto de observar as pessoas, não de um jeito esquisito ou repugnante. É uma questão de curiosidade, de não perder indícios e fatos.

Escorrego pela cadeira, acomodo o braço direito no encosto, enquanto faço uma varredura no lugar só com o olhar. Então noto uma garota sentada algumas fileiras à frente. Ela demonstra indiferença a tudo ao redor, concentrada no que quer que esteja saindo dos fones de ouvido presos à cabeça.

Estreito o olhar mais um pouco, porque ela me parece interessante, e constato que a moça não é tão nova quanto pensei. Com certeza é mais velha do que eu. Talvez tenha uns vinte anos, o que me deixa ainda mais curioso. Assim como quem não quer nada, troco de lugar para ficar mais perto dela. Puxo conversa:

— Primeiro dia, e o professor já está atrasado.

A moça vira os olhos em minha direção. Sinto um baque no meio do peito. Ela é bonita pra cacete! Tem um ar de atriz dos anos 1940, com seu cabelo estiloso e uma pele muito clara.

— A aula ainda não começou — ela rebate, conferindo o horário em seu relógio de pulso. Em seguida aponta para os fones, deixando mais do que claro que não está a fim de conversa.

Permito que vença esse primeiro *round*. Ainda há muitos trimestres por vir.

Hoje

Mais cedo, na reunião de pauta, fomos informados por Luciana sobre a contratação da nova estagiária. Bom, os outros caras receberam a notícia, já que eu tinha ficado sabendo um pouco antes — ontem —, da boca do próprio editor-chefe. A equipe demonstrou um grau exagerado de animação, expressando a alegria de finalmente termos um espécime do sexo feminino entre nós, o que não foi de forma alguma compartilhado por mim.

Nem bem a reunião acabou, fui obrigado a ouvir a avacalhação dos caras, dizendo que a função de babá tem tudo a ver comigo, enquanto me davam socos de brincadeira nos ombros. Para não apelar, escapuli de fininho e fiquei um tempo perambulando pela rua, com a desculpa de que precisava checar a veracidade de uma denúncia.

Agora aqui estou, acompanhando, meio às escondidas, a recepção calorosa que a editoria de investigativo dá à protegida de Maurício Gusmão.

Rafaela está postada diante de sua estação de trabalho, as mãos na cintura, olhando atentamente tudo ao redor. Dou uma conferida geral nela, já que ninguém me viu ainda. A garota é até atraente, porém tenta compensar a estatura reduzida com sapatos de saltos altíssimos, que me parecem muito desconfortáveis. A julgar por suas roupas e pelo modo como se move, é uma patricinha. Certeza!

— Você vai ficar aqui. — Fernando aponta, todo prestativo. — Bem na frente do seu mentor.

— Maravilhoso — ouço-a murmurar, sem vestígio de entusiasmo. Beleza. A antipatia é recíproca.

— Exatamente. Mas não se preocupe. No início ele é meio grosso. Depois piora.

Os dois riem juntos, firmando parceria contra a minha pessoa. Ergo uma das sobrancelhas. Já vi que logo assumirei o posto de vilão da editoria.

— Qual é o problema dele? — Rafaela pergunta, ao mesmo tempo que confere a situação da minha mesa. Deve estar chocada. Não é um lugar dos mais organizados.

— Bom, pena que não tenho tempo para relacionar todos. Mas digamos que o Bernardo prefere trabalhar sozinho. Ou talvez tenha alergia a mulheres bonitas. — Esse é o Fernando! Sempre em busca de fortes emoções.

Para completar a cena, a estagiária encolhe os ombros, como se eu fosse a porra de um psicopata a quem é preciso temer mesmo a longas distâncias.

Contudo não é exatamente isso que se passa pela cabeça dela. O tremor definitivamente não foi causado por medo antecipado. Pelo jeito, a garota está horrorizada com a bagunça habitual do meu reduto de trabalho.

— Muito organizado o seu amigo — observa, sem dirigir o comentário diretamente a alguém.

É a minha deixa.

Ciente de que minha súbita aparição deixará Rafaela bastante constrangida, não poupo esforços. Quero parecer um cretino absoluto.

— Que tal essa ser sua primeira tarefa? — Aponto para a mesa, indicando com o dedo e com o olhar o que espero que ela faça.

Seu desconforto é mais que perceptível. Rafaela abre a boca, nitidamente ofendida, e franze a testa ao me encarar. Sua expressão facial me faz ter vontade de rir, porém me controlo. Ela precisa acreditar que sou um ogro de verdade antes que decida entrelaçar o braço no meu e me chamar de parceiro.

— Obrigada pela recepção calorosa. — Oba! A garota é enfezada, o estereótipo do que chamam de "baixinha invocada". — E por tornar meu primeiro dia muito mais fácil. Mas, se não se importa, prefiro ir direto ao que interessa.

Claro que todos acabam achando graça da postura dela e riem sem se preocupar em ser discretos. Até Luciana entra na deles.

Decido ignorar o comportamento quase agressivo da *minha* pupila enquanto me encaminho até nossa editora, que se esforça para manter a compostura intrínseca à sua posição.

— Nenhuma mudança nos planos desde hoje de manhã?

— Tudo igual.

— Presumo, então, que ela vai comigo à coletiva mais tarde.

— Bingo.

Como eu já imaginava.

Luciana pisca para Rafaela e se afasta, entregando a batata quente de bandeja em minhas mãos. Mas não estou nem um pouco a fim de me queimar.

Agora que o show terminou, meu ânimo volta a ficar nebuloso. Não sei o que fazer para compartilhar meus conhecimentos com a menina de ouro do jornal. Sento-me pesadamente em minha cadeira e exalo o ar como se tivesse acabado de descarregar um caminhão de tijolos nas costas.

Ela copia meus movimentos, do outro lado da divisória que separa nossas mesas.

Gostaria de estar em outro lugar, de preferência numa praia, de frente para o mar, tomando uma cerveja gelada.

Porém, como isso não é possível neste momento — nem em nenhum outro pelos próximos onze meses —, olho para o teto e questiono a Deus: *Por que eu?*

— Você falou com a Luciana de uma entrevista coletiva. — Minha atenção volta a focar a garota na minha frente. A chata se mete até em meus devaneios.

— Sim. — Não vou negar o que acabei de afirmar, mas, se posso dificultar, pra que tomar o caminho mais fácil?

Jogo uma folha de papel por cima da divisória. São as anotações que fiz de um dos casos que estou investigando.

— Pode dar uma lida nas perguntas que escrevi. Também fiz um resumo da situação.

Rafaela captura o papel ainda no ar. Ela pousa os olhos sobre o amontoado de palavras escritas displicentemente, mas parece não se importar com a desordem, pois fica movimentando a cabeça para a frente e para trás, absorvida pelos detalhes.

No entanto, sua concentração não chega a me surpreender. Qualquer um teria a mesma reação diante de um crime tão cruel. Um empresário do ramo da construção civil, Eduardo Pimentel, está sendo acusado de assassinar a mulher, Maria Fernanda, e a filha dela de apenas onze anos, Ana Clara. As duas estavam desaparecidas havia algumas semanas, quando foram vistas pela última vez saindo de um shopping center de Belo Horizonte. Os corpos foram localizados dias depois num matagal próximo à BR-040, rodovia que liga a capital ao Rio de Janeiro. Por causa do depoimento de um vizinho da família, o empresário se tornou o principal suspeito dos assassinatos. Ele vem negando veementemente as acusações, enquanto peritos se esforçam para conseguir provas que possam incriminá-lo.

A coletiva marcada para hoje à tarde é sobre esse caso.

Quando Rafaela ergue os olhos do papel, sou capaz de ler facilmente todas as emoções que sente. Sei que a história não é novidade para ela, embora a revolta esteja estampada em sua expressão. Mas o que mais se faz notar é a admiração que a garota demonstra estar sentindo por meu texto. Minha autoestima aprova e agradece.

— Certo. Entendi — ela diz, um pouco embaraçada. Em seguida estende o braço e me devolve as anotações, exibindo um olhar inquiridor. — Estou acompanhando essa história pela mídia.

— Quem não está? — resmungo, mas acho que Rafaela não ouviu ou fingiu não ter ouvido.

— Bem, enquanto não saímos para a coletiva, o que sugere que eu faça?

Ah, essa garota que não sabe, mas várias respostas, com os mais diversos teores, chegam à ponta da minha língua. Tenho vontade de revelar uma ou duas, só para abalar de vez a pose dela.

De propósito, fico em silêncio por alguns segundos, testando sua paciência. Aproveito para observá-la um pouco mais enquanto me decido se a acho atraente ou não.

Não, melhor não enveredar para esse lado. Há mulheres por toda parte. Eu não preciso me envolver com nenhuma que passe tanto tempo por perto. Já tomei desse remédio e sei que ele é bem amargo.

— Bom, no momento, como estamos a horas da coletiva, sugiro que coloque suas coisas em dia, como as informações de seu perfil nas redes sociais. — Quis bancar o engraçadinho, porém alcancei o sucesso esperado. Mesmo que a estranha da Rafaela esteja olhando para mim, posso apostar que ela não ouviu uma só palavra que acabei de dizer. — Entendeu? — Elevo o tom de voz para que agora a garota escute. *Doida.*

Ela pisca, meio sem jeito, e volta ao planeta Terra.

— Desculpe. O que disse?

Explodo:

— Pelo amor de Deus! Eu disse que você pode ir adiantando algum trabalho da faculdade ou até jogar paciência, se quiser.

Equivoquei-me ao imaginar que Rafaela levaria minha resposta na brincadeira. Se tivesse penas, aposto que estariam arrepiadas, feito as de uma galinha choca.

— Ha, ha, ha! Muito engraçado. Mas tenho certeza de que nem a Luciana nem muito menos o Maurício Gusmão aprovariam qualquer uma dessas atividades sugeridas. E sabe o que mais? — Para enfatizar a força de suas palavras, ela fica de pé e engancha ambas as mãos na cintura. Fica parecendo uma professora do ensino fundamental dando bronca nos alunos malcriados. — Acho bom você fazer um ótimo plano de estágio para mim, principalmente quando estivermos aqui na redação. Porque, se por acaso meu estágio ficar comprometido por conta da sua má vontade comigo, eu juro que vou rodar a baiana. Estamos entendidos?

Também me levanto, não para ficarmos no mesmo nível — afinal, isso seria impossível; sou bem mais alto do que ela. Entretanto, diante do calor do momento, uma discussão só ganha ares importantes se os envolvidos estiverem se digladiando de igual para igual.

— Longe de mim atrapalhar seus planos. Contanto que você não atrapalhe os meus. — Tateio minha mesa à procura de algo que satisfaça sua ânsia em ser produtiva. — E já que insiste...

Jogo minha agenda de telefone por cima da divisória. O caderno aterrissa bem na frente de Rafaela, que o olha com estranheza.

— Pode começar a ligar para esses números que estão marcados em amarelo e tente agendar uma entrevista com essas pessoas. Preciso falar com elas o mais rápido possível.

Ignoro-a desse episódio em diante, mas, antes, tenho uma ideia genial.

Abro o sistema de comunicação on-line do jornal e digito uma mensagem às pressas. Vou pegar a estagiária de surpresa.

Satisfeita agora?

Como sempre, volto para casa tarde da noite, sentindo-me um trapo humano. E Cid está aqui, para me receber com o ânimo que não consigo ter depois de um dia estressante no trabalho.

Gosto do ritmo a que me impus, pois tenho planos de vida. Minha meta é me tornar um correspondente internacional; não agora, porque tenho muito que aprender ainda. Embora já tenha recebido a proposta, acredito que não chegou a hora certa. Mas quero estar pronto para ela. Então preciso ralar mesmo, estar disposto a tudo — menos virar mentor de estagiária.

— Cara, vou tomar banho — aviso a Cid. Espero que ele entenda que hoje não haverá passeio.

Pelo modo como recua as orelhas e franze a testa, sei que compreendeu meu português.

Entro no chuveiro disposto a cair na cama logo em seguida. Se tudo der certo, no final de semana pretendo dar uma escapada para algum lugar tranquilo, como Lavras Novas ou Milho Verde.[2]

Se umas caminhadas por trilhas ecológicas ou mergulhos naquelas cachoeiras não bloquearem minha ânsia de mandar uma certa estagiária para o lugar onde Judas perdeu as botas, não sei se serei capaz de suportá-la por muito tempo.

Eu não sou do tipo egocêntrico, daquelas pessoas que não dão crédito ao trabalho dos outros. Só tenho dificuldade para trabalhar em equipe. Não que tenha sido sempre assim, mas agora é.

Fico puto comigo mesmo porque um pensamento não muito agradável acaba me levando a outros ainda piores. De repente estou de volta à faculdade.

2 Lavras Novas e Milho Verde são vilas históricas mineiras, ambas remanescentes do Brasil Império. A primeira pertence a Ouro Preto e é famosa pelas trilhas e cachoeiras; já a segunda fica entre Diamantina e Serro, e atrai turistas do país inteiro.

Capítulo 3

A informação divulgada pelos meios de comunicação pública se pautará pela real ocorrência dos fatos e terá por finalidade o interesse social e coletivo.

Sete anos antes...

O nome dela é Valentina. Imponente e retrô, como a própria dona. De repente, ir para a faculdade ganhou um contorno bem mais colorido. Por mais que ela não fale comigo, vale a pena senti-la por perto, admirar sua beleza e sua inteligência.

A euforia dos primeiros dias de aula já passou, embora a minha continue bem ardente dentro de mim porque resolvi eleger Valentina como a razão da minha presença assídua. Já sei que Jornalismo é a segunda graduação dela. Portanto estava certo sobre sua idade. Ela tem vinte e dois anos, quatro a mais do que eu.

Deve ser por isso que não me dá a menor bola, ainda que as outras meninas da sala venham arrastando muitas asas para o meu lado. Elas gostam da minha estampa — não que eu esteja me gabando; é um fato.

Mas hoje acordei otimista. Tenho a sensação de que serei bem-sucedido. Quase sempre consigo o que quero.

Então, em vez de babar em cima de Valentina, dando a ela a oportunidade de me ignorar pela milésima vez, finjo que não a vejo quando entra na sala. Procuro o lugar mais distante possível e engato uma conversa com Isabel, uma loirinha curvilínea que vem jogando seu charme sobre mim nos últimos dias.

Pela visão periférica, percebo quando Valentina se mexe na carteira até estar bem posicionada, não para assistir à aula prestes a começar. O que ela deixa claro sem querer está óbvio: de algum modo consegui fazê-la duvidar de seu poder sobre mim. Aproveito e exagero na atenção que dou a Isabel, ainda que, mais tarde, todo esse fingimento cobre seu preço. São grandes as chances de que a menina cisme comigo ainda mais.

A manhã transcorre toda assim: eu jogando charme sobre a pessoa errada a fim de provocar aquela que, pelo jeito, não quer saber de mim. Porém, assim que chego ao estacionamento, onde o carro emprestado por minha mãe ocupa uma vaga terrível, me deparo com a figura exótica de Valentina, encostada na traseira do meu Fox prateado — como ela adivinhou? —, de braços cruzados e com um sorriso sedutor estampado no rosto.

Meu coração dá uma cambalhota no peito. Diminuo o ritmo dos meus passos de modo que dê tempo de eu pensar em algo descolado para dizer.

— Oi, Bê! — ela se adianta e me cumprimenta com um entusiasmo que nunca usou comigo. — Se importa em me dar uma carona? Deixei meu carro na oficina.

— Vamos nessa — digo, aparentando não dar importância ao pedido, apesar de estar em êxtase. Afinal, caramba, minha estratégia deu mesmo certo!

Valentina contorna o carro até o lado do carona, não sem antes esbarrar de leve na lateral do meu corpo. Ela pede desculpa, mas suas palavras não combinam com a expressão em seu rosto.

Então eu penso, eufórico: *Cara, não é que vou me dar bem?*

Infelizmente, desse dia em diante, embora eu tenha demorado a perceber, fui apresentado, aos poucos, à pior fase do meu inferno astral.

Hoje

Se não posso cancelar o estágio de Rafaela nem mandá-la de volta para casa, de onde jamais deveria ter saído para me azucrinar, o jeito é evitá-la de qualquer maneira. Em sua primeira semana de trabalho, decidi ignorá-la deliberadamente. Como seu expediente só começa à tarde, passei a marcar as entrevistas justamente nos horários em que ela não está na redação.

E, para não ser punido por negligência, antes de sair enviava meus textos para que ela revisasse durante suas horas diárias de estágio. Assim que punha meus pés de volta ao jornal, encontrava a garota de cara amarrada para mim, dando a entender que sou a pior das criaturas. É verdade que não queria — ainda não quero — tê-la como companheira de investigação, mas só de arranjar serviço para ela demonstra que não sou um sujeito tão horrível assim. Pena que Rafaela não reconheça meu lado altruísta.

Até os caras têm me questionado quanto às minhas atitudes em relação à estagiária! Aposto que não estariam indignados assim se fossem eles os mentores da garota. Desgraça alheia não incomoda mesmo.

Resumindo: talvez esta seja a pior semana da história dos meus dias. O bom é que não há como piorar. *Espero*.

Chego à redação depois de uma cansativa coletiva de imprensa na Assembleia Legislativa. Tem havido diversas denúncias de corrupção contra os deputados da casa — o que não vem a ser uma novidade para ninguém —, e nós, jornalistas, somos obrigados a acompanhar o desenrolar dos fatos. Afinal, temos um compromisso com a verdade exposta à sociedade.

Portanto estou exausto e sem forças para lidar com a tromba encolerizada da estagiária. Sendo assim, faço o de sempre: tiro meu bloco de anotações do bolso de trás da calça e o jogo para Rafaela. A garota leva jeito na organização de ideias. Quanto a isso, sou obrigado a dar o braço a torcer. Mas, dessa vez, ela não se contenta em somente colocar meus rabiscos em ordem. E demonstra seu ponto de vista muito bem, ficando de pé num pulo e olhando-me de forma acusatória. O bloquinho passa direto pela mesa de Rafaela e termina no chão, desprezado.

— Você saiu sem mim de novo! — ela me acusa, as mãos enganchadas na cintura.

Mexo os ombros, nem um pouco intimidado pela fumaça que sai das ventas dela.

— O que eu posso fazer? Você nunca está por aqui...

Sei que disse a coisa errada ao acompanhar a mudança de cor exibida no rosto de Rafaela. A palidez habitual se transforma num roxo diabólico.

— Nunca? Nunca?! — ela esbraveja. Parece não se importar por estar chamando atenção. — Eu fico sentada nesta cadeira durante seis horas do meu dia. Como pode dizer que nunca estou aqui?

Isso é mesmo verdade. Sou eu que me esquivo o tempo todo, consciente de estar fugindo da imposição feita por Maurício. Mas, como minha nova obrigação é absurda, um insulto aos meus anos de trabalho e ralação, prefiro ignorar as mensagens enviadas por minha consciência.

— Você, Bernardo, marca as entrevistas para a parte da manhã só para escapar da sua obrigação comigo. Isso é ridículo, completamente idiota e infantil. — Rafaela não espera que eu responda e emenda outras acusações.

Irritado, desisto de ir até minha mesa. Entro pisando duro no reduto da estagiária e a encaro, depois de me abaixar um pouco para colocar os olhos ao nível dos dela. *Diabo de nanica!*

— Ridículo, idiota e infantil é o fato de você achar que marco as entrevistas de manhã para fugir. Ninguém te avisou que o universo não gira em torno do seu umbigo?

Sinto a intensidade da minha exaltação pela artéria que lateja forte em meu pescoço. Estou irrevogavelmente puto.

Os caras da editoria largam seja lá o que estão fazendo, tornando-se espectadores daquela cena. Apesar do show de baixaria, nada condizente com ambientes de trabalho, Rafaela parece não dar a mínima.

— Você não precisa gostar de mim — ela avisa.

— Certo.

— Não precisa ser simpático.

— Ufa!

— Mas é obrigado a me incluir nos seus planos.

— Opa! Que tal participar de uma festinha particular no meu apartamento hoje à noite? — Divirto-me com a chance de deixar a garota ainda mais nervosa.

— Cretino! — Rafaela manda o xingamento, sem preâmbulos nem melindres. Ela é invocada de verdade.

Contudo, se ela pensa que a palavra final será dela, está bem enganada. Quando me dá as costas, agarro seu braço com força, de modo que não saia do lugar ainda. Quero surpreendê-la. Para isso, invento uma estratégia de última hora, possibilitada pelos bons contatos que mantenho dentro do meio jornalístico.

— Não quer saber o que temos para segunda?

Um certo abatimento domina sua expressão. Pela primeira vez, noto que Rafaela é boa em se fazer de difícil, mas gasta muita energia para manter essa pose de durona. Quase me compadeço. Quase.

— Se for me insultar, não — ela fala, usando um tom de voz bem mais reduzido comparado com os gritos de minutos antes.

Esse lampejo de fragilidade me faz pegar leve também. Então deixo um sorriso de vitória crescer em meu rosto antes de avisar:

— Vamos acompanhar o julgamento daquela menina acusada de assassinar os pais.

— Isabela Santana? — Rafaela irradia empolgação.

— Exatamente. Temos credenciais.

Retiro os crachás preparados para a imprensa e quase os esfrego na fuça da estagiária, o que teria sido o ápice do meu dia. Mas refreio o impulso por motivos que nem precisam ser esclarecidos.

— A partir das duas horas, lá no Fórum Lafayette — termino o recado. — Satisfeita agora?

Rafaela nem se dá ao trabalho de responder. Mas sei que consegui desarmar a fera, porque, assim que volto para minha mesa, vislumbro um sorrisinho vitorioso naquele rosto irritante.

Não sei onde estava com a cabeça quando incluí Rafaela nesse próximo trabalho. A ideia era passar a credencial para Luciana e deixá-la resolver o que fazer com ela. Mas agora é tarde. A porcaria está feita.

Entre ir beber num boteco com os caras, encontrar os antigos amigos da faculdade numa casa noturna, fazer nada em casa ou ir jantar com minha família, ainda que seja sexta-feira, escolhi a última opção. Faz dias que não vejo minha mãe e minhas irmãs. Além disso, depois de uma semana infernal como a que passei, não sobrou muita energia a ser gasta em noitadas com a galera.

Desde que me formei e consegui o emprego no jornal, decidi bancar sozinho o apartamento onde já morava havia um tempo. No começo, quando saí da casa dos meus pais, tive que engolir o orgulho e entender que a ajuda deles era essencial para minha sobrevivência na época. Ah, se não fossem eles... Eu precisava de um canto meu, onde, além de me preparar para a mudança iminente na minha vida, pudesse conviver com minha desordem sem incomodar as pessoas. Sem contar que não pega bem um homem adulto ter de pedir permissão à mamãe quando decide levar uma garota para a cama. E, bom, isso acontece com certa frequência, sendo bastante honesto.

No começo dona Inês ficou meio incomodada com minha decisão, apesar de consciente de sua inevitabilidade. Reclamou que era um absurdo morarmos na mesma cidade, mas em casas separadas. Sorte que meu padrasto interveio e acalmou os nervos dela antes que tivesse um colapso. E eu tive de prometer jamais sumir. Detalhe: telefonemas três vezes por semana não contam no quesito "marcar presença".

Portanto costumo almoçar com eles aos domingos, quando não estou de plantão ou fazendo turismo ecológico pelos recantos de Minas Gerais. Mas, num dia como o de hoje, nada como a maravilhosa comida de dona Inês para afugentar o estresse acumulado.

— E aí, garoto? Que surpresa boa! — Heitor, meu padrasto, se surpreende ao abrir a porta. — Não costumamos ter notícias suas em plena sexta-feira.

A gente troca um abraço cheio de tapas nas costas. Minha mãe se deu bem em seu segundo casamento. Só por fazê-la muito feliz, Heitor sempre estará em boa conta comigo.

— Vim seguindo o rastro do cheiro dessa massa que a mãe está preparando — brinco, embora o cheiro esteja mesmo muito bom.

— Ela vai ficar feliz. Ainda hoje esteve lamentando seu sumiço.

Coço a cabeça e dou de ombros.

— Vida louca, meu velho.

Ele ri e bate no meu ombro, com camaradagem, enquanto grita o nome da minha mãe. Ela sai da cozinha de testa franzida e com um pano de prato nas mãos. Quando me vê, a expressão se abranda consideravelmente.

— Gente, a que devemos essa honra, Heitor? O sumido lembrou que tem família?

Faço cara de culpado, ao mesmo tempo que os braços de dona Inês me enlaçam com carinho. Ela é uma das criaturas mais doces que conheço. Embora tenhamos passado por um período difícil, quando meu pai nos trocou por um caso com uma mulher bem mais jovem que ele, minha mãe jamais perdeu a ternura. Nós a admiramos demais, por isso e por tudo o que ela representa para a nossa família.

— Oi, mãe — cumprimento-a, meio acanhado. Sei que estou encrencado pelo longo intervalo entre a última visita e hoje.

— Oi, querido. Senti sua falta. — Bom, talvez não tão encrencado assim.

Minha mãe se afasta um pouco e me analisa com atenção. Sempre que faz isso, acaba percebendo o que não deve.

— Bernardo, você anda se alimentando direito?

— Tem tomado seu leitinho, filho? — meu padrasto implica, tanto comigo quanto com a mulher.

— É sério, Heitor. — Dona Inês contorce as sobrancelhas, demonstrando contrariedade. — Você não percebeu como esse menino está abatido?

Saio do abraço dela e puxo o ar com força. Provavelmente o único defeito da minha mãe seja ainda me tratar como se eu fosse criança. Ainda assim, não levo a mal esse afeto exagerado. Sou louco por ela.

— Abatido, não. Talvez um pouco estressado — Heitor observa de longe, voltando para a frente da TV.

— A semana foi bem puxada lá no trabalho. Só preciso de um pouco da sua comida e de uma noite calma para voltar a ser o velho Bernardo de sempre.

Ao usar a palavra com C — comida —, amaciei o ego de dona Inês, conforme eu já esperava.

— Ah, o jantar ficará pronto daqui alguns minutos, querido.

Meu padrasto e eu observamos minha mãe voltar para a cozinha, agora com uma grande missão: terminar de cozinhar logo para me alimentar feito um filhote de leão. Rimos juntos assim que ela desaparece de vista.

— Onde estão as meninas? — pergunto pelo paradeiro das minhas irmãs.

— A Maria ia trabalhar até mais tarde hoje, e a Priscila tinha prova no colégio.

Espero que consiga me encontrar com as duas. Mesmo sendo meio irritantes, como as irmãs são de uma forma geral, me dou muito bem com elas, especialmente com Maria, apenas alguns anos mais nova que eu.

É de admirar o modo como Heitor se empertiga ao falar delas, ainda que não seja o pai biológico de nenhum de nós, o que prova a teoria de que nem sempre o sangue fala mais alto.

Jogamos conversa fora por um tempo enquanto minha mãe se encarrega de finalizar os preparativos para o jantar. Como ela recusou minha ajuda, aproveito para colocar os assuntos em dia com meu padrasto. Quando ele pergunta sobre o jornal e as investigações que ando fazendo, deixo de mencionar, de propósito, Rafaela e a obrigação que tenho com ela como seu mentor no estágio. Não quero me aborrecer em plena noite de sexta-feira.

O papo despretensioso se desenrola por mais um tempo, até que minha mãe anuncia:

— O jantar está na mesa, rapazes.

Aviso que vou lavar as mãos e sigo até o banheiro do corredor. Ao me olhar no espelho, enxergo as manchas arroxeadas sob meus olhos. Realmente pareço abatido. Preciso dar um jeito de minimizar os estragos físicos causados pelo excesso de trabalho.

Assim que volto para a sala, vejo minhas irmãs tagarelando ao redor da mesa de jantar.

— Que pena! — Finjo estar decepcionado. — Pensei que meus ouvidos seriam poupados da falação de vocês. Por isso troquei o domingo pela sexta.

Priscila revira os olhos com afetação, igual a toda menina da idade dela.

— Não seja idiota, Bê. O Heitor contou que você perguntou por nós.

— Para saber se dava tempo de fugir.

— Gente, pelo amor de Deus, será que dá pra comermos em paz?

— Estamos brincando, mãe — asseguro, dirigindo a ela um olhar angelical.

— Só que não — Maria completa, e, cúmplices, caímos na risada.

De repente não me sinto tão cansado. Estar em casa, aproveitando a normalidade de uma noite em família, me faz relaxar como há muito tempo não consigo. Relaxo a ponto de querer saber sobre a vida amorosa da minha irmã do meio.

— Por onde anda aquele seu namorado com cara de tainha, Maria?

— O *Bruno* está em Porto Alegre a trabalho — ela responde, sem se ofender com o insulto.

— Então as coisas estão mesmo sérias entre vocês — constato, feliz por minha irmã. Depois de andar investigando *de leve* a vida do tal Bruno, concluí que o cara é gente boa e desisti de bancar o "do contra".

— A gente está pensando em ficar noivo assim que eu acabar meu mestrado.

Encaro minha mãe, surpreso com a notícia. Mas, com exceção de mim, ninguém parece chocado.

— Não é uma maravilha? — dona Inês indaga retoricamente.

— Puxa... — Estou sem palavras.

— Ainda bem que a Maria deu um jeito na vida, contrariando a ordem natural dos acontecimentos, uma vez que nosso irmão mais velho demonstra ter ojeriza a relacionamentos.

Priscila, a rainha sem noção, sai com essa de repente. Olho de novo para a minha mãe, esperando a bronca que minha irmã merece, mas a emenda é ainda mais surpreendente.

— É mesmo, filho. Não acha que está na hora de arranjar uma namorada e dar uma sossegada?

Acabo de me lembrar por que costumo ficar dias sem aparecer em casa. Minha família de sangue italiano tem o enervante costume de querer que eu me amarre a alguém definitivamente, ainda mais depois de tudo o que houve anos atrás. E mesmo que eu argumente, explicando que sou novo demais e quero fazer muitas coisas sozinho, não adianta.

O único que se importa em ver meu lado é Heitor. Ele dá um soco no meu ombro e diz em seguida:

— Uma hora elas desistem, filho.

— Ou eu me mudo para o Japão.

Todo mundo leva na brincadeira. Eu? Nem tanto.

Capítulo 4

A prestação de informações pelas instituições públicas, privadas e particulares, cujas atividades produzam efeito na vida em sociedade, é uma obrigação social.

Sete anos antes...

Depois da carona que dei a Valentina no carro da minha mãe, nós nos tornamos inseparáveis na faculdade. De ignorado solenemente, passei a ser o centro das atenções dela, de um jeito fantástico para mim, um garoto de apenas dezoito anos adorado por uma mulher de vinte e dois.

No início, todo mundo estranhou nossa mudança brusca de comportamento. Isabel, a menina que vinha me xavecando, ficou perplexa quando soube, na mesma semana em que joguei charme em cima dela, que Valentina e eu estávamos juntos. Mas eu nem liguei. Só queria aproveitar minha nova conquista.

Em pouco tempo acabei me viciando naquela mulher. Fazíamos tudo juntos, desde os trabalhos da faculdade até as compras no supermercado. Eu meio que me mudei para o apartamento dela, para o desgosto completo de dona Inês, que nunca foi com a cara de Valentina. Minha mãe a julgava muito madura para mim, uma influência ruim. O que a incomodava de verdade era o fato de eu ter me tornado muito dependente de Valentina, opinião que eu, obviamente, não compartilhava de jeito nenhum. Não se tratava de dependência, e sim de cumplicidade.

Mas a verdade é que, aos poucos, Valentina foi mesmo ditando meus passos. É vergonhoso admitir que um cara de personalidade sempre tão descolada quanto eu de repente tivesse se envolvido demais com uma mulher, a ponto de não se reconhecer totalmente. Tudo tinha que ser do jeito dela. E eu, por estar tão apaixonado, acabava cedendo, como um imbecil de um animal adestrado.

Eu era capaz de fazer tudo por ela. Tudo!

E o que me restou no final?

Por um lado, amadureci bruscamente, fiquei mais esperto, aprendi a sondar o caráter das pessoas antes de sair embarcando na delas. Cresci.

No entanto tornei-me um sujeito desconfiado, pouco sociável e nem minimamente aberto a outros relacionamentos sérios.

Foi esse o legado de Valentina.

Hoje

Como não sou homem de duas palavras, se combinei de levar Rafaela ao julgamento de Isabela Santana, é exatamente isso que vou fazer, nem que eu tenha de provocar um atropelamento coletivo.

Meto a mão na buzina, de modo a avisar aos pedestres e demais carros que estou passando e com muita pressa. Minha atenção muda de foco por alguns instantes quando meu celular começa a tocar em cima do banco do carona. Vejo o nome da estagiária aparecer no visor e me condeno pela centésima vez. Por que tive de amolecer e acabar convidando a garota a me acompanhar numa cobertura complexa que estará entupida de jornalistas do país inteiro? Na certa vou virar alvo de piadas. "Babá de estagiária" será o mais legal dos elogios.

Merda!

Acelero fundo, querendo dar um soco em mim mesmo por ter saído da redação e ido parar do outro lado da cidade para deixar

Maria na UFMG. Há momentos em que é melhor encarar ser julgado por omissão.

Verifico as horas no painel do carro e suspiro aliviado quando enxergo a fachada do jornal. Assim que paro o carro em frente à portaria, avisto Rafaela do lado de dentro, batendo o pé no piso, toda nervosinha. Nunca a vi com tanta roupa, mas admito que está frio pra cacete mesmo. Buzino a fim de chamar sua atenção, o que funciona muito bem. Ela sai pisando duro, a expressão armada numa carranca medonha. Preciso segurar o riso antes que a menina perceba que estou me divertindo às custas dela.

Rafaela chega até a porta e puxa a maçaneta para abri-la. Porém, por distração, esqueci de destravar a tranca antes. Recebo, de presente, um novo olhar fulminante. Se continuarmos nesse ritmo, acabaremos desenvolvendo a técnica de assassinato por telepatia.

Puxo a trava para cima. Sem me dar nem mesmo um boa-tarde entre dentes, Rafaela entra no carro e prende o cinto de segurança. Dessa vez não consigo esconder o riso, que me escapa sem que eu deseje.

— Você está atrasado. — Rafaela aponta para o relógio, sem um traço sequer de humor na voz.

Perco o pouco que me surgiu há alguns minutos.

— Fiquei preso no trânsito.

Ela aceita a explicação e se cala. De soslaio, reparo que Rafaela recosta o corpo no banco e vira o rosto em direção à janela, como se se recusasse a compartilhar o espaço comigo. Aproveito para dar uma conferida geral na garota, ainda tentando me decidir se a considero gostosa ou não. Então me flagro de olho em suas botas de saltos altíssimos. Tenho consciência de que algumas mulheres gostam desse tipo de sapato, mas os de Rafaela beiram a um acidente iminente.

Quando dou por mim, estou indagando:

— Por que usa sapatos tão altos?

Rafaela demonstra não acreditar no que acabou de ouvir. Ela me encara com os olhos prestes a saltar do rosto, como se eu tivesse perguntado qual é a cor da calcinha que está usando. Menina doida.

Não sabia que era um tabu fazer questionamentos sobre a altura dos saltos das mulheres.

— Como é?

Já estou arrependido de ter entrado nessa questão. A garota não só ficou desconcertada, como parece querer saltar do carro em movimento.

Porém insisto, já que comecei:

— Como consegue se equilibrar sobre esses saltos tão altos e finos?

— Já me acostumei — resmunga, um tanto embaraçada. Conhecendo as mulheres, não tenho certeza se o constrangimento é genuíno ou uma farsa.

— No seu lugar, eu já teria quebrado o pescoço. Não sei por que vocês mulheres precisam se torturar para ficarem atraentes.

Os olhos de Rafaela ganham dimensões ainda maiores, se é que isso é possível. Só então noto um brilho diferente neles e me deixo distrair por um ou dois segundos. Volto ao normal quando ouço:

— Andar de salto não é tortura. Quero dizer, não na maioria das vezes. E eu não faço isso para ficar atraente. Eu gosto de sapato alto. Entendeu?

Hum... Desconfio bem desse argumento. É impossível gostar de andar sobre estacas finas e sem segurança alguma. Se pelo menos ela assumisse que usa saltos por causa de sua estatura reduzida, aí sim eu acreditaria.

— Na verdade, não. Acho que deve ser um desconforto.

Rafaela solta um suspiro exasperado, daqueles que indicam muito mais do que palavras proferidas. É muito fácil tirar a menina do sério. Talvez eu tenha encontrado uma forma de descontar os aborrecimentos profissionais que ela vem me causando.

Implico mais um pouco. Estou apreciando vê-la irritada.

— Apesar de dizer que não, acredito que você gosta, sim, de se torturar. Ninguém em sã consciência aguentaria passar o dia com os dedos apertados num troço desses, muito menos se equilibrando sobre dois palitos.

Obrigo-me a não sorrir. Não posso estragar a minha fama de mau.

— Só quando se é muito louco — continuo — ou masoquista. Fico me questionando: onde as mulheres estão com a cabeça quando compram sapatos que poderiam facilmente ser confundidos com ferramentas de tortura? Claro que na ideia de parecerem mais atraentes.

— Você é louco! Ou muito machista. Ou só admira mulheres barangas. E definitivamente não preciso me explicar para você.

Mal sabe ela que já está se explicando.

Porque não pretendo passar de irreverente a chato, paro por aí. É verdade que minha antipatia por Rafaela é justificável e tenho todo o direito de me sentir pouco valorizado por ter recebido a missão inglória de apresentá-la à prática jornalística, como se eu fosse um instrutor profissional ou coisa parecida.

Mas abusar da garota não é minha real intenção. Sou péssimo nessa coisa de trabalhar em equipe, muito pela rasteira que levei tempos atrás. Só insisto em deixar isso às claras antes que Rafaela comece a me chamar de parceiro, transformando-nos naquelas duplas ridículas dos enlatados norte-americanos.

Não me impressionou nem um pouco a movimentação intensa pelos arredores do Fórum Lafayette. Por outro lado, levando em consideração o diâmetro alcançado pela boca aberta de Rafaela, é óbvio que ela está bastante surpresa. Não é para menos. O lugar se tornou um dos pontos mais quentes da capital, graças à jovem homicida, que indignou todo o país ao assassinar os próprios pais. Todos querem saber que fim levará Isabela Santana.

Estaciono o carro numa vaga exclusiva aos profissionais da imprensa credenciados, como nós, e desço do veículo sem esperar por Rafaela. Ela que me alcance, se quiser. Não faço isso por maldade — não muita. Jornalista tem que ser um sujeito esperto, ligado, senão perde oportunidades de ouro.

Mas ela não se faz de rogada. Com aqueles saltos de acrobata estalando na calçada, a garota passa por mim a passos rápidos, o que me leva a pensar naqueles dois personagens de um desenho animado antigo: o Papa-Léguas e o Coiote.

Minha língua coça de vontade de dizer *bip-bip*!

No entanto, a brincadeira não passou de um desejo. Assim que Rafaela acelerou a caminhada, a ponta de uma das botas enganchou num desnível do passeio. Sem equilíbrio, a queda foi inevitável.

Tudo o que quero é debulhar a lista de palavrões que conheço desde os tempos de moleque. Eu sabia que não dava para confiar naqueles sapatos absurdamente altos. Olho ao redor e emito um sinal velado a todos os que presenciaram a cena. Eles que não se atrevam a rir da desgraça da menina.

Depois do recado, enlaço a cintura de Rafaela e a puxo para cima. Ela não tem coragem de me encarar, pois deve estar esperando minha reprovação. Seus olhos se voltam para baixo e focam as mãos, cujas palmas parecem bastante esfoladas.

— Machucou? — Sem pensar, pego as mãos dela e analiso os ferimentos. — Estão sangrando — digo o óbvio.

Rafaela dá uma fungadinha discreta, para controlar o choro — eu acho —, e retira as mãos das minhas. Em seguida bate uma palma na outra, limpando os detritos grudados lá, e responde que está bem.

Não costumo ser um cavalheiro. As pessoas me atrelam mais à figura dos ogros. Ainda assim, retiro um lenço do bolso do meu casaco — sim, às vezes posso ser um cara à moda antiga — e o entrego a ela.

— Eu sabia que essas botas não eram confiáveis. — Odeio estar com a razão nesse caso. Se eu estivesse errado, Rafaela não teria se machucado. — Vê se da próxima vez calça alguma coisa mais apropriada.

— Meu filho, você reparou na situação da calçada? — Claro que ela não daria o braço a torcer. — Eu poderia ter caído até se estivesse de tênis.

Lanço uma espiada de canto de olho na garota e resmungo:

— Sei.

Escolho não fazer nenhum outro comentário enquanto nos dirigimos à área reservada à imprensa, embora não consiga ignorar a presença de Rafaela ao meu lado ao longo de todo o trajeto. De um jeito insuportavelmente desconcertante, concluo que aqueles saltos famigerados não representam um perigo apenas para a dona deles. São capazes de tirar também um homem focado do sério.

A gente se junta aos colegas jornalistas, mas não me dou ao trabalho de apresentar Rafaela ao pessoal, que a olha com curiosidade. Entretanto, como não faço menção de esclarecer o motivo pelo qual ela está comigo, logo as pessoas perdem o interesse e começam a discutir o caso que será julgado daqui a pouco.

Mesmo que trabalhemos em veículos diferentes, não é normal existirem entre nós disputas e concorrência desleal. O jornalismo impõe que sejamos ágeis e vivamos atrás de furos que condecorem nosso trabalho. Ainda assim, somos uma classe unida, em que imperam muita camaradagem e troca de informações.

Mais ouço que opino. Estão repassando a cronologia do crime, equiparando os conhecimentos sobre a história. Enquanto discutem, percebo os movimentos de Rafaela, meio afastada do grupo, distância essa que não a impede de prestar atenção em tudo o que está sendo falado e registrar numa espécie de agenda. Admiro-a por alguns instantes, quase dando o braço a torcer ao fato de que a menina tem mesmo potencial. Quase. Não pretendo embarcar nessa de uma hora para outra. Se persistir na missão de ignorá-la, evitarei decepções futuras.

Uma vez eu resolvi depositar meus créditos na índole de uma pessoa e me ferrei bonito. Agora? Sinto muito. É cada um por sua conta.

No meio das conversas sussurradas, ouço uma música tocando baixinho, tão discretamente que chego a duvidar da minha audição. Não posso afirmar, mas a sensação que tenho é de que o som vai crescendo de forma gradativa, e eu já meio que consigo distinguir os acordes. É uma composição clássica?

Movimento a cabeça à caça da origem da música, mas meus olhos são atraídos pela expressão apavorada de Rafaela. A garota está toda agitada, as duas mãos enterradas dentro da bolsa como se estivesse à procura de...

Um celular?

Ela saca o aparelho e se atrapalha toda para atender. E, antes, descubro que o toque é o tema do musical *O fantasma da ópera*, muito provavelmente interpretado pela banda de metal sinfônico finlandesa Nightwish. Meninas irritadas adoram esse tipo de música.

As bochechas de Rafaela adquirem uma forte coloração avermelhada, porque, por mais que ela se esforce, não dá conta de silenciar o telefone antes de a música alcançar um nível de decibéis acima do educado.

Dessa vez eu rio com gosto. Uma coisa é certa: não há monotonia perto dessa baixinha maluca. No entanto, quando ela volta o olhar para mim, dirijo-lhe minha melhor cara de reprovação. Rafaela diz *alô* de forma quase inaudível, tentando controlar o embaraço pelo espetáculo apresentado.

Não faço ideia de quem esteja do outro lado da linha, mas é nítido o desconforto que essa pessoa lhe causa. Vejo-a resmungar, impaciente, e, em seguida, dizer:

— Estou trabalhando agora, Augusto, prestes a cobrir um julgamento.

Augusto? Meus instintos de jornalista ficam apurados. Surpreendo-me com a curiosidade de saber quem é o cara. Sendo assim, acompanho o diálogo abertamente, nem me importando se deixo Rafaela desconfortável ou não.

— Não vou prometer, Augusto. Nem sei se vou conseguir sair daqui antes de a lavanderia fechar. Mas, se der, busco, sim.

Pelo visto o tal Augusto é um baita de um folgado. Ou é irmão ou namorado de Rafaela. Embora curioso, não farei essa pergunta nem sob tortura. Sem chance de abrir brecha para ser mal interpretado.

Após alguns resmungos, ela desliga o celular e puxa a alavanquinha que coloca o aparelho em modo silencioso. Imagino que esteja pensando na probabilidade de ele tocar de novo dentro do auditório onde acontecerá o julgamento.

Aproveito a oportunidade para desconcertá-la totalmente. Sinto que Rafaela espera que eu seja grosseiro e lhe dê uma bronca por estar resolvendo questões pessoais durante o trabalho. Mas quem disse que não posso ser imprevisível? Aproximo minha boca do ouvido dela e sou atingido por um odor um tanto peculiar. A baixinha é cheirosa pra cacete, de um jeito bom. Não é como aquelas pessoas sem noção que tomam banho de perfume e se tornam um incômodo a todos num raio de cem metros.

Recompondo-me do choque agradável, brinco baixinho:

— *O fantasma da ópera,* hein? Pensei que você curtisse Avril Lavigne e Britney Spears.

Rafaela faz uma careta engraçada e retruca:

— Eu, não. Mas aposto que você adora.

O julgamento foi cansativo pra burro, com aquele monte de testemunhas sendo inquiridas, além da ladainha dos advogados. Porém, quando chegou a vez de Isabela ser interrogada, deixei o sono de lado para ouvir o que a menina tinha a dizer. Fiquei perplexo com a frieza dela ao narrar o episódio da morte dos pais. Em todos esses anos de profissão, acho que nunca me vi diante de um indivíduo tão desprovido de emoções.

E olha que tenho conhecido muita gente descompensada por conta da minha carreira. Uma vez fui escalado para entrevistar um casal de canibais. Os dois estavam presos e esperavam o julgamento pelo assassinato de idosos do asilo onde eles trabalhavam. Os velhinhos foram desaparecendo misteriosamente. No final das contas, os investigadores descobriram que o zelador e a cozinheira da casa de repouso não só matavam um a um, como também devoravam a carne deles durante o jantar. Esse deve ter sido o momento mais bizarro da minha vida até hoje.

Mas Isabela, com aquela carinha angelical, também conseguiu embrulhar meu estômago com sua perversidade.

Durante o tempo em que fiquei devaneando sobre coberturas passadas, me desliguei um pouco de Rafaela. Ela ficou por conta própria, anotando fervorosamente cada detalhe levantado ao longo da tarde de julgamento. Só lembrei que tinha companhia — uma bem barulhenta, por sinal — quando a garota teve uma crise de espirros, como se algo lhe tivesse despertado uma reação alérgica instantânea. A coisa toda foi tão escandalosa que até o juiz interrompeu sua explanação para procurar, no meio do público, a fonte de perturbação da ordem.

Para que minha colega não fosse flagrada, mais por autocomiseração que por piedade, empurrei a cabeça dela para baixo e lhe passei, de novo, o lenço que lhe emprestara antes. Não reparei na manobra que Rafaela executou a fim de acalmar a rinite. Só sei que, seja lá o que tenha feito, deu certo. Então, toda envergonhada, ela tentou me devolver o lenço. No entanto, por motivos claros, preferi não aceitá-lo de volta.

O restante do julgamento passou sem mais interrupções. Rafaela permaneceu quieta, exceto por sua mão direita, que escreveu incansavelmente tudo o que seus ouvidos conseguiram captar.

No final, quando já estávamos de volta ao carro, ela se ofereceu para me acompanhar até o jornal e ajudar no fechamento da matéria, o que recusei com veemência. Tive minha parcela de paciência ao longo da tarde, esgotada àquela hora da noite. Mas, de modo a não ser rotulado como um babaca completo, desviei o trajeto para deixá-la em casa, sã e salva. Afinal, como tenho duas irmãs, sei que exigiria o mesmo tipo de tratamento a elas.

Remexo as costas há horas encostadas na cadeira e sinto meus ossos estalarem. Desvio o foco para o presente, já que, por instantes, meu cérebro se permitiu voltar aos acontecimentos de hoje mais cedo. Fixo o olhar na tela do computador, onde a matéria sobre o julgamento aparece, finalmente pronta depois de um longo período de trabalho para que ela ficasse informativa e coerente. Apesar da minha sempre constante autocrítica, acho que o texto ficou bom.

Espanto-me ao consultar o relógio e descobrir que estou há mais de três horas debruçado em cima do teclado. Os caras já foram embora faz tempo. Se não fosse pela nesga de luz que escapa por debaixo da porta da sala de Luciana, acreditaria que sou a única alma viva da redação. Inspiro o ar com força, só então sentindo o peso do esgotamento físico e mental. Preciso ir para casa antes que eu pire de cansaço. Mas, primeiro, mando a matéria para minha editora por e-mail, dando, em seguida, meu expediente por encerrado.

Entretanto, Luciana ainda não está disposta a me liberar. Assim que enfio a chave do carro no bolso, ela me chama de dentro da sala.

— Merda! — reajo sem que ela me escute.

— Bernardo, você precisa ler isso antes de sair — avisa quando apareço na porta; os olhos pregados no computador.

Meus ombros arriam. Preferiria não ter de fazer isso. Minha contrariedade deve estar explícita, pois Luciana completa:

— Será rápido. Prometo não segurar você mais que o necessário.

Com um gesto, a editora sugere que eu me sente e, tão logo faço o que ela quer, vira o notebook em minha direção. Esperava encontrar qualquer coisa — a notícia bombástica da morte de um figurão, uma manchete reveladora sobre um crime hediondo ou mesmo a impressionante constatação de que a Xuxa não é mais contratada da Globo. Mas não. O que leio me deixa ainda mais chocado.

De: Rafaela Vilas Boas
Para: Luciana Figueiredo
Assunto: Texto para análise: julgamento de Isabela Santana

Boa noite, Lu!

Se não for pedir demais, gostaria que fizesse uma revisão do meu texto. Escrevi sem a pretensão de ser publicado, até porque não tenho experiência suficiente para isso. Mas sua opinião é muito importante para mim e vai me ajudar a adquirir a confiança necessária para crescer na profissão.

Agradeço imensamente.

Um abraço,
Rafaela Vilas Boas

Antes que eu tenha tempo de cobrar uma explicação, Luciana minimiza a tela do Outlook e expõe um arquivo de Word em cujo conteúdo não consigo acreditar. Diante dos meus olhos, em fonte Times New Roman tamanho doze, jaz placidamente uma nova versão da cobertura do primeiro dia do julgamento de Isabela Santana.

Leio cada maldita palavra escrita ali, sem saber se mato ou elogio Rafaela. A contradição é penosa porque, se por um lado a garota infernal agiu por minhas costas, por outro tenho de admitir que o texto dela está excelente, melhor até que o meu.

Eu poderia criticá-la pela atitude nada louvável, queimar o filme dela com Luciana e me recusar a continuar orientando-a no estágio. Porém uma inquietante voz dentro de mim esclarece que não houve um ato de traição, de quebra de confiança. Primeiro porque ninguém jamais disse a Rafaela que ela não tinha permissão para escrever. Pelo contrário. Ela foi contratada — ainda que sob protestos meus — para dar uma nova cara à editoria. E segundo, seu e-mail deixava claro: ela só queria que Luciana avaliasse sua visão dos fatos.

Então nada faço além de reler a matéria, ainda impressionado com a qualidade do texto daquela entrona de salto agulha. Por fim, meio a contragosto, mando esta:

— Publica.

Luciana me encara por sobre os óculos, com uma das sobrancelhas sugestivamente erguida, como se me induzisse a confirmar o que acabei de dizer.

— Eu sabia que você agiria assim, Bernardo. Por mais que esteja sendo um pé no saco trabalhar junto de uma reles estagiária, injusto sei que não é. — Ela ri. — Bom, nem sempre.

Ignoro de propósito o sentido irônico da expressão *reles estagiária*. Não sei que tipo de sacanagem aprontei para cima das divindades celestes, mas só posso estar sendo castigado por alguma merda que fiz mas desconheço. Pelo visto, roer os ossos atirados por Valentina não zerou as dívidas que devo ter com o Todo-Poderoso.

— Rafaela escreve muito bem — Luciana continua. — Terá um futuro promissor como jornalista. E, para o jornal, representa uma oxigenada muito bem-vinda à imagem da editoria de jornalismo investigativo. Estou certa de que o talento dela fará uma grande diferença, de forma positiva, para nós.

O tal toque feminino ultimamente propagado aos sete ventos na redação. Suspiro, resignado. De que adianta lutar contra o impossível?

— Publica — repito, ficando de pé para sair de vez.

— Ótimo.

Luciana digita alguma coisa, subentendidamente demonstrando que não precisa mais de mim. Já estou com a mão na maçaneta quando ela decide dar uma última recomendação:

— Não massacre a menina amanhã. Ela não tem culpa.

Dou de ombros, indiferente, e caio fora. Para mim, já deu.

Capítulo 5

A obstrução direta ou indireta à livre divulgação da informação e a aplicação de censura ou autocensura são um delito contra a sociedade.

Seis anos antes...

Nem me dei conta de que o primeiro ano de faculdade passou em velocidade máxima. Entre aulas, muitos trabalhos, farras com os amigos, o que mais tomou meu tempo foi o namoro com Valentina.

A essa altura, ela com vinte e três anos; eu com dezenove, toda a estranheza causada pelo desnível de maturidade havia sido superada. Bom, pelo menos eu já não era o calouro que pegava a gostosa mais velha. A galera meio que se acostumou com nós dois juntos como um casal de verdade.

Tanto que, quando eu aparecia em algum lugar sem ela, todo mundo ficava incomodado com sua ausência. E, quer saber, estava de saco cheio de ser visto como um complemento de Valentina. Eu até podia ser mais novo, mas sempre fui bem resolvido comigo mesmo.

A gente se dava bem. Ela não era estúpida, nem dominadora. Mas agia como se meu mundo se resumisse aos momentos em que estávamos juntos. Às vezes eu questionava essa postura, a qual ela prontamente rejeitava, acusando-me de ser exagerado e de estar me deixando influenciar pelos amigos.

Essas discussões em geral terminavam com nós dois embolados na cama, na transa mais incrível de todos os tempos. E eu me sentia o maioral depois disso, como se, com apenas dezenove anos, fosse o cara mais fodão do planeta. Valentina tinha o dom de levantar meu... moral.

E de derrubá-lo também.

Por estar em seu segundo curso superior, ela trabalhava meio expediente numa loja do shopping. Por isso fazia questão de formar dupla comigo nos trabalhos da faculdade; afinal, quem ficava com a parte pesada — pesquisar, reunir as informações, compilar os dados, redigir, ou seja, *tudo* — era o namorado à toa. E nem sempre Valentina se sentia satisfeita com os resultados.

Cansado de ser esse babaca, dei um chega pra lá nela e terminei tudo.

Passamos uma semana separados; eu, vivendo um período de liberdade bastante proveitoso. Até que ela bateu na porta da casa da minha mãe, dizendo-se arrependida por ser tão geniosa e querer as coisas sempre do seu jeito.

— Sinto tanto a sua falta... — choramingava.

Hesitei, confesso. Eu amava Valentina de verdade, mas não poderia reatar o namoro se fosse para tudo permanecer do mesmo jeito. Então ela prometeu que mudaria, que me daria espaço. Lembro-me de ouvir Priscila, na época uma pirralha de onze anos, gritar da cozinha, de on-de ela bisbilhotava a conversa, que as promessas de Valentina não passavam de palavras faladas da boca para fora.

Ainda assim, por estar apaixonado, segui meu coração e mergulhei fundo naquela nova chance. E tudo foi como Valentina havia prometido. Nada de cobranças, nada de estresse. Éramos agora um casal descolado, que chegava a causar inveja e admiração.

No final das contas, todo mundo um dia tem que amadurecer, não é?

Hoje

Quando vi o imponente nome *Rafaela Vilas Boas* logo abaixo do título "Primeiro dia de julgamento de Isabela Santana não apresenta

NENHUMA NOVIDADE", joguei o jornal para o lado e voltei para o quarto. Foi nessa hora que resolvi aceitar a folga de meio expediente que Luciana me concedeu, já que tinha trabalhado além da conta no dia anterior.

Cid ficou me encarando com a cabeça meio tombada para o lado enquanto eu catava um calção e meus óculos de natação dentro do armário.

— Sinto muito, amigão. Não posso levar você ao clube.

Gosto de me exercitar, embora não tenha paciência com academias. Por isso nado de vez em quando. Também caminho na avenida Bandeirantes, além de jogar futebol às terças com um grupo de amigos, incluindo o Fernando do jornal. Assim consigo manter a forma e cuidar da saúde ao mesmo tempo.

Chego ao Minas Tênis pouco depois das oito da manhã, certo de que seria o único por lá. Mas, mesmo sendo cedo e dia de semana, um bando de adolescentes barulhentas já montou acampamento. Elas acompanham minha chegada com um estardalhaço pouco disfarçado. Sou bem mais velho, quase um ancião comparado à média de idade da turma, o que não as impede de me paquerar abertamente.

Meninas!

Penso duas vezes se é prudente ficar seminu diante daquela profusão de hormônios femininos na puberdade, mas não despenquei de casa para recuar, intimidado por garotas histéricas. Então, com a intenção de movimentar a manhã de sol delas, jogo óculos, calça e camisa em cima de uma espreguiçadeira qualquer. Ouço umas risadinhas, acompanhadas de interjeições como *Oh! Nossa! Que gato!*

Prolongo o momento esticando-me um pouco antes de me lançar dentro da água, que é onde eu queria estar desde o princípio. Totalmente esquecido das meninas, dedico-me às braçadas que me levam a cortar a extensão da piscina incontáveis vezes. Não me preocupo em calcular nada: distância, tempo ou outra marca visada pelos nadadores profissionais. Só penso em... nada. Esvazio a mente para curtir a sensação.

Perco a noção das horas, embalado pela endorfina liberada pelo exercício puxado. Ótimo. Que venham todas as Rafaelas do mundo, que hoje estou preparado!

As adolescentes continuam na festinha particular delas quando saio da piscina. Não é minha intenção provocá-las ainda mais, embora qualquer movimento meu resulte numa série de exclamações embaraçosas. Dou um jeito de me mandar logo do clube antes que eu seja atacado — e depois acusado de assédio, corrupção de menores ou coisa parecida.

A ideia é me enfiar no vestiário sem dar bola para elas. Porém, por fim, não resisto. Caminho devagar e, quando estou bem perto do grupo, encaro uma a uma e dou uma piscadinha. É a catarse do espetáculo. Tenho consciência de que serei o assunto do dia naquela turma.

Meu humor já não é o mesmo quando saio do Minas Tênis Clube. Acho que a euforia proporcionada pela endorfina já passou. O ar descontraído se esvai ao pensar que logo estarei de volta à redação, onde uma pedra bem grande não vê a hora de se enfiar em meu sapato. Eu preciso impor limites a Rafaela se quiser manter a sanidade até o fim da porcaria desse estágio.

Assim que dobro a rua do jornal, meu celular emite o alerta de chegada de uma nova mensagem. Com uma mão no volante e a outra no telefone, abro o aplicativo e encontro o nome Fernando no topo da lista. Aposto que coisa séria é que não é. Comprovo isso ao ler:

> Cara, você tomou seu remédio hoje de manhã? Praticou tai chi chuan? Como lidou com o fato de a estagiária ter levado a melhor sobre a fera do investigativo? Estamos preocupados. Até fizemos uma aposta (William deu a maior parte): quanto tempo você vai levar para estrangular a menina? Acho que um ou dois dias no máximo. Kkkkk

Se eu já não estivesse acostumado com as palhaçadas do Fernando, até poderia ter ficado puto. Mas as alfinetadas dele não me incomodam nem um pouco. Servem mesmo para aliviar o clima do dia a dia.

Dessa forma, para contradizer as previsões dos caras, armo uma expressão relaxada ao entrar no setor, como se a trairagem de Rafaela não tivesse me afetado. Pelo contrário. Faço com que eles pensem que fiquei muito bem com a publicação do texto escrito por ela.

Só para registrar: não é o fato de ceder espaço para a estagiária que me incomoda, mas sim os meios usados para se chegar aos fins. Se não fosse *eu* o mentor dela, a garota poderia ser eleita a rainha da redação que eu não me importaria. E escrever quantas matérias quisesse, empregando ou não o tão proclamado toque feminino defendido por Maurício Gusmão e Luciana.

— A-há! Acho que ganhei uma das apostas — anuncia Fernando no instante em que a gente se esbarra no corredor.

— Então vai bancar a cerveja de sexta. — Entro na brincadeira, ignorando de propósito o teor da tal aposta.

— Teve gente que achou que você não apareceria aqui hoje.

Dou uma risada forçada.

— Talvez esteja na hora de pararem de se preocupar tanto assim comigo. — Bato nas costas de Fernando e sigo meu caminho.

Impossível não notar a presença de Rafaela tão logo chego à editoria. Que eu saiba, o expediente dela começa à uma da tarde. Isso significa que terei de praticar meu exercício de tolerância mais cedo.

Por sorte, ela não me vê. Está concentrada na tela do computador. Aproximo-me devagar, com a intenção de pegá-la de surpresa, mas interrompo essa ideia quando percebo com o que a metidinha está tão entretida.

> Obrigada pelo incentivo. Pode apostar que fui pega de surpresa.
> Sobre o café, bom, gostaria muito de aceitar sua proposta, já que não resisto a um bom cafezinho, mas tenho que voltar para o fórum à uma da tarde.
> Vamos deixar para uma próxima vez?

Rafaela digita freneticamente, empolgada com o que parece ser uma paquera on-line com Marcelo Novais, repórter esportivo do jornal. Sei disso porque o serviço de mensagens internas da redação é igual a qualquer chat conhecido. A foto dos usuários estampa os perfis.

Sem brincadeira, quem está surpreso agora sou eu. Nem imaginava que esses dois se conheciam, muito menos que fossem próximos. Mas, pelo jeito, a baixinha não é de perder tempo. Não sei por que estou assustado. Não é da minha conta.

Ainda assim, não me afasto. Continuo parado atrás dela, curioso com o desenrolar do xaveco virtual.

> Uma próxima vez é uma data muito vaga. Como falta muito para uma hora, que tal se formos daqui a... quinze minutos? Estou com uma folguinha e acho que, tecnicamente, seu horário de expediente ainda não começou.

E não é que Marcelo tem um lado engraçadinho? Eu, particularmente, achei a cantada muito fraca, opinião não compactuada por Rafaela, que solta uma risada extasiada logo que lê a mensagem.

> Tem razão. Tecnicamente não estou aqui. Deixa eu só consultar minha agenda...
> Brincadeirinha. Vai ser legal tomar um café daqui a quinze minutos.

Não me contenho mais. Apesar de preferir evitar me envolver na paquera alheia, vejo nessa ocasião a oportunidade ideal para me "vingar" por Rafaela ter sido tão abusada ao mandar a matéria dela para Luciana sem sequer comentar comigo sua pretensão.

— Veja só que novidade! — digo, empregando um tom de repreensão à voz.

Por estar distraída, a garota levou um tremendo susto, desses de fazer a pessoa pular e colocar as mãos sobre o coração. Como ela é meio desajeitada, acabou socando o cotovelo no encosto da cadeira. Imagino que tenha doído pra valer, se é que esfregar o local e ficar dando pulos de agonia signifiquem isso.

A cena é muito engraçada, dessas que a gente só assiste nos filmes de humor pastelão. Mas não deixo transparecer meu divertimento. Não quero ser amigo dessa estagiária sem noção, nem mesmo amolecer diante dela. Já disse e repito: não nasci para ser babá, nem pretendo me transformar no indivíduo masculino daquelas duplas ridículas de séries americanas, como as que minha irmã Priscila costuma acompanhar.

Cruzo os braços sobre o peito, de modo a enfatizar a postura de quem não está nada satisfeito com a atitude de Rafaela — não que eu nunca tenha morcegado no trabalho antes, só para constar. Aponto para a tela do computador e acuso, abusando da arrogância que conquistei com anos de prática:

— Chegando cedo ao trabalho para ficar batendo papo... Não vejo nenhum sentido nisso, ainda mais quando a conversa é de caráter pessoal. Muito bonito pra você.

Pela vermelhidão que transfigura a cor naturalmente pálida do rosto de Rafaela, percebo que exagerei na bronca. Porém o prazer de ter feito a metidinha perder a fala superou o remorso.

— Como você bem observou, não estou no meu horário de trabalho. — Ela não demora a se recuperar do ultraje. Com o indicador voltado em minha direção, a garota se empertiga, me dando uma nova amostra do seu gênio enfezado. — Além do mais, você não tem nada com isso.

— É verdade. Mas aposto que você não gostaria de ser atrelada, tão prematuramente, ao grupo de pessoas que gostam de morcegar e usam os recursos da empresa para resolver assuntos não profissionais. Não vai pegar nada bem para a menina de ouro.

Sem resposta para uma nova rodada de ataque verbal, Rafaela se senta novamente, sem deixar de massagear o cotovelo que levou a pancada. Eu não a conheço direito, mas sou capaz de apostar que está matutando uma réplica à altura das minhas acusações.

Quanto a mim, estou doido para ouvir o que ela tem a dizer dessa vez. Está certo que não nos damos bem, embora discutir com essa garota esteja se tornando o ponto alto dos meus dias atrelado à porra desse estágio.

De costas para mim, Rafaela questiona, fingindo indiferença (sei que está fingindo, pois sua respiração é um descontrole só):

— Tem mais alguma coisa a dizer?

É a deixa para eu tocar no assunto que tem me incomodado de verdade. Como disse antes, é preciso estabelecer certos limites. Caso contrário, darei todos os motivos para os caras da editoria ganharem a tal aposta.

— Sim. — Agacho-me e giro a cadeira dela para que fique cara a cara comigo. Olho diretamente nos olhos de Rafaela, com o objetivo de ser o mais claro possível. — Da próxima vez que resolver enviar uma matéria para avaliação da Lu, tenha a decência de me avisar antes. Assim eu posso ir para casa mais cedo.

Rafaela estremece, dando sinais de que vai se defender.

Não lhe dou essa chance. Fico de pé rapidamente e volto para a minha mesa. Nem imagino o tipo de reação que provoquei na menina, mas tampouco estou interessado em saber.

— Mas foi você que mandou publicar. E eu não tive a intenção de roubar seu espaço — ela se justifica, olhando-me por sobre a divisória de madeira. Sua expressão é de genuíno arrependimento.

Uma gargalhada meio do mal se desprende da minha garganta, enquanto a encaro com ceticismo.

— Está certo. Acredito em você tanto quanto no Coelhinho da Páscoa. — Corto o contato visual e me concentro nos recados colados ao redor do meu computador. — Mesmo assim, segundo a Lu e não porque eu quero, somos parceiros, como aqueles policiais dos enlatados americanos idiotas. Portanto sua imagem de estagiária perfeita permanecerá imaculada se você aprender a dividir, a compartilhar as informações. — Pisco para enfatizar. — Só um conselho de... *amigo*.

Rafaela bufa e se joga sobre a sua cadeira, rendida pela discussão. Escuto o martelar frenético no teclado. Aposto que está aceitando o convite para o tal café, feito pelo mauricinho do Marcelo.

Pensando bem, acho que os dois até que combinam. Patricinhas nasceram para os mauricinhos. Meu estômago se contrai, só de prever a dosagem de açúcar e mel presentes no encontro vespertino daquelas duas criaturas perfeitinhas.

Capítulo 6

O exercício da profissão de jornalista é uma atividade de natureza social e de finalidade pública, subordinado ao presente Código de Ética.

Seis anos antes...

Com um ano e meio de curso, consegui meu primeiro estágio na área de jornalismo. Não era nada grandioso nem espetacular, apenas um cargo no laboratório de telejornalismo do departamento de comunicação. Mas claro que achei minha contratação o máximo, ainda mais porque disputei a vaga com vários outros candidatos. E ela, enfim, ficou comigo.

Fui designado à função de cinegrafista, apesar de ainda não estar muito familiarizado com o equipamento. Porém deixei claro que poderia aprender a manejá-lo adequadamente. E aprendi mesmo. Em poucos dias eu já parecia um veterano no setor.

Lembro-me até hoje da minha primeira reportagem. Eu e uma colega, dois períodos mais adiantada, fomos cobrir um incêndio num shopping do centro de Belo Horizonte. A adrenalina corria solta dentro de mim, tão animado que estava por poder colocar a mão na massa de verdade, como um profissional. Chegamos ao local num carro da faculdade, eu na pose, me achando um jornalista experiente e tarimbado.

Ficamos meio desorientados no começo, um pouco perdidos diante de tamanha confusão: bombeiros, lojistas, clientes, curiosos, repórteres. Até que, atraída pela câmera — aliás, o poder de atração exercido por uma câmera de televisão rende um capítulo à parte —, uma mulher nos abordou, ansiosa por relatar tudo o que havia presenciado.

No final das contas, a matéria editada até que ficou legal:

> Um incêndio fechou as portas do Shopping da Capital, no centro de Belo Horizonte, na manhã desta segunda-feira
>
> Segundo revelação de uma cliente, ela fazia compras em uma loja de eletrodomésticos quando começou a sentir o cheiro de borracha queimada. "Aconteceu por volta das 10h50. Uma atendente da loja correu até mim e pediu que eu saísse depressa, porque o shopping estava pegando fogo. Saí rápido de lá, apavorada. Havia muita fumaça. Não sei se foi um curto-circuito, mas estava tomando conta do shopping todo."
>
> Ainda conforme a cliente, houve pânico, principalmente porque nem os funcionários nem a estrutura do shopping estavam preparados para enfrentar o fogo. "As sirenes tocaram muito baixo, sem contar que os esguichos de água instalados no teto não funcionaram em momento algum."
>
> A assessoria do Shopping da Capital explicou que o incêndio começou na praça de alimentação, em uma pizzaria. Ao detectar fumaça, o dispositivo de alarme de incêndio foi ativado, e todos os funcionários e clientes deixaram o estabelecimento. Brigadistas do shopping trabalharam no combate ao fogo. Não houve vítimas.
>
> O local foi fechado às 11h50 e não será reaberto nesta segunda, para limpeza e manutenção.

Eu reconhecia que não ganharia um Prêmio Esso pela reportagem, mas fiquei o resto do dia sorrindo à toa, como se a notícia que ajudei a disseminar fosse capaz de mudar a vida dos poucos telespectadores que acompanhavam o jornal diário da rede de TV da faculdade.

Mas, naquela época, aquele primeiro passo significou muito para mim: entre tantas outras coisas, o incêndio no shopping me provou que eu estava no lugar certo, como se a imprensa tivesse sido criada por Gutenberg tantos anos atrás justamente para presentear uma única pessoa: eu.

Hoje

Sim, eu amo o jornalismo, ainda que fique muito puto por perder minha noite de sexta-feira me acabando numa reportagem bastante complicada, sobre uma mulher, dona de uma creche, acusada de gerenciar uma rede de tráfico de crianças. O fato em si é um rolo só, já que não há provas concretas contra a proprietária, apesar de todos os indícios apontarem para ela.

Eu a entrevistei pessoalmente mais cedo. Do meu ponto de vista, não resta dúvida: é culpada. Entretanto, evito empregar juízo de valor ao texto, pois não é esse o meu papel, limitando-me a expor os fatos.

> Uma mulher suspeita de envolvimento em um esquema de tráfico de crianças foi presa, na tarde desta sexta, na creche Recanto Infantil, em Betim, região metropolitana de Belo Horizonte. Conforme as investigações, Elaine Amarante, 37, intermediava a entrega de um bebê, que seria levado por uma mulher para o Rio Grande do Norte.
>
> "Nós já tínhamos informações de que esse tipo de crime estaria acontecendo. Além disso, por meio de uma denúncia anônima, soubemos que a mãe de um menino de sete meses estava envolvida de forma suspeita com Elaine. As duas foram vistas negociando a venda do bebê para um casal estrangeiro", explicou o delegado responsável pelo caso, Wanderley Barreto, da 3ª Delegacia de Polícia Civil de Betim.

Segundo ele, a mãe da criança, Josiane Almeida, chegou a receber o pagamento pela criança. Mas, arrependida, fugiu com o menino antes de entregá-lo a Elaine. Durante o depoimento, Josiane revelou que foi Elaine quem a convenceu a vender o filho. Além disso, a mulher garantiu que a criança seria muito bem-criada pelos pais adotivos e receberia muito mais deles do que Josiane poderia dar ao menino.

A mãe da criança também contou aos policiais que passou cerca de três meses na casa da suspeita. "Já a Elaine nos disse que conhecia a mulher apenas como mãe de um aluno da creche e que nunca teve relação alguma com ela além de questões atreladas ao dia a dia da criança na escola", completou o delegado.

Barreto informou que pedirá a perícia do celular da suspeita de tráfico de crianças por causa das mensagens de texto encontradas no aparelho. "A Elaine trocou torpedos com outra pessoa, que ainda não sabemos quem é. Essas mensagens mostravam que ela estava preocupada com a Josiane e com medo de que ela as delatasse." Segundo o delegado, em outra mensagem, Elaine falava para a mãe do bebê não amamentar o filho.

No depoimento, Josiane, que também é mãe de uma criança de dois anos, contou ao delegado que iria vender o bebê porque não tem condições de criá-lo. O menino foi encaminhado ao Conselho Tutelar da Criança e do Adolescente.

Elaine Amarante foi solta no final da tarde e aguardará os resultados da investigação em liberdade.

Durante a entrevista, Elaine se fez de vítima inúmeras vezes. Por experiência própria, sei que essa estratégia de tentar sensibilizar a opinião pública com lágrimas e lábios trêmulos acaba gerando efeito contrário. Não posso decretar sua culpa, embora minha vontade, ao desligar o gravador, fosse sentenciar de uma vez a pena que a falsa educadora merece.

Pelo relógio do computador, noto que não restam muitas horas antes que a sexta termine. Se eu quiser aproveitar o que sobrou da noite, preciso ser rápido e escapar do jornal o quanto antes. Envio o texto para Luciana, esperando que ela o aprove sem restrições.

Como minha mesa está toda revirada, aproveito para colocar as coisas mais ou menos em ordem enquanto espero o retorno da editora. A faxina chama a atenção de Fernando.

— Está doente, cara?

Olho para ele com desdém, porque não estou disposto a dar trela para as bobagens que Fernando gosta de inventar. Ainda assim, meu colega ameaça insistir. Mas Luciana aparece e estraga os planos dele.

Ela puxa uma cadeira, o que não é um bom sinal. Se veio até mim e se sentou, é porque não aprovou o texto. Ainda. Antevejo as próximas horas: eu mergulhado no enfadonho processo de revisão. Faz parte. Mesmo que seja necessário acabar com minha noite de sexta.

— Bernardo, eu até gostei da matéria. — É no *até* que eu me apego. Prevejo aonde essa sentença vai dar. — Mas acho que podemos usar um tom menos acusatório em relação à dona da creche.

Dou um suspiro cansado.

— Não tive essa impressão — me defendo, não por me recusar a reescrever o texto. Acho mesmo que fui bem imparcial.

— Mas eu tive. — Luciana se levanta, revelando que não está disposta a abrir qualquer discussão sobre o assunto. — E chame a Rafaela. Ela pode ajudar.

Fico tentado a persuadi-la a deixar a estagiária patricinha de lado. Porém reconheço que seria um caso perdido. Mal consigo acreditar que minha editora não possa viver sem os retoques de uma reles estudante de Jornalismo. Onde foi parar a lógica da experiência?

Sem retrucar, busco o número de Rafaela na agenda do celular. Não gosto de ter que fazer o papel de garoto de recados. Toco no botão verde e quase escuto os acordes de *O fantasma da ópera* berrando do outro lado da linha. Mais uma estranheza da garota que aportou na redação com louros de estrela.

— Alô? — ela atende depois de vários toques.

— Rafaela, é o Bernardo — aviso sem preâmbulos.

Por alguns instantes o telefone fica mudo, como se a ligação tivesse sido cortada. Mas sei que não foi isso que aconteceu. Claro que peguei Rafaela de surpresa.

— Ei, você está aí? Sou eu, Bernardo Venturini, seu colega de trabalho — insisto, caso ela tenha esquecido.

— Claro que sim. É o único Bernardo que conheço — responde, deixando seu gênio forte sobressair.

— Ótimo. Sei que não é uma boa hora, mas estamos em pleno fechamento aqui no jornal, e a Lu quer que você venha para cá.

Nem imagino qual das duas informações a faz ficar calada outra vez. Também pode ser uma mania, quero dizer, vai que a menina faça pausas estratégicas durante os diálogos telefônicos só para criar um clima de suspense.

Com preguiça de esperar pela reação dela, ressalto que a ideia de entrar em contato não foi minha, no que Rafaela permanece muda feito uma porta.

— Pela economia de palavras, deduzo que sua resposta seja *não*. — Faço uma pequena dança da vitória, no sentido metafórico, óbvio. Animado, completo: — Vou avisar para a Lu que você já tem compromisso nesta noite de sexta.

— Você não vai fazer nada disso! — Aposto que Rafaela disse isso com uma tremenda cara de poucos amigos. — Estou indo. Só preciso de uns minutinhos pra me arrumar.

Solto uma risada frustrada; afinal, minha alegria durou muito pouco. Mas, de última hora, resolvo ser um pouco mais acessível.

— Vou pedir ao motorista do jornal pra te pegar. Está tarde pra vir dirigindo sozinha até aqui.

Não a vejo, embora tenha certeza de que ela titubeou. Entretanto se sai com esta:

— Não precisa. Pego um táxi.

— Como quiser.

Se Rafaela esperava ser adulada, se decepcionou.

* * *

Ela não demorou. Levando em consideração fatores como horário, trânsito, distância e escassez de táxis, até que a garota foi bem ligeira, o que é bom. Assim acabamos com a tortura mais cedo.

Percebo seu andar animado antes mesmo que Rafaela chegue à mesa. Uma coisa é indiscutível: a paixão dela pelo trabalho. Descobri alguém que idolatra tanto quanto eu (ou até mais) o jornalismo investigativo.

— Olha ela aí! — Fernando, agindo conforme o esperado, a encontra no meio do caminho e tasca um abraço nela. Até parece que não vê Rafaela há meses. — Bem-vinda ao hospício.

— Obrigada.

Observo sua reação enquanto ela olha em volta, provavelmente esperando encontrar Luciana com orientações específicas sobre a revisão textual. No meio da busca, nossos olhares se encontram. Me ver não a deixa feliz. Pior, Rafaela provavelmente nem se dá conta, mas sua expressão é de genuíno desânimo.

— Bem, estou aqui. — Ela aponta o óbvio, meio encabulada, o que faz com que pareça uma menininha de colégio. — O que devo fazer? Alguma recomendação especial?

Eu bem que poderia mandá-la de volta para casa, ou soltar uma piada que deixasse Rafaela corada até a raiz do cabelo. Porém, acima de tudo, quero ir embora logo e aproveitar a folga que tirarei desse estágio durante o final de semana.

Informo que nossa editora teve que ir embora, mas deixou claro que espera uma reformulação da matéria, já que considerou o tom duro demais — não que eu seja capaz de entender esse argumento.

— E o que ela quer que eu faça?

Será que não deixei claro?

— O tal do toque feminino que ela vive proclamando pela redação nos últimos tempos. Sendo assim, infelizmente não posso fazer nada, já que não possuo esse... toque.

Faço um gesto expressivo para ressaltar o duplo sentido. Ao longo dos anos, fui aperfeiçoando a técnica. Homens enigmáticos tendem a se dar melhor com as mulheres. Atesto isso respaldado na prática.

— Mas a matéria está pronta, e ela ficou enorme — pondera Rafaela ao avistar o texto sobre minha mesa. — Não posso reescrever tudo de uma hora para outra, até porque o texto original não é meu.

Exatamente como eu pensava. Mas ordens de cima não devem ser ignoradas, então faço com que ela entenda isso, dizendo:

— Ordens da chefe. Agora senta aí e vai ligando o computador.

Ignoro seu ultraje e envio a matéria para ela. Sem outra coisa para fazer enquanto Rafaela executa sua tarefa, tamborilo os dedos na mesa e me concentro nos reflexos proporcionados pelas argolas de prata que uso nos dois dedos do meio. Comprei ambas quando viajei ao Peru, nas minhas primeiras férias do jornal. Sempre quis conhecer Machu Picchu e desvendar um pouco da civilização inca. A ideia original era levar Valentina comigo. Mas esse plano degringolou muito antes de a viagem acontecer. De qualquer forma, foi incrível. Os anéis são a prova de que nunca conheci nada igual até hoje.

Nem ninguém. Desde que meu namoro com Valentina acabou, tenho me precavido contra relacionamentos duradouros. Ser livre e não precisar dar satisfação a ninguém não tem preço. Quem não se conforma é minha mãe. Por ela eu já teria me amarrado seriamente e começado a planejar meus futuros cinco filhos (número esse estipulado pela própria dona Inês). Não tão cedo. *Não mais*. A vida é boa do jeito que está.

Além disso, há objetivos prioritários na minha linha de tempo. Um deles — o maior, talvez — é trabalhar como correspondente internacional e viver de modo meio nômade pelo mundo. Como encaixar uma relação nesse projeto? Melhor estar livre para conhecer a... *cultura* (se é que posso nomear assim) de cada país por onde eu pisar.

Consulto o relógio e noto que o tempo meio que voou. Olho por cima da divisória e me deparo com Rafaela concentradíssima em sua função. Sem me levantar, vou até ela arrastando a cadeira de rodinhas. Minha intenção é lhe dar um susto só para implicar. No entanto, paro antes de executar a brincadeira, pois visualizo o trabalho na tela. Há duas janelas abertas: uma, com o texto que escrevi; a outra é a versão dos fatos sob o ponto de vista de Rafaela. Apesar de não ver muito, percebo que os focos abordados estão bastante distintos.

Então ajo por impulso. Deslizo a cadeira em alta velocidade, até que ela se choque na lateral da cadeira de Rafaela, que se assusta com o encontrão premeditado. Ela tira as mãos do teclado e as cruza sobre o peito, como se estivesse se defendendo de um ataque.

— Mas o que...

— Desse jeito você vai mudar completamente o enfoque da matéria — acuso, com o dedo apontado para o monitor dela.

Rafaela me olha com perplexidade, o que deixa seus olhos cor de mel bem expressivos e com um brilho que chega a parecer perigoso.

— E não foi pra isso que fui chamada?

Ela fica de pé e engancha as mãos na cintura. Confiro-a de cima a baixo, detendo meu olhar por mais tempo em seus sapatos de salto alto. Não sei como ela suporta. Mas sou obrigado a admitir: eles a deixam bem gostosa.

Balanço a cabeça, me obrigando a voltar ao assunto original.

— Para suavizar a informação, não mudá-la totalmente.

Estou prestes a apagar as frases que Rafaela escreveu, sem pedir licença nem nada. Ainda assim, dominado pela raiva, percebo Fernando nos observando com diversão.

Por conta dessa distração, sou surpreendido pelas mãos da garota puxando meu braço, me impedindo de deletar o texto dela. E não é que a menina é forte, além de ser cheia de atitude! Sua reação faz com que todos fiquemos surpresos, quero dizer, eu e os demais caras da editoria.

Cacete!

— Não ouse apagar minhas palavras!

— Então não mude o sentido! — Também me levanto. Aposto que meus centímetros a mais conseguem intimidá-la.

Ou não..

— Não mudei nada!

— Como não? Você desviou o foco da creche, como se ela fosse um exemplo, e não a personagem principal. — Suspiro, exasperado. Não imagino aonde chegaremos desse jeito. — Estamos discutindo a possibilidade de a dona da creche ser membro de uma rede internacional de tráfico de crianças. O assunto é esse, não o tráfico de modo geral.

Rafaela rebate, alegando que não há provas contundentes contra a tal Elaine. Por isso esclarece que o texto pode conter um tom mais abrangente. Por outro lado, eu afirmo que não estamos acusando ninguém.

— São conjecturas, respaldadas pela polícia — reforço. — E vamos combinar que a velha lá não engana.

Ela não se conforma. Mesmo com os fatos bem apresentados, Rafaela se recusa a dar o braço a torcer. Para mim, essa atitude só pode representar uma coisa: ego inflado.

— Pare com essa mania de querer aparecer — sugiro, me afastando dela.

De repente, o rosto dela perdeu a cor. O rubor de antes, provocado pelo calor da discussão, se transformou em algo pálido, quase translúcido. Acho que acabei pegando pesado demais. Já não tenho certeza se a questão é mesmo excesso de confiança.

Amuada, Rafaela se solta sobre a cadeira. E, quando penso que a fera foi finalmente abatida, ela se recupera numa velocidade impressionante.

— A única pessoa que faz tudo para aparecer nesse jornal é você, Bernardo. Essa fachada de sujeito arrogante não me engana. Você é tão cheio de si que não sabe trabalhar em conjunto, tem dificuldade de escutar as pessoas e não consegue conviver em harmonia. Então não me chame de aparecida, porque, nesse caso, quem acusa é que é.

Sério, não sei se acho graça — porque o sermão é realmente cômico — ou se me armo de indignação. Fernando já fez a escolha dele, já que não se preocupa nem um pouco em esconder a diversão que proporcionamos a ele.

— Dá-lhe, Rafa! Acaba com a pose do bebezão — entoa, brincalhão.

Então decido baixar a guarda. Alguém tem que ser o adulto da contenda. Balanço a mão para que Rafaela se aproxime, de modo que perceba que não estou a fim de continuar a briga. Ela se levanta e para a uma distância neutra. Mas eu prefiro me aproximar mais.

— Seguinte: refaz o texto do jeito que achar melhor e depois a gente vê. De qualquer forma, quem vai aprová-lo ou não é a Lu, de onde quer que ela esteja. Não vou me intrometer mais.

— Ótimo.

Rafaela concorda depressa, mas nem de longe sua expressão indica a segurança que ela finge estar sentindo. Parece que as coisas vão se acalmar agora.

— E depois os pombinhos estarão livres para curtir o resto da noite de sexta. — Fernando dá um jeito de complicar um pouco mais.

Ergo o olhar para verificar a reação de Rafaela diante da brincadeira. A cor está de volta ao rosto dela.

— Muito engraçado — responde ela, as pálpebras encobrindo seus olhos.

Opto por não fazer mais nenhum comentário. É melhor deixar como está.

Capítulo 7

O compromisso fundamental do jornalista é com a verdade dos fatos, e seu trabalho se pauta pela precisa apuração dos acontecimentos e sua correta divulgação.

Seis anos antes...

— **Ei, Bê!** Pode dar uma ajuda aqui?

Mel, companheira de laboratório e quase sempre a repórter em frente à minha câmera, estava agachada embaixo da ilha de edição, tentando recuperar algo que havia escorregado da mesa. A posição favorecia sua silhueta curvilínea, o que fez os músculos da parte baixa do meu corpo dar uma repuxada. Tratei de esfriar o ímpeto, já que ela era uma colega e eu tinha namorada.

Resgatei a folha de papel enfiada atrás do equipamento e dei uma conferida nela antes de devolvê-la a Mel.

— Que anotações são essas? — eu quis saber, confuso.

— São para o trabalho do professor Carneiro. Ele quer que a gente faça uma cobertura investigativa. Decidi apurar uma denúncia de cobrança ilegal de passagens de pacientes que dependem do transporte da prefeitura para receber atendimento em hospitais especializados no tratamento de doenças graves.

Eu a encarei com curiosidade. Explicado daquela forma, o trabalho me pareceu bastante complexo, além de instigante. O instinto mais inquisidor existente dentro de mim deu sinal de vida.

Como Mel estava um semestre na minha frente, perguntei se ela não aceitava minha companhia durante as investigações. A princípio, Mel entendeu que minha oferta tinha um quê de machismo, como se eu me oferecesse para defendê-la, caso alguém se sentisse ameaçado por suas abordagens jornalísticas. Expliquei que a intenção era puramente empírica, ou seja, eu, que começava a adquirir uma queda pelo jornalismo investigativo, queria formular um conceito sobre a área por meio de uma experiência que me parecia imperdível.

Expostos dessa forma, meus argumentos acabaram por convencê-la. Então decidimos seguir a linha "oficiais disfarçados de civis". Sem revelar que éramos estudantes de Jornalismo, nos cadastramos na prefeitura para usar o micro-ônibus que levava pacientes a um hospital especializado em tratamento de câncer. Mas, antes, tivemos que nos desdobrar para convencer um alto funcionário da Secretaria de Saúde a autorizar, em caráter de urgência, uma vaga para Mel e eu no tal ônibus. Por sorte ele jogava tênis com o pai dela uma vez por semana, o que facilitou (e muito) nossa vida.

No entanto, quando chegou o dia de embarcarmos, fomos interceptados por um sujeito uniformizado, que se autointitulou "agente de saúde". Ele revelou que só seguiríamos viagem se pagássemos, em dinheiro, um valor absurdo pelo direito de usar o transporte.

Na hora, me fingi de desentendido e argumentei que a cobrança era indevida, uma vez que a prefeitura disponibilizava gratuitamente o serviço, segundo conhecimento geral. Mas o homem, muito esperto, deixou claro que, desde a mudança da administração da cidade, a taxa havia sido incluída e informada à população.

Por fim concordei, conforme Mel e eu tínhamos planejado. Precisávamos ir até o fim para verificar se havia outras pessoas envolvidas. Nesse meio-tempo, uma câmera embutida coletava as imagens, fundamentais para dar à reportagem a credibilidade necessária.

Conclusão: o trabalho foi um sucesso, que rendeu a Mel uma nota máxima e, a nós dois, o desdobramento do assunto na televisão da universidade. Apesar do risco que corremos — os membros da quadrilha, depois de desmantelada, desconfiaram que as denúncias haviam sido feitas por nós dois —, desse dia em diante só pensava em me tornar um *expert* do jornalismo investigativo. Nunca mais coberturas sobre incêndios em shoppings, mudanças no trânsito e campeonatos esportivos tiveram apelo sobre mim. Eu só queria saber de corrupção, tráfico, assassinatos não esclarecidos e afins.

Hoje

Dou o tempo de que Rafaela precisa para reestruturar o texto, ainda que minha paciência tenha se esgotado logo nos primeiros minutos desde que mandei para ela a matéria. Aproveito a folga para fazer umas pesquisas na internet, nenhuma delas relacionadas a trabalho. Tenho algumas paixões secretas: carros, viagens a lugares exóticos e meu time de futebol do coração, o Atlético Mineiro.

Salão do Automóvel de São Paulo, Himalaia e o novo contratado do Galo distraem minha cabeça enquanto a estagiária esquentadinha faz seu trabalho. Por um bom momento, eu me esqueço completamente de sua existência.

— Pode dar uma lida no texto, por favor?

A voz de Rafaela, ainda um pouco embargada pelo silêncio prolongado, me tira do "parque de diversões". Fecho as guias da internet e vou para o lado dela, puxando minha cadeira. Dessa vez, tomo cuidado para permanecer a uma distância segura; afinal, não quero correr o risco de ter o braço quase arrancado outra vez. Leio as palavras dela com atenção e não desvio o foco nem quando Rafaela faz um estardalhaço danado ao abrir o pacote de uma barra de cereais.

Não sei se com alegria ou preocupação, noto que a matéria refeita nem de longe atingiu o nível de qualidade que Luciana sempre espera de Rafaela. Não que as palavras estejam mal empregadas. É o enfoque

que não me agrada. Entretanto, deixo para nossa editora resolver a questão.

— Ficou bom — digo com cuidado. Não que eu deseje enganá-la, mas estou valorizando o que o texto tem de melhor: a articulação das ideias.

Rafaela suspira e se levanta, tirando a alça da bolsa do encosto da cadeira. Não deve ter notado minhas ressalvas não ditas.

— Aonde vai? — pergunto ao preparar o e-mail para mandar a Luciana.

Embora esteja tarde, é bem provável que Rafaela prefira esperar uma eternidade por um táxi a aceitar minha carona.

— Ué, pra casa. Terminamos por hoje, não é?

Não espero que ela escape. Posso ter muitas reservas contra a garota, mas não pretendo abandoná-la à própria sorte em busca de um táxi.

— Levo você. Já está muito tarde.

Claro que Rafaela recusa a oferta. Pelo jeito, as restrições dela são bem mais fortes do que as minhas. Admito que meu ego não gosta nada disso. Normalmente inspiro outros sentimentos nas mulheres.

Ela agradece a gentileza, porque é educada demais para virar as costas e sair. Quanto a mim, sou cabeça-dura em excesso para acatar um *não* tão facilmente.

— Pega táxi nada. Você sabe como é difícil achar um nesta cidade, ainda mais a esta hora.

Para minha surpresa, Rafaela cede. E eu pensando que travaríamos mais uma batalha exaustiva...

Ela me segue pelos corredores da redação enquanto nos dirigimos ao estacionamento. A esta hora só os plantonistas continuam no trabalho, o que gera um aspecto meio fantasmagórico ao prédio, potencializado pelo silêncio sepulcral que recai sobre nós dois. O único som é o *toc-toc* ritmado dos sapatos de Rafaela.

Percebo que ela hesita um pouco quando paramos ao lado do meu carro. Juro que não entendo o motivo. Já estivemos nessa situação várias vezes para a garota se sentir intimidada.

Dou partida assim que nos acomodamos, mas não saio do lugar antes de conferir.

— Gutierrez, né?

— Oi?

— Seu bairro — esclareço. Já deixei Rafaela em casa uma vez, mas não custa me certificar.

— Ah, sim. Rua Marechal Hermes.

— Eu me lembro — resmungo, e ela me lança um olhar mortal. Deve estar se indagando por que diabos eu perguntei. Então emendo: — Acabei de me lembrar.

Depois dessa, seguimos em completo silêncio. Para a situação não ficar mais constrangedora ainda, ligo o rádio, cuja voz marrenta de Chorão, ex-vocalista da banda Charlie Brown Jr., preenche a atmosfera carregada de dentro do carro. Pelo canto do olho, percebo que Rafaela se remexe no assento, incomodada não sei com o quê. Talvez ela não goste do estilo musical ou ainda sofra pela morte do cantor. Vai saber.

Como eu gosto da banda e não estou com vontade de adivinhar os pensamentos da garota, deixo como está. Por fim, acabo me distraindo e chego a cantarolar baixinho:

Tão natural quanto a luz do dia
Mas que preguiça boa,
Me deixa aqui à toa,
Hoje ninguém vai estragar meu dia,
Só vou gastar energia pra beijar sua boca

E, talvez por isso, chegamos depressa ao prédio de Rafaela, que tem uma entrada bastante escura para os padrões de segurança de uma cidade violenta como Belo Horizonte. Portanto estaciono o mais próximo possível da portaria e prometo silenciosamente que só arranco dali quando minha colega impertinente estiver dentro de casa, bem segura.

Ela me olha com certa gratidão e balbucia um *obrigada* quase inaudível. Porém, sem que eu pense muito bem no que estou fazendo, encolho os ombros e digo:

— Desculpe por ter estragado seus planos.

Na verdade, eu nem sei se havia ou não algum plano. Apenas achei que valia a pena me desculpar por atrapalhar a noite de sexta-feira de Rafaela. Tanto quanto eu, ela se surpreende com minhas palavras. Então me encara, de um modo meio enigmático.

— Era só um jantar.

Arqueio uma das sobrancelhas. Um jantar, hein? Será que ela e o mal-intencionado do Marcelo combinaram alguma coisa?

Não resisto e repito, para confirmar:

— Só um jantar? Então não era importante? — Estou focado no advérbio *só*, que, nesse contexto, sugere algo sem importância. Não que isso seja da minha conta.

— Era muito importante. Mas pode ser remarcado. — Rafaela dá um suspiro, e seus olhos, de repente, ficam cheios de brilho, meio lacrimejantes até. — Em compensação, hoje participei do meu primeiro fechamento. No final das contas, acabei ganhando.

Essa declaração me deixa atônito por alguns segundos. Não que eu tenha acabado de ouvir uma grande revelação. Acontece que a expressão de Rafaela não só condiz, como reforça seu discurso apaixonado. Ela é mesmo louca pelo que a gente faz. É a primeira vez que sinto uma certa simpatia pela menina e enxergo nela a beleza que eu me recusava a ver.

— Você é uma fanática. — Zombo de Rafaela para esconder minha reação inesperada.

— Amo o que faço — ela sintetiza, já com metade do corpo para fora do carro.

Mas, como se trata de Rafaela e sua óbvia propensão a pequenos acidentes, a alça da bolsa dela fica presa no freio de mão sem que ela perceba (e eu tenha tempo de avisá-la). Assim que ela se lança para a frente para saltar do carro, a força se volta contra a garota, que retorna com tudo e acaba esparramada sobre mim. Seu corpo cai em meu colo de um jeito estabanado, embora algumas costelas também tenham batido forte na haste do freio de mão. Escuto um *ugh* doído, mas posso apostar que não é a dor que a deixa de rosto corado, levando em conta que uma parte dela está bem em cima do meu equipamento — e ele, safado, começa a despertar para a vida.

Apesar de tudo, não consigo segurar o riso. Rafaela é muito cômica. Sou incapaz de controlar a gargalhada que sobe por minha garganta e explode entre nós dois. Ela também ri, ainda que para esconder o embaraço. Faço pouco-caso.

— Não tem jeito com você, né? Como consegue ser tão descoordenada?

Em vez de me responder com atrevimento — o que certamente Rafaela faria em qualquer outra situação —, ela se debate, tentando se levantar sem permitir que as mãos toquem em alguma parte do meu corpo. Só rindo mesmo.

— Não sou assim... sempre.

— Claro que não.

Para acabar logo com isso, faço o que posso para ajudar Rafaela. Eu a seguro por baixo dos braços, empurrando-a para cima. Logo ela está sentada de novo, lutando para recuperar a dignidade. Fico com vontade de fazer outro comentário irônico, mas me contenho. A noite já deu o que tinha que dar.

Quando Rafaela finalmente põe os pés na calçada, forçando uma calma nitidamente falsa, ela me agradece e se vira rapidamente. Mas eu não resisto e, por fim, acabo gritando:

— Não vai ficar presa no elevador, hein?

A sensação é de que eu mal dormi e acordei minutos depois de pegar no sono. Mas a realidade (a luz do dia invadindo o quarto) me mostra quanto estou errado. Ainda atordoado pelo sono, preciso pensar duas vezes para ter certeza de que já é segunda-feira de novo. O relógio me esnoba, apontando para o fato de que preciso me levantar, enquanto ele passará o dia inteiro, ou melhor, o resto de sua existência, ali, no meu criado-mudo.

Ao cambalear até o banheiro, me lembro do sonho maluco que me fez dormir um sono só. Eu estava em Iriri, um distrito do litoral capixaba, onde passei férias uma vez. Meu eu de hoje era o personagem principal da história, o relator das ações do meu eu de anos atrás. Algo esquisito assim. Com meus olhos atuais eu me via andando de bicicleta pelas ruas da cidade, caminhando na praia, jogando conversa fora com o dono da banca de jornais, sempre de boné enterrado na cabeça e minha antiga mochila xadrez de preto e vermelho pendurada nas costas. O engraçado é que eu não me lembrava desse lugar havia muito tempo, mas, ainda assim, lá estava ele no meu sonho.

Em certo momento deixei de me ver. No lugar da figura do Bernardo adolescente, um par de olhos castanhos se manifestou. De alguma forma, eu sabia que eles pertenciam à menina que ficava escondida atrás da janela. Ela não estava chorando. Mesmo assim notei o brilho diferente que emitiam, como se estivessem molhados, com apenas uma fina camada de lágrimas encobrindo-os. Eram bonitos, mas, ao mesmo tempo, melancólicos.

Durante o sonho, a imagem dos olhos ficava indo e voltando à medida que meu eu antigo avançava até a Praia dos Namorados, um dos pontos turísticos mais conhecidos de Iriri. Chegando lá, contemplei o mar sentado na areia. Então, de repente, a menina se materializou e perguntou: "Você não me reconhece?".

Olhei para ela por uma eternidade, procurando traços reconhecíveis. A menina ficou parada, as mãos cruzadas na frente do corpo, esperando e esperando. E, de tanto olhar para ela, sua imagem foi ficando granulada, a ponto de se tornar praticamente invisível. Prestes a desaparecer de vez, os olhos dela brilharam como os de um gato no escuro. Nesse momento, ela falou: "Eu sempre estive aqui".

Ergo a cabeça e deixo a água do chuveiro bater no meu rosto com força. Não faço a barba porque é um saco ter que lidar com ela toda manhã. Não dou a mínima para sonhos e acho uma palhaçada essa história de ficar se importando com eles, porém confesso que esse último foi bem louco e me deixou meio encafifado. Por que voltar a Iriri agora, um lugar que guarda lembranças ruins da minha infância? E a menina dos olhos molhados? De onde ela surgiu?

Para minha própria sanidade, decido esquecer o sonho e me concentrar em chegar ao jornal sem atraso. Estipulo uma meta para o dia antes de sair de casa: convencer Biju, chefão do tráfico de drogas do Aglomerado da Serra, a conceder uma entrevista exclusiva à *Folha de Minas*.

Faz tempo que ando no encalço do cara, tentando conseguir um furo que me deixaria bem com os figurões do jornal. A ideia é publicar uma espécie de documentário sobre o tráfico em Minas Gerais, numa seção exclusiva na edição de domingo. Mas o sucesso do projeto depende do homem, que, embora não tenha negado nosso pedido de entrevista, tampouco o aceitou.

Enquanto dirijo, fico imaginando Rafaela me acompanhando nessa empreitada. Uma coisa é reestruturar textos, cobrir julgamentos e participar de coletivas de imprensa. Outra bem diferente é meter a cara no lado mais obscuro dos caminhos que nos levam à informação. Espero que ela não invente de subir o morro com aqueles saltos, senão vai acabar com os ossos dos tornozelos triturados — não que eu me importe com isso.

Chego à redação e vou direto para o telefone. Levo um bom tempo insistindo com um contato meu no Aglomerado que ele convença Biju a facilitar minha vida.

— Cara, estou tentando. Mas o homem aqui quer garantias, sacou?

Garanto que as garantias serão dadas e friso que faz parte do Código de Ética do jornalista resguardar o sigilo de suas fontes. Para autenticar minha palavra, até cito o número do artigo: é o quinto.

— Só me dê mais um pouco de tempo. Ligo assim que tiver uma resposta.

Esfrego a nuca ao desligar o telefone. Então me deparo com Rafaela chegando; uma expressão de quem comeu e não gostou grudada no rosto. Confiro sua aparência geral e fico surpreso com o fato de ela ter abandonado seus inseparáveis sapatos de salto alto. Hoje a garota optou por um *look* básico, como diriam os colegas da editoria de moda.

Sem seus centímetros extras, Rafaela parece uma fada adolescente, imagem reforçada pelas sapatilhas azuis que brilham em todas as direções.

De repente, me dou conta do rumo estranho que meus pensamentos tomaram por conta própria e desvio a atenção de volta para meu trabalho. Contudo minha decisão dura poucos segundos, uma vez que Fernando não deixa coisa alguma passar batido:

— Boa tarde, baixinha! O que houve com seus costumeiros sete centímetros a mais?

Escondo o riso por trás da divisória. Essa foi boa, e eu quero muito escutar a resposta.

— Não sou baixinha. Tenho um metro e cinquenta e nove.

Quase denuncio minha diversão gratuita ao levantar a cabeça e olhar diretamente para Rafaela. Ela só pode estar brincando ao dizer que, com essa medida, não se considera uma pessoa de baixa estatura. Que menina hilária!

— Fala. Sua vez de fazer uma piadinha — Rafaela diz, toda mandona.

Então, para contrariar, faço hora. Finjo me espreguiçar, estalo as juntas, solto um bocejo. Só depois falo:

— Nada a declarar.

— Ótimo! Porque hoje meu humor não está dos melhores.

Informação óbvia e desnecessária. O estado de espírito nebuloso de Rafaela está explícito a qualquer um que observar com o mínimo de atenção. Para completar, ela se joga na cadeira com força. Fernando olha para mim, como quem indaga: *Que bicho mordeu a garota?*

Escrevo no chat do jornal:

Sei lá o que aconteceu! Deve ter quebrado o salto, ou uma unha.

Fernando também dá opinião:

Ou ela pode ter brigado com o namorado.

Que namorado?

Quero saber. Jamais ouvi falar de namorado algum.

Sei lá! Uma menina linda como ela deve ter alguém, né?

Franzo a testa ao me lembrar de Marcelo, o colega da editoria de esportes. Por ser boa-pinta, ele sempre se considerou o sujeito mais irresistível do jornal e vive arrastando asa para toda mulher que não conhece o "currículo" dele. E não perdeu tempo com minha estagiária. Sei que já saíram para tomar um café, mas outros encontros podem ter rolado desde então.

Bonitinha, não linda.

Digito, desinteressado.

Acho que precisa fazer um exame de vista. A Rafa é uma graça.
Ah, se eu fosse uns vinte anos mais novo e solteiro!

Torça pra eu não me estressar com você e mandar uma cópia dessa conversa pra sua mulher.

Brinco. Todo mundo sabe que Fernando adora tirar onda, mas é louco pela família.

— Não vamos sair hoje? — A conversa fiada é interrompida pela pergunta de Rafaela, que se estica atrás da divisória para me enxergar. Depois teima que não é baixinha.

— Por enquanto, não. Ainda não conseguimos marcar a entrevista com o Biju.

Ela não faz nenhum comentário, mas o alívio que sente é visível. Engraçado, porque Rafaela se gaba por ser tão aplicada ao trabalho, mas treme na base ao primeiro sinal de perigo. Quero ver quando chegar a hora de subirmos o morro. Só espero que ela não faça nenhuma besteira.

Uma vez, na faculdade, uma colega foi conhecer um projeto social numa favela e deu o maior vexame ao chegar lá. Ficou achando que todos os moradores da comunidade eram bandidos. Acabou expulsa sem fazer a matéria.

Olha quem já vem ali. Acho que já sabemos quem é o namorado da nossa menina.

Leio a mensagem de Fernando ao mesmo tempo que percebo a presença de Marcelo. Ele chega de fininho, se coloca atrás da garota e tapa os olhos dela, que se assusta, mas leva poucos segundos para exibir um sorriso abobado.

— Se adivinhar quem é, ganha uma surpresa.

Esse é o Marcelão. Sempre muito criativo com as palavras.

Caçoo.

Bom, é como agem os apaixonados.

Fernando explica.

Apaixonados?! Eu não descreveria as coisas desse jeito.

Acompanho a evolução dos acontecimentos: Rafaela se livra das mãos de Marcelo enquanto gira a cadeira e fica de frente para ele. Os olhos dela entregam que a surpresa é bem-vinda. Desse momento em diante, a paquera transcorre mais ou menos assim:

— Marcelo! — Rafaela diz.

— Não valeu. Tinha que ter falado antes de ver quem era. Mas vai ganhar a surpresa assim mesmo. Se quiser, é claro.

Antes de descobrirmos qual é a surpresa que Marcelo vai oferecer, limpo a garganta com força, interrompendo o xaveco de propósito. Alguém precisa deixar claro que estamos em horário de expediente, não num bar de solteiros.

— De folga, Marcelão? — pergunto como quem não quer nada, ciente de estar ultrapassando meus limites.

Fernando se esconde por trás da divisória da mesa dele, certamente para não deixar que vejam seu sorrisinho irônico. Enquanto isso, o bobo do Marcelo meio que faz uma continência — sério que ele fez isso? —, como se fosse personagem de um filme americano idiota. Eu, no lugar dele, teria vergonha.

Por outro lado, Rafaela dá a impressão de estar adorando a performance do garotão.

— Só dei uma escapulida pra fazer um convite a você. — Ele aponta o dedo para ela, deixando claro que a conversa diz respeito apenas aos dois.

— Um convite?

Inacreditável! Se o diálogo abobalhado deles fosse filmado, aposto que viraria *hit* no YouTube.

Solto o ar pela boca, impaciente com tanta imbecilidade.

Mas a novela mexicana continua, cada vez mais melosa.

— Você gosta de vôlei? — Marcelo pergunta inesperadamente. Eu jurava que ele convidaria Rafaela para um passeio romântico no Parque das Mangabeiras.

— Vôlei? Sim, é claro. Quem não gosta de vôlei? É meu esporte favorito. Acompanho todos os campeonatos, sejam dos times masculinos ou femininos. Inclusive andei indo a alguns jogos da última liga nacional.

Noto que ela é meio inexperiente em se tratando de relacionamentos, afinal sua tagarelice comprova minha impressão. As mulheres que conheço fariam um charminho antes de demonstrar interesse, seriam misteriosas. Mas Rafaela é explícita até demais. Chega a ser meio fofa.

E Marcelo não perde tempo.

— Que ótimo! Hoje à noite a seleção masculina vai jogar no Mineirinho contra a Polônia, e eu tenho duas entradas para a ala da imprensa, embora eu não vá trabalhar. Ainda bem, porque assim eu posso levar você comigo. — Pausa estratégica. — Caso queira, é claro.

Por alguns instantes não se escuta um ruído sequer no setor. Estamos todos interessados na resposta que Rafaela vai dar. De certa forma, a cena protagonizada por aqueles dois se torna o acontecimento do dia para nós. Garanto que será o assunto principal na hora do cafezinho.

Rafaela também se mantém muda, o que instiga Marcelo a se defender:

— Eu sei que hoje é segunda-feira e tal, e que amanhã é dia de trabalho, mas o jogo nem é tão tarde, e eu levo você para casa logo depois.

A explicação desesperada tira a estagiária do torpor e ela se apressa em dizer que aceita o convite, já que adora vôlei, principalmente quando são os homens em quadra, o que sugere o duplo sentido bem safado da declaração. Acho que Rafaela só nota a gafe quando acaba de tagarelar e percebe que falou demais. Bufo discretamente, ainda que minha vontade seja ser bastante explícito e acabar de vez com a troca de amabilidades daqueles dois. Já deu, né?

— Então está combinado. — Marcelo se empolga. — Se me der seu endereço, passo na sua casa às sete.

— Rua Marechal Hermes, no Gutierrez — respondo antes de Rafaela, com o intuito de abalar o excesso de segurança do colega de esportes. Ele que fique remoendo o motivo de eu saber de cor o endereço dela.

Dá certo. Pela expressão dele, sei que o deixei encafifado.

Minha vitória secreta é interrompida por Rafaela, que concorda com o horário sugerido, mas se dirige a mim para confirmar.

— A não ser que meu monitor aqui resolva me mandar fazer serão.

— Longe de mim. — Dou de ombros, demonstrando desdém, e novamente finjo estar mais interessado no que a tela do meu computador exibe. No caso, mais uma mensagem de Fernando:

Isso está mesmo acontecendo aqui?

Isso o q?

Não se faça de besta! O Marcelo chamou a Rafa para um encontro bem debaixo do nosso nariz?

E qual é o problema? Ela por acaso é nossa filha?

Ouço a gargalhada de Fernando antes que outra mensagem chegue.

Filha, não. Mas é a nossa mascotinha. Deveríamos cuidar melhor dela.

Deus me livre! Já basta ter que bancar a babá durante o expediente. Ela que faça o que quiser fora daqui.

— Vou contar os minutos. — Marcelo é todo sorrisos. Como eu gostaria de fotografar aquela cara de bobo e distribuir entre todo mundo da redação, usando a *tag* "OLHAR DE PEIXE MORTO".

Ele vai embora a passos lentos, só para fechar com chave de ouro sua atuação de príncipe apaixonado. É muito idiota mesmo. E, assim que some de vez, encaro Rafaela por sobre a divisória e tripudio sem dó.

— Toda derretida pelo Tiago Leifert de araque. Cuidado, hein? Ele costuma ser bem cafajeste, se é que me entende. O Marcelo, não o Tiago.

Rafaela arregala os olhos, ultrajada com meu comentário. Chego a acreditar que ela vai me atacar com o grampeador ou outro objeto até mais pesado. Estou me preparando para me esconder debaixo da mesa quando ela rebate:

— Não pedi sua opinião sobre o Marcelo, mas não precisa se preocupar. Sei me cuidar direitinho.

Levando em consideração o fato de que Rafaela mal consegue passar um único dia sem provocar incidentes, duvido muito dessa última declaração. Última porque, pelo resto da tarde, ela não me dirige mais a palavra, nem mesmo para me alfinetar. Estamos progredindo.

Capítulo 8

Sempre que considerar correto e necessário,
o jornalista resguardará a origem e a identidade
das suas fontes de informação.

Cinco anos antes...

Valentina entrou esbaforida na sala de aula e me deu um beijo rápido na nuca antes de sentar atrás de mim. Ela não era de chegar atrasada, mas, naquele dia, não sei por qual motivo, acabou perdendo o primeiro horário. Ela deu uma desculpa qualquer, na qual não prestei atenção suficiente para me lembrar depois. Eu só conseguia pensar na entrevista de estágio que faria mais tarde, no jornal *Folha de Minas*.

Havia apenas uma vaga e dezenas de candidatos de olho nela, capazes de tudo para se dar bem. Eu era um deles, por isso lutava contra a vontade de oferecer bolo com laxante a todos eles enquanto estivéssemos esperando na sala de recrutamento e seleção de candidatos. Cheguei a mencionar a minha ideia a Valentina, que torceu o nariz sem fazer um só comentário. Ela andava passando por um período de instabilidade emocional, causada pela morte inesperada da avó. Eu entendia.

Saí da faculdade na hora do almoço e fui direto para casa, onde tomei um banho e me arrumei para a entrevista. Usei calça jeans e uma camisa social, mas não abri mão do meu All-Star preto. Naquela época, sei lá se por estilo ou rebeldia, eu me recusava a calçar outro tipo de sapato. Mais tarde, caso não fosse o escolhido, pelo menos poderia jogar a culpa no tênis, inadequado para uma entrevista de estágio.

Sei que cheguei ao jornal quinze minutos adiantado, mas não fui o único a demonstrar apreço à pontualidade. A sala já estava bem cheia, tanto que fui obrigado a ocupar um dos piores lugares, bem no fundo. Dei uma olhada superficial nos candidatos presentes, que me avaliavam com um desdém mal disfarçado. Tratei de ignorá-los com o mesmo descaso. Para mim, representavam um obstáculo que eu precisava superar para alcançar meu objetivo.

Exatamente na hora marcada, uma mulher bonita, vestida de modo profissional, surgiu na sala, acompanhada por outra, um pouco mais baixa, mais nova e menos simpática. Elas nos deram as boas-vindas e explicaram que, antes das entrevistas individuais, participaríamos de uma dinâmica de grupo. *Mas que diabos é isso?!*, pensei. Como se tivesse lido meus pensamentos, a mulher mais alta começou a discorrer sobre o conceito da atividade, o que, sinceramente, achei meio ridículo. Afinal, qual o objetivo de simular um naufrágio iminente e influenciar as pessoas a escolher apenas três itens de sobrevivência, numa lista de dez? Segundo as recrutadoras, as escolhas revelariam muito sobre o perfil de cada candidato.

A dinâmica durou meia hora. Então as duas mulheres saíram da sala e pediram que esperássemos até que voltassem com os resultados dessa primeira etapa.

Olhei para o cara do lado e perguntei entre dentes:

— Você entendeu alguma coisa dessa idiotice?

Ele franziu a testa, como se estivesse diante de um inseto asqueroso, antes de responder:

— Só as pessoas mais bem preparadas estão aptas a compreender testes psicológicos desse nível.

Não segurei a gargalhada, que explodiu pela sala, até então em silêncio total. Já dava como certa minha eliminação prematura, quando apenas a mulher mais baixa voltou e anunciou o nome dos aprovados. Para minha surpresa, eu estava entre eles. O imbecil de fala rebuscada do lado, não.

Fomos sendo chamados um a um, em ordem alfabética, para as entrevistas. Dessa vez esperei pouco, já que meu nome começa com a letra B. Segui a baixinha por um corredor feito de fórmica com vidro. Por isso conseguia ver os jornalistas trabalhando em ritmo alucinado, gesticulando muito ou digitando freneticamente em seus teclados. Era isso que eu queria para mim.

Só paramos de andar quando chegamos a um escritório com uma mesa imponente e organizada, ocupada por uma das recrutadoras (a mais velha) e outra mulher, de cabelos tingidos de loiro e óculos de armação vermelha.

— Boa tarde! Bernardo Venturini, certo? — perguntou uma delas.

— Certo.

— Ótimo. Você se saiu muito bem na dinâmica — revelou a recrutadora. — Além disso, achamos seu currículo bem interessante para um aluno do segundo ano de Jornalismo. Gostaríamos de fazer algumas perguntas a você. Tudo bem?

— Tudo ótimo — respondi, envaidecido com os elogios.

— Esta é a Luciana, responsável pela editoria em que a vaga de estágio está sendo oferecida. Ela também vai participar.

Apertei a mão da editora, e então as perguntas foram feitas. Lembro-me de terem questionado várias coisas relacionadas ao curso e ao meu estágio no departamento de telejornalismo da universidade. E com certeza me saí bem, porque, dois dias depois, recebi uma ligação da baixinha, que me deu a melhor notícia de todos os tempos:

— Sr. Bernardo, você foi aprovado no processo seletivo para estágio de um ano, podendo ser prorrogado, no departamento de jornalismo investigativo do jornal *Folha de Minas*.

Hoje

Soube que Biju concordou em conceder uma exclusiva para o jornal assim que coloquei os pés na editoria meia hora antes. O recado ainda está pregado na minha mesa, como um troféu me lembrando da vitória suada. Agora vem a parte mais difícil: deixar minhas reticências de lado e ligar para Rafaela. Se eu deixar *sem querer* a garota para trás, sei que terei que lidar com todos os tipos de problema.

Como não posso ignorar o inevitável, busco o número dela na agenda do celular, torcendo para que esteja ocupada o bastante para não ouvir a ligação. Mas ela atende no terceiro toque, o que não me surpreende nem um pouco. Sem me dar ao trabalho de cumprimentá-la, quero saber onde está. Não podemos perder tempo.

Rafaela não responde logo. Primeiro banca a engraçadinha, dizendo "Bom dia pra você também", esfregando na minha cara meus maus modos. Resmungo um bom-dia de volta, mas reforço a pergunta:

— Onde está?

— Bem, como ainda não deu a minha hora de ir para aí, estou aproveitando para resolver um problema pessoal.

Estranho. Rafaela e eu não trocamos informações sobre nossas vidas, mas ela nunca deu a entender que fora do trabalho passa por situações difíceis. Engraçado, nós dois nos vemos todos os dias, e eu não sei nada sobre ela.

Sentindo-me meio culpado, pergunto se posso ajudar de alguma forma. Rafaela solta um riso meio fraco e recusa, afirmando não ser nada de mais.

— Ah, pelo amor de Deus! Então me diga logo onde está para que eu possa te buscar! — explodo, esquecendo minha compaixão. — Acabamos de conseguir a exclusiva com o Biju, e ele não vai nos esperar o dia todo.

— Conseguimos a entrevista? Pra hoje?

— Pra ontem, sua lerda. O que houve com você? Estou saindo do jornal e, se não me disser onde está, vou deixar você pra trás. — A ameaça é verdadeira. Motivo já tenho para dar no pé sem me arrepender. Depois, se Luciana questionar, posso dizer sem medo que Rafaela não estava disponível para ir ao Aglomerado comigo.

Começo a comemorar internamente quando ouço um sussurro:

— Estou num salão de beleza.

— O quê? Mas hoje é terça-feira, e são apenas nove e pouco da manhã. Não é possível que seja vaidosa a esse ponto. — Nunca conheci uma garota que frequentasse salões de beleza às terças de manhã. Rafaela é mesmo inacreditável. — O que está fazendo aí? Mudando a cor dos cabelos para um tom que realce seus olhos? — desdenho.

— Estou fazendo as unhas do pé. E não é uma questão de vaidade, mas sim de extrema necessidade.

Por uns instantes, penso nas minhas irmãs. Elas também defendem a tese de que as unhas devem ser feitas regularmente, de preferência por profissionais que saibam retirar cutículas com precisão. Tudo bem. Preciso admitir que pés femininos bem manicurados podem ser um tesão.

Minhas críticas perdem a força, embora eu seja obrigado a manter o tom duro para obrigar Rafaela a tomar uma atitude.

— Mas você vem ou não?

— V-vou. Só que não estou vestida para uma entrevista. Preciso passar em casa primeiro.

— Rafaela, o cara mora no morro. Não estamos indo a uma festa. — Já estou dentro do carro a essa altura, saindo da garagem do jornal. Juro que, se Rafaela não me passar logo a droga do endereço do tal salão, desligo o telefone e toco para o Aglomerado sozinho.

Em vez disso, argumenta que está de chinelos e o esmalte, ainda fresco. É demais para a minha paciência, viu?

— Escuta, se estiver mesmo interessada em me acompanhar nessa investigação, vai ter que se virar. E me dê logo o endereço desse salão antes que eu desista de você.

— Fica na pracinha do Gutierrez. Basta procurar o Femme Fatale. É o nome do salão, quero dizer.

Caio na gargalhada e quase bato no carro da frente.

— Está de brincadeira. Femme Fatale? É pra combinar com você?

Desligo antes de ouvir a justificativa dela, mas não paro de pensar em Rafaela. A menina é vaidosa, mas não se compara a outras patricinhas que conheço. Apesar do zelo exagerado com a aparência, há uma simplicidade nela que muitas vezes me surpreende. Rafaela se arruma e cuida do visual com esmero, ao mesmo tempo que tropeça e torce o tornozelo, esbarra nas quinas e soca o cotovelo. Quer transmitir a imagem de mulher elegante, mas não passa de uma menininha *fashion* com pouca coordenação motora. É um paradoxo ambulante.

Contrariando as previsões fatalistas das informações sobre o trânsito, chego ao tal salão bem mais rápido do que imaginava. Eu me sinto um pouco sem jeito ao entrar num reduto totalmente feminino, onde mulheres com touca na cabeça e pés afundados em bacias com água me encaram com espanto e... malícia?!

Escuto um *Que gato!*, dito pela manicure de Rafaela. Mas o que provoca meu riso nem é isso, mas sim o rosto subitamente corado da estagiária. Ela fica em pé e se atrapalha para calçar as Havaianas da Minnie. Aproveito para conferir seu visual, muito diferente do que vejo no dia a dia. Não tem como negar: Rafaela fica uma gracinha de jeans, camisa folgada e chinelos.

Ela se aproxima. Sem os saltos, fica bem mais baixa que eu. Decido provocá-la, detendo o olhar em seus pés quase descalços.

— De uns dias pra cá, eu só te vejo assim, sem aqueles saltos famigerados. Como está o clima aí embaixo?

Ela franze a testa.

— Devo achar graça?

— Seria bom, sabe? Só pra parecer que sou engraçado.

As mulheres ao redor dão risadinhas, mas Rafaela permanece impassível, exceto pela revirada de olhos, que provoca um leve tremor nas minhas entranhas.

— E eles são uma graça. Os seus pés. — Não pretendia revelar essa observação em voz alta. Gostaria de apagar o elogio, porque ele faz com que nós dois fiquemos meio envergonhados.

Um silêncio constrangedor paira entre nós, até que Rafaela avisa:

— Er... Preciso passar em casa. Não posso trabalhar assim.

— Certo. Vamos rápido, então.

Eu a acompanho até o apartamento, localizado próximo ao salão, para que ela não se atrase. Enquanto some dentro do quarto, analiso a sala, reparando na estante cheia de porta-retratos. Há fotos dela sozinha, com as amigas, com os pais (imagino) e com uns caras mais ou menos da minha idade. Pela semelhança, acredito que sejam irmãos de Rafaela.

Pego uma das molduras e a olho mais de perto. Nela, Rafaela é apenas uma adolescente, rodeada pelos irmãos ainda na fase garotões. Estão numa praia e parecem felizes na companhia uns dos outros. Há algo meio familiar naquele cenário. Eu só não consigo detectar o que seja.

Antes de chegar a alguma conclusão, Rafaela volta de roupa trocada, embora ainda esteja de Havaianas. Fico constrangido por estar bisbilhotando. Então faço um comentário qualquer:

— Sua família é bem grande, hein? Presumo que sejam seus irmãos.

— Sim.

— Puxa! Só você de garota no meio de três meninos. Não deve ser fácil.

— Às vezes, não.

Ela não sustenta a conversa. Acredito que não tenha gostado de me ver segurando o porta-retratos. Dou de ombros e a sigo até a saída do apartamento.

Rafaela não está no melhor dos seus dias. Não sei se porque interrompi o encontro dela com a manicure ou por receio de que aconteça algo ruim durante nossa visita ao Aglomerado da Serra. Caso seja esse o motivo, até entendo o lado dela. Quem nunca viu de perto uma região conhecida por seu alto índice de violência costuma acreditar em tudo o que os noticiários mostram. Nem sempre eles são totalmente sinceros.

Por isso queremos dar a nossa versão.

Meus pensamentos estão focados nessa teoria, quando noto um movimento ao lado. Rafaela mexe dentro da bolsa e tira um desses ventiladores portáteis, um objeto de plástico minúsculo que as crianças costumam ganhar de presente dos avós. Muito me surpreende a garota ter um desses. Estou prestes a dizer que posso ligar o ar-condicionado do carro se ela estiver com calor, mas me seguro assim que a vejo direcionar o pequeno ventilador para os dedos dos pés. Se alguém tivesse previsto a cena e me contado, eu jamais acreditaria.

Outras pessoas, como o bobão do Marcelo ou o boa-praça do Fernando, até poderiam achar a atitude engraçada. Mas essa estupidez me deixa irritado pra caramba. Estamos trabalhando, e nosso atual ambiente de trabalho não chega a ser um desses escritórios chiques da avenida Paulista.

— Pelo amor de Deus! Calça logo esses sapatos e esquece suas malditas unhas! — eu explodo, tentando assimilar a personalidade multifacetada de Rafaela.

— Meu filho, paguei vinte e cinco reais por elas. Não pretendo jogar meu suado dinheirinho fora.

Grande coisa!, fico com vontade de dizer. Olho de esguelha para os pés descalços sobre o painel do carro, cujos dedos se movimentam para a frente e para trás conforme o vento sopra sobre eles.

Bufo para não soltar meus comentários mordazes.

Ao chegarmos ao Aglomerado, estaciono numa vaga indicada pelo presidente da associação de moradores, que nos aguarda na calçada. Eu o conheço há um bom tempo. Graças a isso estamos aqui hoje, prestes a encarar Biju, o todo-poderoso do tráfico de drogas de Belo Horizonte. Antes de descer, pego a bolsa com a câmera cedida pelo jornal. Dessa vez, quem cuidará dos registros de imagens sou eu. Biju foi bem enfático ao exigir que apenas eu e a estagiária estivéssemos presentes na entrevista, exigência que só vale para o nosso lado. É certo que ele estará muito bem acompanhado por seus "soldados".

Quando explico isso a Rafaela, vejo que a informação a deixa tensa. Ainda não consigo deduzir o que ela espera desse trabalho. Só peço que não surte nem faça algo que nos coloque em verdadeiro perigo.

Enquanto subimos o morro, o presidente joga conversa fora. A única vez que menciona Biju é para explicar que ele nos espera num barraco erguido em um dos pontos mais altos da favela e, portanto, seremos obrigados a andar bastante. Rafaela, agora de sapato, detém os olhos sobre os pés, provavelmente considerando a possibilidade de estragar o precioso trabalho da manicure. Que figura!

As pessoas em suas casas e nas ruas nos analisam como se fôssemos cobaias de um experimento bizarro. Algumas crianças correm ao redor, muitas mais interessadas em Rafaela do que em mim. Ela sorri insegura, sem saber se aceita as manifestações entusiasmadas ou se mantém a postura rígida. Então, para contrabalançar, ajo com naturalidade, como se fizesse parte da comunidade há anos.

— Vocês dois estão sendo esperados lá em cima. — O velho presidente aponta para o último barraco do morro. Em seguida acrescenta que nossos anfitriões são, além de Biju, todos os demais representantes do tráfico. — Eles vão se apresentar de capuz, mesmo tendo a garantia de que vocês não vão revelar a identidade deles.

— Não vamos mesmo — reforço. — Garantir o sigilo de identidade dos entrevistados é dever de todo jornalista.

Costumo recitar essa frase de cor; afinal, lido diariamente com pessoas que não desejam ser encontradas, especialmente pela polícia.

Poucos minutos depois, moradores amistosos e casinhas familiares cedem espaço a um cenário diferente, de um modo enervante e ruim. Dezenas de homens emparelhados na frente de uma escadaria enorme nos encaram com armas cruzadas no peito e rostos escondidos pelas balaclavas. É uma imagem tão chocante quanto as de terroristas islâmicos se exibindo. Nos dois casos, os indivíduos envolvidos se orgulham da posição que ocupam, ainda que ela imponha, entre outros fatores, o elevado risco de morrer precocemente.

Sinto a tensão instalada em Rafaela sem precisar olhar para ela. A garota está imóvel, rígida feito uma estátua, enquanto quase todos os olhares sinistros recaem unicamente sobre ela.

Dentro de mim, uma sensação estranha surge. Tem um quê de proteção, de instinto de posse ou coisa parecida. Não gosto do jeito como aqueles bandidos encaram Rafaela, não pelo fato de eles serem quem são. Só não gosto e pronto.

Mas, antes que eu reaja de alguma forma (e acabe metendo os pés pelas mãos), um dos homens se manifesta, dando um passo em nossa direção, sem deixar de avaliar minha colega de trabalho.

— E aí, chegado? Tô vendo que trouxe um filé. O barão vai se amarrar na patricinha.

As gírias exageradas fazem do sujeito uma figura ainda mais intimidadora. Por instinto ou não, fico bem perto de Rafaela, desejando, agora por outros motivos, não ter trazido a garota comigo. Parece que os olhos dela vão pular do rosto de pavor.

Peço calma com as mãos e explico, sem perder a confiança:

— A moça aqui trabalha para o jornal. É jornalista também. E só veio porque o Biju autorizou. Acho que não teremos problemas com relação a isso, não é?

Eu sinceramente espero que ele diga *não*. Não quero nem cogitar a hipótese de ser um problema ter Rafaela por perto. Mas, para nossa sorte, o carinha ameniza a situação; bem, na medida do possível, claro.

— Claro que não, bacana. Nóis aqui é tudo gente boa. Fica tranquilo, que nóis é de paz. Sua mina tá com a gente, tá com Deus. Né não, rapaziada?

Sinto que Rafaela relaxa um pouco, quero dizer, pelo suspiro que ouço, considero que a declaração do sujeito a deixa menos temerosa. Gostaria de garantir a ela que nada de ruim nos acontecerá. Porém, como não tenho esse poder, apenas digo:

— Ótimo. E agora já podemos ver o Biju?

Sem me dar uma resposta, ele se vira para um menino magricela, que não deve ter mais que catorze anos, e ordena que ele avise Biju sobre nossa presença. O garoto praticamente voa escadaria acima, demonstrando estar muito contente pelo serviço que lhe foi "solicitado".

As pessoas costumam me achar frio porque, em nome da notícia, não temo encarar situação alguma. Mas só eu sei como me abala constatar que crianças, que deveriam estar na escola ou jogando videogame com os amigos, são usadas pelo tráfico sem que ninguém possa fazer nada a respeito. O pior é que elas são levadas a acreditar que estão no lugar certo, agindo como se não pudessem desejar nada melhor.

Uma vez, ao assistir a um documentário sobre o tráfico de drogas nas favelas do Rio de Janeiro, a declaração de um garoto de dezesseis anos me impressionou. O repórter perguntou se ele não tinha medo de morrer antes dos vinte. E o menino, com uma pronúncia marrenta, respondeu: "Aqui no morro é assim: morre um, cria mais".

Enquanto divago, Rafaela começa a murmurar repetidamente uma frase que, a princípio, não compreendo. Só com muito esforço "traduzo" o que ela sussurra sem parar nos últimos segundos. Mal acredito no que meus ouvidos descobrem. A doida está rezando para o anjo da guarda!

— Anjinho da guarda, doce companhia, não me desampare, nem de noite, nem de dia.

— O que você está fazendo? — questiono, com a boca quase encostada numa das orelhas de Rafaela.

— Rezando pra gente sair dessa do jeito que chegou.

Rafaela consegue me surpreender a cada minuto. Tenho até que admitir: ter a garota por perto é sinônimo de monotonia zero. Mas isso não significa que eu ache graça em tudo. Nesse caso, o contexto é sinistro demais para que eu ria das doideiras dela.

Alguém diz que a gente já pode subir. Como Rafaela ainda está meio em transe, puxo a manga da blusa dela de modo que reaja e não saia de perto de mim. Não quero nem pensar no que aqueles três irmãos mais velhos farão comigo se ela voltar para casa com um só fio de cabelo fora do lugar.

Mas também ela não facilita minha vida. Do nada, me sai com esta:

— Qual é a potência dessas armas? — indaga, apontando para as enormes metralhadoras penduradas nas costas dos sujeitos. Ninguém precisa ser um especialista em armamento para saber que elas podem deixar um buraco bem grande no peito de um desafortunado.

— Que que cê disse? — Acho que nem os traficantes acreditam que Rafaela tenha feito essa pergunta idiota.

— É a primeira pergunta. Da entrevista. — Sou obrigado a intervir, enquanto lanço, telepaticamente, sinais de alerta para ela. Pela expressão que arma, pressinto que Rafaela me entendeu.

— Preocupa não, dona. Se nóis resolvê atirá, a gente avisa antes. E só se os cana aparecer.

— Ah! — É só o que ela diz, como se tudo agora estivesse perfeitamente bem. Daí em diante, não abre mais a boca.

Subimos os degraus em silêncio, escoltados por muitos homens, certamente os capangas de Biju. Não tenho medo deles, porém me ressinto porque grande parte da violência que engole a cidade é provocada por gente como essa, que não se importa em matar nem em morrer. Claro que o tráfico só existe porque há quem consuma a droga oferecida, então a culpa não é inteiramente dos traficantes. Em parte, eles também são vítimas de nossa sociedade desigual. No entanto, saber que inocentes padecem todos os dias pelas mãos dos bandidos e de suas armas contrabandeadas, roubadas ou dadas por policiais corruptos, não me faz olhá-los com compaixão.

Finalmente a escadaria acaba quando nos deparamos com o barraco onde Biju nos espera. Ainda bem que faço exercícios físicos com regularidade, senão estaria igual a Rafaela, lutando para conseguir manter o fôlego. Somos *convidados* a entrar, e o que encontramos ao passar pela porta demonstra que nosso anfitrião não liga a mínima para as aparências.

O barraco é escuro por dentro e mal arejado. O chão, sem revestimento algum, exala um odor podre de mofo. Engradados de cerveja estão sendo usados como cadeiras por um grupo de homens ainda mais armados que nossos primeiros acompanhantes — e bem mais mal-encarados também. A decoração é o retrato da miséria, diferentemente do que indicam os incontáveis aparelhos eletrônicos, dispostos sobre a mesa manca, localizada no centro do cômodo.

É tudo como nesses filmes sobre as favelas cariocas que cineastas brasileiros adoram fazer a fim de deixar o mundo inteiro com bastante medo de nós. Não. É pior. Garanto que ninguém desejaria estar no meu lugar agora; bom, exceto jornalistas movidos pela verdade, como eu e Rafaela.

E, por me lembrar dela, acabo lhe dando uma olhada de relance, só para garantir que continua respirando. Sim, mas a boca está mais escancarada do que a de um peixe morto, isso porque um homem se levanta, o mais robusto de todos, usando sua arma como apoio. Ele nos analisa com bastante atenção, como se fôssemos mercadorias valiosas. Biju, com certeza. O famoso líder do tráfico de drogas do Aglomerado da Serra finalmente mostra a cara — no sentido figurado, pois a máscara preta esconde a maioria dos seus traços —, que ele sempre faz questão de manter longe da vista de todos.

Então nos saúda de maneira mansa e amistosa, a antítese de sua postura:

— Sejam bem-vindos ao nosso quartel-general. — Ele faz uma pausa estratégica para assimilarmos a saudação.

Aproveito a deixa e roubo a palavra.

— Conforme expliquei por telefone, o jornal está preparando uma edição especial sobre o tráfico de drogas no Aglomerado da Serra. Nós não temos a intenção de denunciar vocês. Não somos parceiros da polícia. Como jornalistas, queremos apresentar a verdade para os leitores, ouvindo todos os lados da história. — Aponto para a câmera pendurada no meu ombro e pergunto se podemos fazer algumas imagens.

— Sem problemas, parceiro. — Biju aponta para dois engradados vazios, onde Rafaela e eu nos sentamos. — Nem sempre temos a oportunidade de mostrar a nossa versão. Espero que tenha chegado a hora.

O homem sabe usar a língua portuguesa com correção. Isso me impressiona, e vejo que Rafaela sente o mesmo. Afinal, até agora, só ouvimos gírias e dolorosos desvios à norma culta, ou seja, o linguajar habitual dos "manos do morro".

Deixo isso de lado e preparo o gravador antes de soltar a primeira pergunta.

— Biju, você é o líder do tráfico de drogas no Aglomerado da Serra há um bom tempo; cinco anos, para ser mais exato. Como consegue se esquivar da polícia, a ponto de jamais ter sido preso?

Depois de sorrir, ele responde, cheio de si:

— Sou esperto, escorregadio como quiabo. Os canas nunca viram a minha cara. Sou anônimo, um fantasma. Melhor, uma lenda.

Muito corajoso e nada modesto, isso sim.

— Quer dizer que os moradores te protegem? — Eu não esperava que Rafaela fosse se manifestar, mas admito que gosto de vê-la sair do torpor e permitir que seu ímpeto de jornalista se manifeste. Parece que isso também agrada Biju, que lança a ela um olhar quase embevecido. Disso eu, definitivamente, não gosto.

Rafaela não se retrai nem volta a ficar insegura. Bom, é o que dá a entender. Se ainda está tensa, não demonstra, sustentando o olhar do traficante, que, por fim, responde:

— Eu sou filho da comunidade, e ela não tem nada a reclamar de mim. Não sou uma ameaça para as pessoas do Aglomerado. Pelo contrário. Se precisam de qualquer coisa, a quem vocês acham que elas recorrem? — Biju ri com escárnio e aponta os dedos para si. Ele é um sujeito muito autoconfiante, até mais do que eu costumo ser. — Com o salário de fome que a maioria do pessoal ganha, o mês se torna longo, dona. Se precisam de remédio, Biju arranja. Botijão de gás, comida, roupa? É só procurar o Biju. Então, por que iriam me entregar para a polícia? Nós aqui não somos vistos como bandidos. Somos os heróis.

Rafaela parece analisar a declaração, não a aceitando de cara, e pula para outra pergunta. Até emenda um novo questionamento, um desdobramento do anterior. Isso prova que ela está focada na entrevista, e não apenas cumprindo um dever.

Conheço muitos jornalistas, alguns antigos na profissão, que não conseguem se desviar do roteiro previamente preparado. A maioria deles age assim por preguiça ou por não querer perder tempo demais.

— Quer dizer que os moradores não têm medo de você? Ou de serem mortos por alguém da sua gangue?

— Nós não botamos o terror, se é isso que quer saber. Não matamos ninguém à toa.

— E matam por quê, então? — Eu me intrometo no diálogo dos dois, porque, na minha opinião, matar uma pessoa é errado, tendo ou não motivos para isso. Portanto, minha pergunta sai com uma mistura de curiosidade e afronta.

— Por vários motivos. A gente mata traidor, X9, maus pagadores, policial metido a besta e... deixa eu pensar... — Biju ergue a cabeça, realmente tentando se lembrar de outras justificativas para um assassinato.

É nessas horas que tenho vontade de mandar à merda o tal item do nosso Código de Ética que prevê o direito de sigilo da fonte. Um homem com tantos crimes nas costas tem mais é que mofar atrás das grades, e não ser endeusado por seus benefícios em troca de favores. Se bem que a polícia está careca de saber por onde Biju anda. Só não toma uma atitude porque não é páreo para o "exército" do morro ou está de conchavo com os traficantes.

— Ah! E membros do Comando Mineiro, sempre — completa Biju, triunfante. — Neles a gente passa o cerol mesmo. Faz tempo que estão tentando tomar nosso lugar, mas a gangue do Biju é como o reinado da rainha Elizabeth da Inglaterra: não tem fim.

As pessoas acham graça da comparação, inclusive eu, não por considerar o homem um humorista talentoso. Aprendi que, em certas ocasiões, devemos dançar conforme a música. Rafaela, pelo jeito, ainda não teve essa lição. Está séria como a mesma rainha mencionada pelo traficante, escolado em língua portuguesa e conhecimentos gerais.

— Biju, você não é uma pessoa sem instrução. Por que escolheu essa vida? — Meus pensamentos são colocados para fora pela boca da estagiária. Mais uma vez, ela se adianta a mim e assume a direção da entrevista. Apesar do atrevimento, estou apreciando a iniciativa.

— Por quê?! — Biju solta um suspiro cansado e depois ri. — A gente não escolhe essa vida, dona. A própria vida nos leva a ela. Meu pai morreu quando eu tinha sete anos. Ele era frentista e foi assassinado por policiais depois de um dia de serviço. Até hoje ninguém sabe por quê. Deixou minha mãe com cinco filhos para criar. Todos os meus irmãos são mais novos que eu. Tive que começar a trabalhar muito cedo pra ajudar. Fui vender bala no sinal, depois entreguei jornal, mas tudo o que conseguia era um trocado filho da puta que não dava para nada.

O líder do tráfico, cansado de conversar sentado, fica de pé e acende um cigarro, que polui ainda mais o ambiente já bastante fétido. Mas ninguém se mexe. Todos queremos acompanhar o desenrolar da história.

— Um dia um cara me abordou na porta da escola e perguntou se eu queria ter uma vida melhor. Ele disse que se eu trabalhasse para sua gangue, minha família nunca mais passaria necessidade. Tudo o que eu precisava fazer era me tornar um vapor, ou seja, um vendedor mirim de drogas. Não pensei duas vezes. Estava para completar nove anos de idade. Claro que não contei pra minha mãe. Apesar da nossa situação financeira, ela sempre abominou o crime. Queria que eu me tornasse um doutor. Ha! Até parece que isso poderia acontecer.

Até poderia. São inúmeros os exemplos de pessoas que vivem em condições iguais à de Biju, mas nem por isso se ligam a algum grupo criminoso.

— Mas a dona Efigênia sacou logo que seu filho mais velho estava metido em coisa errada e me deu uma surra que eu nunca mais vou esquecer. Fiquei uns três dias sem poder me sentar. — Ele ri de novo. — E, acreditem se quiser, fez o mesmo com o dono da boca na época, o cara que me recrutou.

Rafaela solta um grunhido e esconde a boca aberta de choque com a mão.

— Não precisa ficar assustada, dona. Ninguém pode com a minha mãe. Foi por isso que fiquei um tempo longe do tráfico, só estudando e agindo como uma criança normal. Prometi a ela que não me envolveria com o crime de novo, pelo menos enquanto fosse menor de idade. E, cara, que período do cacete. Opa! Falei um palavrão. Vai ficar registrado nesse troço. — Biju assume um ar meio constrangido. Não se envergonha por matar, mas falar palavrão é inadmissível. Vai entender!

Faço sinal para que prossiga. *Que se foda* o palavrão.

— Bom, resumindo: foram anos difíceis. Então, assim que fiz dezoito anos, disse pra dona Efigênia que voltaria a trabalhar para os traficantes, com ou sem a aprovação dela, e guardei meu diploma de ensino médio na gaveta. E aqui estou, até hoje. Então, *senhorita* — ele carrega no pronome —, não posso dizer que tive escolha, não é?

Rafaela concorda, meio que encantada pela história do *pobre menino sem escolha*, e ele, mais relaxado depois do relato de vida, acende outro cigarro.

Corto o momento deles.

— Mas hoje os meninos entram para o tráfico cada vez mais novos. Sei de garotos de nove anos trabalhando como aviões. Isso não deveria ser controlado por vocês?

Quero ver ele justificar isso.

— Controlar o quê, meu camarada? Os pais desses garotos, se não estão mortos, trabalham por um salário de fome que mal dá pra comprar comida. E eles querem mais. Muito mais. Querem o tênis de marca, o boné da moda, a camiseta descolada. O gosto do pessoal aqui é caro, como o seu e o da sua garota aí.

Não gosto do tom que Biju usa para se referir a Rafaela. E penso que as desculpas são pobres. Os meninos são seduzidos pelos traficantes, isso sim. Só desejam o que não têm porque os bandidos fazem promessas vãs, como se um tênis bacana compensasse uma morte prematura.

Faço esse comentário em voz alta, com um pouco mais de tato para não parecer que estou desafiando Biju.

— Chega um ponto, Bernardo, que morrer por uma causa se torna o ideal de quase todos os garotos que nascem por aqui. É a forma que eles encontram de se tornarem heróis — explica ele.

Apoio os cotovelos na perna e o encaro com o cenho franzido.

— Heróis de quê, cara? De quê?

Biju também estreita o olhar.

— Dessa vida de merda que eles são obrigados a viver.

Bom, eu só acho que o cara é mestre na arte de fazer declarações impactantes. Depois dessa, dou-me por satisfeito e entro nas considerações finais da entrevista. Estranhamente, Rafaela está quieta. Pergunto se ela quer acrescentar alguma coisa, e ela faz que não com a cabeça.

Então abro a sessão de fotos, o que anima o grupo inteiro. Todos querem aparecer nas imagens, especialmente exibindo com orgulho os rifles e as metralhadoras. Acabo me lembrando de um filme, *Repórteres de guerra*, sobre quatro jornalistas que acompanham os últimos momentos do *apartheid* e a primeira eleição verdadeiramente democrática na África do Sul. Numa das cenas, membros de um violento grupo extremista se exibem para a câmera do fotógrafo, divertindo-se com seus quinze minutos de fama.

Quando aviso que o número de fotos está de bom tamanho, somos escoltados até o local onde o presidente da associação de moradores nos espera. Ele parece aliviado ao nos ver inteiros. Engatamos uma conversa sobre futebol, enquanto caminhamos para fora do Aglomerado. Rafaela não participa. Está calada como nunca, mergulhada nos pensamentos.

Imagino que a visita ao *front* do maior traficante do estado tenha mexido com ela, só não sei de que jeito. Pode estar abalada, em choque ou, até mesmo, solidária à vida daquelas pessoas. Em se tratando de Rafaela, pode ser tudo isso.

Confesso que algumas partes da conversa com Biju também mexeram comigo. Queria que as crianças do morro tivessem oportunidade de estudar e crescer longe da violência e da degradação. Queria que o governo se importasse de verdade em resolver essa situação (violência, tráfico, desigualdade) e não ficasse se esquivando de suas responsabilidades. Mas, acima de tudo, *quero*, como jornalista, apresentar a realidade tal como ela é, para que a sociedade — quem sabe? — resolva tomar partido e pare de encontrar desculpas para não se envolver.

— Muito obrigado, sr. José. — Aperto a mão do presidente. — A reportagem sai no domingo, viu?

Nós nos despedimos dele e entramos no carro. Mal fechamos a porta e Rafaela arranca as sapatilhas do pé, conferindo o estado das unhas. O gesto é tão natural que me surpreendo fazendo o mesmo, ou seja, checando se o maldito esmalte borrou ou não.

Como está tudo certo com as unhas, Rafaela suspira aliviada e vira o rosto na direção da janela. E assim ela permanece; nada de comentários sobre o trabalho, nenhum parecer. Ela é só silêncio.

— Você está tão calada — comento, angustiado com a falta de reação dela. Além de inédito, não combina nada com minha falante estagiária. — O que aconteceu com a sua eloquência?

— Estou cansada. — Ela inspira fundo, exalando o ar devagar em seguida.

— É a nossa vida — esclareço. — Vai se acostumando.

— Não estou reclamando, estou? — Rafaela se arma contra mim. Será que devo me culpar por tanta prevenção?

— Ei, não foi uma crítica, colega. Pelo contrário. Achei que você mandou muito bem lá em cima.

Ela arregala aqueles olhos cor de mel, tão angustiados no momento. Então resolvo suavizar o clima, brincando um pouco:

— E também acredito que ganhou o coração de Biju. Pena que você não faça o tipo mulher de malandro.

Pisco para Rafaela, que revira os olhos com todo o desdém do mundo.

— Para entrar no critério deles, você teria que ser mais... maleável, menos respondona. E, definitivamente, precisaria abandonar de vez esse ar superior, sobretudo quando revira esses olhos. Senão iria viver tomando uns tapas — completo, adorando devolver um pouco de cor àquele rosto inexpressivo.

— Ah! — exclama ela, revoltada. Sou obrigado a conter o riso. — Seu, seu, seu... Argh! Você é um demônio. Cria de Satanás!

Não consigo mais. Explodo numa gargalhada sonora, causada pelo ultraje dela (supercharmoso, aliás) e pelo apelido divertido. Já fui chamado de várias coisas. "Cria de Satanás" é uma novidade hilária.

Estou mais tranquilo ao continuar dirigindo até o jornal. Pelo menos Rafaela não está tão amuada. "Irada" é um adjetivo mais apropriado para ela no momento.

Capítulo 9

É dever do jornalista combater e denunciar todas as formas de corrupção, em especial quando exercida com o objetivo de controlar a informação.

Cinco anos antes...

Logo que comecei o estágio no jornal *Folha de Minas*, ficou claro que eu não seria usado para servir café nem fazer cópias de documentos para os jornalistas veteranos. A editoria de jornalismo investigativo precisava de um reforço. Então minha contratação veio bem a calhar.

Eu era a mão de obra barata, que não corria do pau, qualquer que fosse a situação. Era escalado para entrevistar líderes de associações de bairro, grevistas indignados com os salários, motoristas detidos por excesso de velocidade, ou seja, tudo o que os outros jornalistas não queriam fazer sobrava para mim. E eu encarava. Com isso, fui adquirindo experiência e traquejo para lidar com todo tipo de pessoas.

Mas, à medida que eu progredia no jornal, meu namoro com Valentina ia na direção oposta. A gente quase não se via, exceto na faculdade, quando as aulas acabavam ocupando nosso tempo. Ela estava estagiando também, na produtora de um dos nossos professores. Ficávamos juntos de verdade, quando muito, só nos fins de semana. Então aproveitávamos para curtir um ao outro.

Certa vez decidimos viajar para o sítio de um amigo, em Brumadinho. Seria uma ótima oportunidade de nos desligarmos da rotina. Saímos no sábado de manhã, fazendo planos de escapulir para conhecer o famoso centro de arte contemporânea, o Inhotim. No carro, ríamos de bobagens; estávamos felizes.

Assim que chegamos ao sítio, percebi uma sutil mudança de humor em Valentina. Éramos só nós e mais dois casais, mas ela ficou meio calada, quieta, especialmente quando uma das meninas se manifestava. Estranhei o comportamento e quis saber o que estava acontecendo. Ela desconversou. Disse que eu andava imaginando coisas.

À noite, enquanto bebíamos vinho, começamos a contar nossos planos para o futuro. Eu disse que tinha a intenção de me tornar um correspondente internacional, aproveitando que me formaria jovem e cheio de gás para trabalhar viajando pelo mundo. Eu sabia que isso levaria um tempo para acontecer, mas Valentina ressaltou:

— As coisas não são assim. É preciso subir muitos degraus antes de chegar a ser um correspondente internacional.

Como se eu fosse tão ingênuo a ponto de não reconhecer isso. Mas não falei nada. Dei um desconto e pus a culpa no álcool. Depois a conversa tomou outros rumos.

Na manhã seguinte, ainda na cama, acabei tocando na questão. Valentina, a contragosto, assumiu que se sentia colocada de lado todas as vezes que eu falava do futuro, que ela nunca estava incluída nos meus planos e que, para mim, o jornalismo vinha sempre em primeiro lugar.

— Deve ser porque sou mais velha que você — alegava, às lágrimas. — A graça de ficar comigo vai acabar quando a gente se formar, né?

Não adiantou muito eu garantir que ela estava errada, porque o humor de Valentina já tinha desaparecido. E o pouco que restava do fim de semana se transformou num domingo azedo e sem graça, igual à minha namorada.

Hoje

A matéria sobre o tráfico no Aglomerado da Serra ocupou todo o tempo de Rafaela pelo resto da semana. A menina passou os dias debruçada no texto, dando o seu melhor para que a reportagem fique, no mínimo, perfeita quando for publicada no domingo. Por conselho meu, o jornal dará o crédito a nós dois. Nada mais justo.

Hoje já é sexta. Estamos exaustos, mas satisfeitos porque saiu a escala de trabalho para o fim de semana e nenhum de nós foi selecionado. Desta vez quem fica de plantão é Luciana. Para comemorar a folga, combinamos uma saída depois do expediente, a turma inteira dos caras, agora complementada pela presença relutante de Rafaela.

— Você vai sair com a gente, né, Rafinha? — pergunta Fernando por cima da divisória. É a quinta vez que ele faz o mesmo questionamento.

— Será? Estou cansada e mal-arrumada. Além disso, não quero ser a bendito é o fruto entre vocês. Aposto que vão ficar falando de mulher, futebol e de todas as outras coisas que homens gostam de discutir normalmente.

Não comento a declaração, mas tenho vontade de dizer que ela nem imagina os tipos de assunto que surgem quando estamos os cinco reunidos.

— Com você entre nós, prometemos nos conter — assume Fernando, o olhar nos desafiando a contradizê-lo.

— Sim. Proibido falar sobre a próxima luta do Fabrício Werdum, o corpo escultural de Paola Oliveira e as frieiras causadas pelos meiões de futebol. — Acabo não resistindo.

Rafaela torce o nariz e escapole da mesa, sumindo no corredor que leva aos banheiros do andar.

— Você é um imbecil, Bernardo. — William desaprova meu comportamento. — E se ela tiver ido vomitar?

— Ah, é só o que falta!

Finjo que não me importo, mas não evito relancear os olhos duas ou três vezes para o corredor durante o tempo em que Rafaela permanece no banheiro. Vai que ela está mesmo passando mal.

Mas então, quando penso em ir atrás dela — só para verificar o nível do estrago que causei —, a garota ressurge linda e fresca, como se tivesse acabado de sair do banho e trocado de roupa, ainda que tenha passado as últimas seis horas enfiada no trabalho. Afinal, o que ela é? Uma bruxa?

— Fiu, fiu! — Fernando não se contém. Além do assovio, ainda segura o peito com as mãos. É um artista. — Está de carro, coração?

— Não. Tenho preferido vir de ônibus. Sabe como é, né? Monóxido de carbono, meio ambiente, camada de ozônio.

Rafaela consegue arrancar risos de todos pela piadinha. Eu fico na minha. Não sei se devo participar desse climinha de flerte enrustido que de repente se instalou na editoria.

— Pode vir comigo, então — convida Fernando, antes que qualquer um de nós possa fazer a oferta. Melhor assim. Rafaela e eu já andamos juntos até demais.

Saio na frente deles, depois de avisar que vou antes para pegar uma mesa legal.

Como sempre, o bar que temos o costume de frequentar está cheio, o normal para uma sexta-feira à noite.

Encontro um lugar bacana e faço sinal para Márcio e William, que também já chegaram. Pedimos o de sempre: um chope bem gelado para começar a noite com o pé direito. A garçonete está acabando de entregar as canecas quando vemos Fernando e Rafaela entrar, tentando nos localizar.

Tenho a impressão de que todos os olhares masculinos do bar se prendem a Rafaela enquanto ela caminha até nossa mesa. Alguns caras apontam e trocam comentários, mas ela, incrivelmente lerda, nem nota. Segue com um sorriso forçado no rosto, preocupada, talvez, por ser a única mulher da turma.

Os caras do jornal contribuem para que o constrangimento dela aumente. Eles assoviam e batem palmas, recebendo-a com entusiasmo. As bochechas de Rafaela se tingem de um rosa pálido. É sempre prazeroso vê-la constrangida.

— Pode ficar com o meu lugar — oferece Márcio, que logo pula para outra cadeira.

Rafaela hesita um pouco antes de sentar. Acredito que o fato de eu estar bem ao lado dificulta o processo de decisão. Pelo jeito, ela é tão relutante em conviver socialmente comigo quanto o que penso sobre confraternizar com ela.

— É uma honra compartilhar com você nosso momento mais descontraído — diz William com afetação. — Normalmente somos só nós, esse monte de homem barbado. Com certeza, o grupo está mais belo hoje.

Reviro os olhos em reação a tamanha babaquice. Caso Rafaela fosse uma convidada de honra, eu entenderia tanto estardalhaço. Mas, tenha dó, a garota passa o dia inteiro entre nós, feito um fantasma atrapalhado.

Ela agradece timidamente e logo se distrai dando uma conferida no bar. A expressão do rosto dela sugere que o lugar acaba de passar por sua aprovação. Relaxo. Pelo menos Rafaela tem bom gosto. Garotas afetadas não agradam aqui. Sem Lady Gaga, Taylor Swift nem Lucas Lucco, elas não conseguiriam sobreviver.

— Vai beber o quê, moça? — A garçonete volta à mesa ao notar os novos ocupantes.

— Quero um chope também, bem gelado.

Fico surpreso de novo. Eu apostaria numa Coca Zero.

— Pensei que garotas como você só bebessem Ice. Sabe como é. Para não dar barriguinha de cerveja.

Rafaela franze a testa e me fuzila com o olhar, mas prende a língua dentro da boca. Há momentos em que quase posso sentir as unhas manicuradas dela enfiadas no meu pescoço, numa tentativa pré-histórica de fazer justiça, na marra, por minhas implicâncias. Do nada, penso que ganhar uns arranhões de Rafaela pode até não ser tão ruim assim. Quando percebo o rumo dos meus pensamentos, bufo de frustração. Não existe possibilidade de eu fantasiar com a esquentadinha dessa forma. Relacionamentos com colegas nunca são uma boa ideia, mesmo que seja apenas um caso de uma noite só.

Enquanto confabulo comigo mesmo, Rafaela embarca numa discussão com Fernando e Márcio sobre uma novela que passou no final da década de 1980, quando a garota ainda era um projeto de alma lá no céu. Nem imagino como *Que rei sou eu?* entrou na conversa. Apuro os ouvidos para prestar atenção.

— Você não tem idade para curtir um clássico desses. Aposto que adora *Malhação*. — Fernando zomba dela, provocando a onça com vara curta.

— Ha! Ha! Ha! Posso não ter idade, mas sei reconhecer o que há de bom, antigo ou não.

Tenho a impressão de que Rafaela está prestes a emendar um desaforo, mas, qualquer que seja sua intenção, se esvai com o erudito toque do celular dela. Eu ainda acho muito inusitado ouvir o tema de *O fantasma da ópera* sempre que o telefone toca.

Apesar das vozes elevadas e da música ambiente, consigo ouvir o que Rafaela diz a pessoa do outro lado da linha. Ela explica que, como não combinaram um programa antes, acabou saindo com o pessoal do jornal para um *happy hour*. É a expressão *pessoal do jornal* que me faz ter certeza de que seu interlocutor não é o bobalhão do Marcelo, senão ela teria dito *pessoal da editoria*. Depois de um tempo só ouvindo — e demonstrando certa impaciência com reviradas de olhos bem significativas —, Rafaela informa o nome e o endereço do bar onde estamos. Sua contrariedade é visível, especialmente quando ela solta: "Sim, mas não se anime. Você sabe bem por quê".

Agora estou curioso. Tem alguém vindo para cá, contrariando a vontade de Rafaela, ainda que ela não tenha tido coragem de impedir. E com que essa pessoa não deve se animar? Por quê?

— Fui encontrada por duas amigas. Elas estão vindo, tudo bem?

Isso me confunde. Mulheres adoram a companhia das amigas, principalmente para irem ao banheiro juntas. Era para Rafaela estar contente, não parecendo contrariada.

Os caras gostam da notícia e metralham a menina de perguntas sobre as tais amigas. São todos casados, esses galinhas. Contudo o entusiasmo é puro fogo de palha. Morrem de medo da ira das patroas e só bancam os engraçadinhos quando estão longe delas.

Rafaela dá respostas superficiais. Porém é ainda mais evasiva ao falar de Gisele, a amiga que cursa Jornalismo com ela. Acho que entendo o porquê do desânimo quando as meninas chegam. Enquanto Alice, a estudante de Direito, é meio reservada e nos cumprimenta timidamente com um aperto de mão (mania de advogado), Gisele, linda, loira e totalmente desinibida, toma para si todas as atenções, não só do nosso grupo, como do bar inteiro. Ela tem um corpão e está usando um microvestido tão justo que revela cada curva cultivada pela garota com horas de malhação, presumo. Mas não é só isso. Gisele esbanja confiança e tem consciência do seu poder de sedução.

— Que legal conhecer vocês! — exclama ela, cheia de trejeitos que me induzem a pensar que a garota não brinca em serviço. Eu já me relacionei superficialmente com algumas mulheres assim. O estilo é bem cansativo. — Também curso Jornalismo e sempre achei o pessoal da *Folha de Minas* o máximo.

Talvez só eu tenha percebido os olhares trocados por Rafaela e Alice. Sem que usassem a voz, pude ouvi-las: "Mas que assanhada!". Bom, acho que garotas falam de outras usando esses tipos de termo. Pri e Maria que o digam.

— E então, Bernardo? É verdade que você anda tirando a Rafa do sério? — A pergunta foi feita a milímetros do meu ouvido direito. Intenção mais óbvia, impossível.

— Acho que isso não é muito difícil, é? — Enfatizo com uma piscada. Gisele afasta o rosto e me encara com malícia.

— Não, não é. A Rafaela é cheia de... — ela olha para o alto, buscando a palavra — ... verdades.

Balanço a cabeça em concordância, porém reparo mesmo é na conversa sussurrada entre minha estagiária e a tal Alice. Não entendo o que dizem, mas, pelo olhar disfarçado que acabo de receber da amiga advogada, deduzo que o assunto principal seja eu.

— E você? Como tem se saído na função de mentor da estagiária? A Rafa diz que se sente um fardo nas suas costas.

Corto a conexão com o diálogo aos murmúrios e dou toda a atenção a Gisele dessa vez.

— Sério?

— Sim. Ela tem consciência da situação delicada em que o tal Maurício Gusmão colocou vocês dois.

Arqueio a sobrancelha. Sei que pego pesado com Rafaela, mas não havia parado para refletir em como isso pode ser difícil para ela.

— Sua amiga se preocupa demais — comento, para disfarçar o remorso. — Não é tão ruim assim. A gente se entende de um jeito enviesado, mas o resultado é... bom. — Estou sendo honesto.

Olho disfarçadamente para Rafaela, cujo rosto está parcialmente oculto pela larga caneca de chope. Se é pelo calor ou por outra coisa, não sei dizer, contudo eu não imaginava que ela bebesse com tamanha voracidade. Porém essa impressão logo passa. A garota é incapaz de esconder o mal-estar por ter engolido a cerveja tão depressa. Fico meio bravo, com vontade de colocar um pouco de sensatez naquela cabeça de vento. Por que tem que ser tão impulsiva?

— Epa! Tem gente querendo ficar bêbada. — Fernando faz piada da situação, o que, não sei por que motivo, deixa Rafaela encabulada. Ela sorri meio sem jeito e se levanta, puxando a amiga Alice pela manga da camisa.

— Fraca pra bebida — esclarece Gisele enquanto diminui a distância entre nós dois. A perna dela esbarra na minha e ali permanece.

De acordo com minha experiência com as mulheres, um contato físico tão mal disfarçado significa apenas uma coisa: ela está a fim de mim. Ainda assim constato, um tanto horrorizado, que não me sinto impelido a investir nessa garota. Ela é bonita feito o diabo, mas, estranhamente, não desperta em mim desejo algum, a não ser me livrar, o mais rápido possível, de sua conversa arrastada.

— Sabe o que eu acho? — indaga Gisele quando vê que o assunto entre nós não está rendendo. — A Rafa é normalmente uma pessoa muito mansa. No nosso grupo de amigas, ela é a mais ponderada. Mas, desde que começou a estagiar na *Folha de Minas*, tem andado muito irritadinha. Pensando bem, a culpa é sua.

Bato a caneca de chope com força na mesa e solto uma gargalhada.

— A culpa é minha?! Porque pego muito no pé dela?

Gisele dá de ombros enquanto faz uma manobra elaborada com os cabelos, um gesto de estratégica sedução feminina.

— Não, bobinho. Talvez a Rafa tenha andado irritada porque, na verdade, se importa um pouco demais com o que você pensa sobre ela.

Paro para analisar o ponto de vista de Gisele. Não consigo aceitar essa possibilidade, uma vez que Rafaela mal tolera minha existência.

Ergo o olhar e me deparo com ela saindo pelo corredor que leva aos banheiros. Sua expressão não é das mais felizes. Por impulso, seguro a mão da garota ao meu lado e, antes que ela diga sim ou não, eu a levo para a pequena pista de dança, no fundo do bar. A remota possibilidade de causar ciúmes na esquentada estagiária me anima até demais. Será?

— Você sabe dançar? — Gisele quer saber.

— Não é o que a gente precisa fazer, necessariamente.

Ainda bem que não somos os únicos na pista. Outros corajosos se arriscam à medida que a noite avança. Posiciono Gisele de modo que ela fique de costas para a mesa. Acabo com uma visão privilegiada do lugar, de onde todos os colegas de jornal nos encaram boquiabertos, além de Alice. Mas é a testa enrugada de Rafaela que me induz a manter a encenação. Bom, seus motivos podem ser outros, mas estou adorando pensar que mexo com ela *desse* jeito também.

— Adoro essa música. E você?

Agora que Gisele mencionou, ouço a música pela primeira vez. Não é uma das minhas preferidas — longe disso —, mas tem o tipo de letra que gruda e arrasa com o coração das mulheres. Então aproximo a boca do ouvido de Gisele, embora meus olhos estejam focados em outra pessoa — uma certa estagiária enervante —, e canto baixinho:

— *Beauty queen of only eighteen, she had some trouble with herself.*

Gisele reage com um pequeno estremecimento. Afundo as mãos nos cabelos dela para potencializar a sensação.

— Nossa... — murmura ela, ofegante.

Canto mais um pouco, ciente de que minha voz faria Adam Levine despencar até o Brasil para tirar satisfações comigo. Ainda assim, Gisele parece gostar. E, porque vejo Rafaela se remexer toda na cadeira, sinto-me motivado a incrementar minha artilharia — não que a ideia seja desagradável, de todo modo. Empurro Gisele para um canto fora da pista de dança e a prenso contra a parede. Sou obrigado a ficar de costas para meus espectadores curiosos, apesar de pressentir que todos continuam apreciando o espetáculo.

— Você é muito quente, sabia?

Gisele ri do meu comentário e se aperta em mim. Acaricio o rosto dela com os polegares, enquanto, lentamente, levo minha boca até ficar a milímetros dos lábios dela. Independentemente do que esse ato provoque em Rafaela, sei que *eu* estou agora bastante empolgado. Gisele é cheirosa e tem curvas muito convidativas. Estou solteiro e não devo nada a ninguém. Portanto, aproveito a situação. Nós nos beijamos com sofreguidão, completamente entregues um ao outro, como se não existisse pessoa alguma ao redor. E é bom. Bom demais, até.

Mas não temos o que falar. Somos dois estranhos curtindo o momento. Mais nada.

De repente, sem que eu tenha algum controle sobre isso, um par de olhos brilhantes e molhados vem à minha mente. Junto com essa imagem inesperada, o rosto de Rafaela também toma forma no meu cérebro, o que é muito estranho, para não dizer perturbador. Sei que Gisele é a garota que estou beijando, embora, mais tarde, talvez eu chegue à conclusão de que tudo acabou mais intenso depois que deixei a estagiária esquentadinha invadir meus pensamentos.

É a primeira vez que beijo uma mulher com a cabeça em outra, e sei que não é hora de me questionar sobre isso. Fato é que subitamente o amasso fica muito mais gostoso no momento em que Rafaela se envolve, ainda que sem saber, na história. Do nada, penso: *Se beijá-la pelos lábios de outra é tão bom, imagino como deve ser de verdade.*

Em seguida, abandono essa sensação maluca. Não ando no meu juízo perfeito.

Gisele, fogo em forma de mulher, se mostra perita no quesito sedução e me leva às alturas, poucos instantes depois de darmos início aos amassos na pista de dança. O que começou como uma provocação está tomando um rumo que nos conduzirá para fora do bar em breve.

Obrigo, portanto, Rafaela a sair da minha mente.

Então, prevendo aonde tudo isso vai nos levar, interrompo o beijo e digo, com a voz meio embargada:

— Que tal se saíssemos daqui?

— Acho a ideia excelente. — Gisele dá um sorriso safado e depois se estica para olhar por cima do meu ombro. — Só preciso falar com as meninas primeiro.

As meninas.

Gisele se esquiva de mim e vai ao encontro das amigas, que estão, neste momento, bem perto da saída do bar. Eu me recosto na parede, as mãos enfiadas nos bolsos, e observo a conversa entre as três. Não dá para ter uma boa noção do que está rolando entre elas, porém a expressão de Rafaela indica que algo a incomoda (dor de cabeça, de dente ou de cotovelo?). Sorrio comigo mesmo. Por outro lado, posso estar apenas imaginando coisas, motivado pelo fato de ser um homem que sempre contou com as atenções femininas.

Independentemente do motivo, é impossível não perceber a tensão que ronda Rafaela e Gisele. Nunca vi as duas juntas antes, no entanto consigo facilmente distinguir o tipo de amizade que minha estagiária tem com Alice da sua relação com Gisele. Rola um estresse ali. Gostaria de saber por quê. Meu instinto jornalístico se aguça sempre que me vejo diante de um mistério.

Por fim, Gisele, que mal consegue segurar o sorriso bobo, segura Rafaela pelo cotovelo para que ela não vá embora antes de ouvir uma última informação, que não desperta coisa alguma em Rafaela além de uma enorme cara de desdém.

Com a debandada da minha principal espectadora, não tenho mais motivos para permanecer no bar, agarrando Gisele como se eu fosse um garoto de dezessete anos que não sabe controlar seus hormônios. Se ela é como diz ser, vai topar esticar a noite, de preferência no meu apartamento.

Faço essa sugestão e ouço um *sim* tão imediato que, caso eu não tivesse feito o convite primeiro, tenho certeza de que Gisele se ocuparia dessa tarefa.

Quando abro a porta do apartamento, ela olha tudo ao redor com admiração. Todo mundo reage assim ao se dar conta de que vivo num *loft*.

— Puxa, que legal! Nunca acreditei que as pessoas realmente morassem em lugares assim. Pensava que era coisa de revista de decoração.

— Gosto da vida sem muitas paredes — comento e vou até a cozinha. — Quer beber alguma coisa? Vinho, cerveja, água, refrigerante?

— Cerveja está ótimo.

Tiro uma lata da geladeira, enquanto me pergunto, mais de uma vez, se levar uma das amigas de Rafaela para casa terá sido uma boa ideia. Só Deus sabe como pagarei por esse impulso lascivo na segunda-feira.

Ela caminha lentamente até mim e pega o copo que acabei de encher, resvalando os dedos nos meus de modo que o gesto não deixe dúvidas de que aconteceu de propósito.

— Gostei deste lugar — diz enquanto vai na direção do sofá e se senta, dobrando as pernas debaixo do corpo, não antes de tirar os sapatos.

— Eu também gosto. — Eu me sento ao lado dela, disposto a seguir o ritmo de Gisele. Se ela prefere fingir que não sabe o que estamos a um passo de fazer, eu é que não vou estragar seus planos.

Capítulo 10

O jornalista não pode concordar com a prática de perseguição ou discriminação por motivos sociais, políticos, religiosos, raciais, de sexo e de orientação sexual.

Cinco anos antes...

— **Bernardo, o Fernando** não vem trabalhar. Está com dengue — avisou Luciana inclinando o rosto para o lado direito, como se acrescentasse, sem usar palavras, que não havia alternativa a não ser transferir o trabalho dele para mim.

Queria comemorar, mas seria uma falta de respeito fazer isso antes de perguntar se Fernando estava bem.

— Na medida do possível, coitado. A mulher dele contou que ele está mais manhoso que criança.

— Bom saber. — Pelo olhar de Luciana, deduzo que ela entendeu meu comentário. Fernando sempre gostou de fazer piada com a desgraça alheia. Agora teria a vez dele.

— Quero que vá à coletiva de imprensa da delegada que está cuidando das investigações do caso Vinícius.

A indicação me deixou surpreso. Eu estava trabalhando como estagiário na *Folha de Minas* havia algumas semanas e nunca tinha sido escalado para cobrir uma coletiva. De repente, além de poder participar de uma, eu iria sozinho, como um jornalista de verdade.

Como acabei me perdendo em minha empolgação, Luciana achou melhor esclarecer:

— Você conhece o caso, certo? Do menino assassinado pela madrasta?

— É claro.

— Ótimo. Então esteja neste endereço um pouco antes das onze horas. — Ela me entregou um pedaço de papel com as indicações sobre o local onde ocorreria a coletiva. — E fique atento a tudo. Às vezes um pequeno detalhe, aparentemente insignificante, se desdobra em algo de extrema importância.

— Pode deixar, chefe.

Então, dando muita importância ao fato de ter sido recrutado para o trabalho, cheguei à sala de imprensa da delegacia exibindo uma arrogância típica daqueles que se consideram privilegiados. Procurei me misturar com os outros repórteres, me apresentando como "jornalista da *Folha*". Talvez eu tenha me *esquecido* de mencionar que ainda era apenas um estagiário.

Quando a delegada ocupou seu lugar diante de nós, foi enfática ao explicar que procuraria responder a todas as perguntas, desde que as respostas não comprometessem a investigação. Mas se adiantou, declarando espontaneamente:

— Nesta coletiva eu quero apresentar as provas de que o pai do Vinícius é o mentor do assassinato. Melhor dizendo, faço questão disso.

Para todo mundo ali, ficou claro que a delegada não pretendia esconder os principais detalhes do inquérito. Ela fez uma introdução, indicando em que ponto andavam as investigações.

— Os fatos apontam que César Bianchi atuou no crime de homicídio e ocultação de cadáver como mentor, juntamente com Susana, sua esposa. — Ela se referia ao pai e à madrasta do menino. — Ele também auxiliou na compra do remédio Midazolam em comprimidos, fornecendo a receita médica. Para nós está claríssimo que César e Susana arquitetaram o plano, bem como a história, para que o crime ficasse impune.

Vários braços foram erguidos depois dessa declaração, quase todos os jornalistas querendo mais esclarecimentos sobre as apurações da polícia. Eu mantive os ouvidos aguçados e o olhar atento, gravando e anotando o que julgava importante, ou seja, tudo. Naquela época eu não sabia diferenciar o essencial do irrelevante. Tampouco sabia me imunizar contra declarações chocantes, o que, em casos como esses, são o que há de mais comum.

Quando a delegada contou que, segundo diversas testemunhas, Vinícius era negligenciado pelo pai e maltratado pela madrasta, mencionando, inclusive, que o menino, de apenas nove anos, ficava trancado para fora de casa até tarde da noite esperando que alguém abrisse a porta para ele, eu decidi fazer a minha pergunta:

— Se tantas pessoas conheciam a situação em que a criança vivia, por que não foi tomada uma atitude contra o pai e a madrasta? A polícia nunca recebeu denúncia contra eles?

A delegada, uma mulher jovem mas muito firme em suas colocações, me encarou por alguns segundos antes de responder:

— Os avós maternos de Vinícius lutavam para conseguir a guarda dele desde que a filha, mãe do menino, morreu. Mas o César é um homem influente, médico respeitável. Não sei como, sempre conseguiu provar que todas as denúncias contra ele e a atual mulher nunca passaram de mentiras e especulações. Por isso, não. Ninguém tomou uma atitude a tempo de intervir. O indiciamento do casal não traz o Vinícius de volta, mas faz prevalecer a justiça.

A coletiva durou mais um bom tempo, e eu não levantei nenhuma outra questão. Mais tarde, de volta à redação, levei o resto do dia desembaralhando as informações e escrevendo a reportagem, que sairia e viria a ser, no dia seguinte, a matéria mais acessada do site do jornal ao longo de toda a semana.

Nesse mesmo dia, Maurício Gusmão quis me conhecer.

Hoje

Gisele passou a noite de sexta comigo e queria esticar pelo sábado e domingo. Fui enfático e esclareci que tivemos um lance legal, mas não estou, definitivamente, interessado num relacionamento. Se chamam de canalhice ou excesso de sinceridade, pouco me importa. O fato é que, para mim, aquele encontro significou apenas sexo. Faz tempo que todos eles têm somente esse sentido para mim.

Aparentemente, ela encarou minha esquivada com bastante jogo de cintura e foi embora bem cedo no sábado, quando não me importei em sair da cama para fazer o café. Não me deu nem um pouco de dor na consciência.

Meu fim de semana acabou sendo normal. Dividi meu tempo entre dormir, correr na Bandeirantes, passear com Cid, almoçar com minha família e jogar Xbox. De vez em quando, me peguei pensando na noite com Gisele, pensamento que serviu de trampolim para me lembrar de Rafaela e ficar com ela na cabeça mais do que eu gostaria de admitir.

Agora estou aqui, diante do meu computador, verificando, a cada cinco minutos, a porcaria do horário no relógio pendurado na entrada da editoria, presente de um dos parceiros comerciais do jornal, esperando que a esquentadinha da estagiária aponte no corredor a qualquer momento. Eu devo estar muito doente.

Detenho meus olhos na matéria que estou escrevendo, me obrigando a não olhar em nenhuma outra direção enquanto estiver trabalhando no texto. Não tenho por que ficar ansioso por causa de Rafaela. Ela não é ninguém importante para mim, quero dizer, não num nível pessoal. Tendo esclarecido esse ponto, só preciso agora tentar convencer meu cérebro, que insiste em ficar me avacalhando.

— Cara, olha só pra essa menina! — Fernando, hiperbólico por natureza, exclama com tamanha ênfase que, querendo ou não, sou obrigado a desviar meu foco mais uma vez.

Então vejo Rafaela surgir, mais produzida do que nunca, usando uma roupa tão justa e sapatos tão altos que me fazem ter ideias impublicáveis. O que ela está pensando? Como aparece para trabalhar vestindo uma saia daquelas? Não que seja curta a ponto de revelar demais, mas é o que não aparece debaixo do pano, porém se insinua sob ele, que me deixa embasbacado como uma criança diante das montanhas-russas da Disney.

Ciente de que a superprodução abalou as estruturas masculinas da editoria, Rafaela exagera no jeito de andar, jogando o quadril de um lado para o outro. Fernando cai na risada e solta uma de suas famosas pérolas:

— Assim você mata o papai!

Demonstrando estar de muito bom humor, Rafaela ainda tira onda de manequim de passarela. Anda até a mesa acenando para os caras, como se fosse uma candidata ao posto de Miss Brasil. Todo mundo acha graça; eu ignoro o ocorrido.

Em seguida ela ocupa seu espaço enquanto me deseja um bom-dia com muita má vontade. Respondo no mesmo tom. Rafaela não se dá ao trabalho de perguntar como foi meu fim de semana. Mas isso é querer demais. Ela não se interessa nem por aquilo que estou fazendo neste exato momento. É como se eu fosse invisível.

Mas algo nesse silêncio me diz que a garota está mordida comigo, e, se não é pela velha rusga de sempre, motivada por sua contratação inusitada, a má vontade pode estar associada à noite de sexta-feira. Por que não?

Rafaela entra depressa no mundo do seu computador e logo se concentra em não sei o quê. Pode estar trocando mensagens sigilosas com o besta do Marcelo, bem como fazendo o que ama: reestruturar textos.

Decido dar um jeito de me preocupar com coisas realmente importantes e largar Rafaela de lado. Porém, assim que tomo essa decisão, recebo o aviso de chegada de um novo e-mail.

De: Gisele Nunes Brandão
Para: Bernardo Venturini
Assunto: Oi, gatinho!

Olá, seu lindo!

Desculpe por incomodar no trabalho, mas deduzi que seu e-mail era esse porque o da Rafa é o nome e o último sobrenome antes do arroba. Acho que acertei, né?

Bom, como foi seu fim de semana? Achei que iria aparecer no Minas Tênis Clube. Estive lá ontem e, infelizmente, não encontrei você. Aposto que andou ocupado, por isso não deu notícias, né? Pra falar a verdade, eu também fiquei meio fora do ar, por causa do aniversário de um primo.

Mas pensei bastante no que rolou entre nós e, confesso, gostaria de repetir a dose, sem compromisso, claro. Se também estiver interessado, deixei o número do meu telefone anotado num papel que grudei na sua geladeira. Ah, como sou boba, você já deve ter visto a essas alturas. ☺

Tentei falar com a Rafa ontem e anteontem, mas não consegui. Sabe se aconteceu alguma coisa com ela? Falei com os irmãos, e eles não disseram coisa com coisa.

Então é isso. Estou esperando sua resposta, viu? Adorei nosso encontro. Você é demais!

Beijos, bonitão!
Gi

Custo a assimilar o que acabo de ler. Sei que às vezes as mulheres não entendem que não estamos interessados em mais que uma noite, mas acho um saco ter que lidar com esses sentimentos remanescentes de uma transa legal. Não vou responder ao e-mail. Gisele que interprete minha falta de contato como quiser.

Outra mensagem aparece na tela do computador, mas desta vez é de um conhecido meu, uma fonte quase cativa que mantenho há algum tempo. O sujeito trabalha como detetive particular, mas, por amizade, de vez em quando ele dá uns toques sobre pessoas que estão na minha mira de investigação.

De: Carlos Wagner
Para: Bernardo Venturini

Assunto: Informação quente

Fala, Bernardo, meu chapa!

Acho que você vai gostar desta notícia. Consegui localizar a mulher do empresário. A tal Lucinha Marinho vai passar o dia num spa lá no Belvedere. Se você aparecer e abordá-la como quem não quer nada, quem sabe ela vai com a sua cara o suficiente para dar com a língua nos dentes? É de conhecimento geral que a mulherada adora jogar charme pra você. Aproveite!

O endereço do lugar segue anexo.

Boa sorte!

Carlão

Caramba, não é que a segunda-feira de repente virou a meu favor? Faz dias que estou atrás dessa mulher. Lucinha Marinho é hoje uma das figuras mais faladas do país por estar sendo acusada de assassinar o marido, um empresário milionário, dono de uma das maiores redes de hotéis do Brasil. Ela foi dançarina de boate e chegou a ser capa de algumas revistas masculinas, em trajes bastante sumários — se não ausentes mesmo. Há alguns meses, o homem foi encontrado morto num quarto de motel, sem marcas de violência no corpo. Mas a autópsia acusou a presença de uma considerável taxa de veneno na sua corrente sanguínea. As câmeras de segurança do motel não focalizaram o rosto da pessoa que estava com o empresário na noite em que foi morto. Só registraram o vulto de uma mulher vestida de preto, com os cabelos escondidos sob um chapéu. No entanto, para a polícia, a acompanhante misteriosa é a própria mulher do milionário, embora ninguém tenha conseguido provas suficientes para indiciar Lucinha Marinho.

O jornalista que conseguir uma palavra da viúva será o sortudo da vez.

Esqueço qualquer outro pensamento e me jogo sobre a divisória para informar Rafaela sobre nossa nova missão. Mas, por um instante, algo na expressão dela atrasa meu objetivo. Está bem claro que alguma coisa acaba de deixá-la contrariada. Não sou eu quem perguntará o quê.

— Vamos sair daqui a quinze minutos. Prepare-se para passar o dia espreitando Lucinha Marinho — informo, enquanto os olhos de Rafaela se arregalam de surpresa.

— Lucinha Marinho vai falar com a gente?

— Não é bem assim. Você sabe que a mulher corre da imprensa feito o diabo da cruz. Mas uma fonte acabou de me contar onde ela estará durante uma boa parte do dia de hoje.

Bato os dedos na divisória, esperando Rafaela processar a notícia. Pela cor do rosto dela, parece que acabou de ver um fantasma.

— E? — questiona ela, como se eu tivesse dado a informação em grego.

— Como assim "e"? Rafaela, vamos ficar de butuca, como quem não quer nada, na porta do salão de beleza, ou minispa, ou seja lá o que for. Quando ela aparecer, nós a pegamos de jeito.

Sempre gostei dessas abordagens meio ninjas, quando precisamos muito mais do que contatos para chegar aonde queremos. É necessário ter coragem e muita, mas muita cara de pau.

— Essa técnica não é meio primária, não? — A garota está reticente. Posso enxergar o ceticismo bem ali, estampado na cara dela. — Quem garante que ela vai falar só porque foi pega desprevenida? Que eu saiba, outros jornalistas já tentaram isso.

Agora estou nervoso. Ela sempre tem um porém para tudo.

— Mas não conseguiram. Podemos sair de lá com as mãos vazias, Rafaela, mas, se tivermos sucesso, teremos um furo.

A palavra "furo" funciona como uma espécie de energético para Rafaela, cujo peito chega a arfar de empolgação.

— O que a Luciana pensa sobre essa ideia? — Ela ainda demonstra um certo receio, a despeito de sua euforia. Então decido agir com maior parcimônia, de modo que minha esquentada colega se sinta menos apreensiva.

— Ora, assim como nós, ela possui o vírus da inquietação nas veias.

— Como *nós*? — Rafaela demonstra sua insegurança, como se já não tivesse provado, várias vezes, que é muito dedicada ao que faz. Ressalto que, depois da entrevista com Biju, não há por que duvidar de sua capacidade. Outros menos corajosos não teriam encarado.

Ela chega a brilhar de contentamento. Como é estranha essa menina! Uma estranha bem bonitinha.

— Agora, mexa-se. Estamos de saída.

Reparo que Rafaela se sente desconfortável no banco do carona, bem mais do que em todos os outros dias, quando é obrigada a ficar sentada ao meu lado. Apesar de eu estar dirigindo e com a atenção focada à minha frente, percebo, pela visão periférica, que ela tenta encobrir parte das coxas, puxando a todo momento a barra da saia que hoje ela resolveu usar.

Confesso que tanto o gesto quanto as pernas me distraem. Não era para ser assim, já que Rafaela não tem um tipo físico exuberante, como Gisele. Porém, ela sabe valorizar seus principais atributos. E, com certeza, suas pernas estão entre eles.

Procuro não dar importância ao fato de, de repente, ter começado a encontrar qualidades físicas na estagiária. Notar determinadas características dela não prova que eu esteja interessado ou algo assim. Só quer dizer que sou um homem aberto a reconhecer potencialidades nas mulheres, em todas elas.

O esforço de Rafaela em impedir que eu observe suas coxas tentadoras a leva a apoiar a bolsa sobre o colo, usando-a como uma capa protetora, um tapume, talvez. Seguro o riso de modo que o constrangimento não seja ainda maior.

Eu me questiono se ela já sabe que Gisele e eu dormimos juntos e quanto isso pode ter afetado Rafaela. Posso até estar enganado, mas sua cara não era das mais satisfeitas enquanto estávamos naquele bar da Savassi na última sexta-feira.

Deitada na minha cama, depois de uma transa incrível, Gisele contou, meio sem querer, que Rafaela é uma pessoa com problemas de relacionamento, isto é, que nunca conseguiu levar uma relação amorosa adiante e, por isso, é um tanto travada nesse sentido. Quis saber mais a respeito, mas Gisele tratou de desviar a conversa, talvez por ter percebido que falou demais.

Um pouco irritado com a atitude dela, aleguei que Rafaela não gostaria de saber que algo tão particular sobre sua vida havia sido exposto pela amiga, justamente para alguém que, até onde eu sei, Rafaela não tolera. Então o assunto morreu por aí, embora a vontade de conhecer outros detalhes a respeito da estagiária e de sua dificuldade de manter um namoro tenha ficado ainda mais forte.

Estou prestes a fazer a pergunta que não sai da minha cabeça, já preparado para levar um fora como resposta, quando noto Rafaela escrevendo freneticamente num bloco de anotações. Deduzo que esteja se preparando para a entrevista (caso consigamos dobrar a viúva).

— O que você tanto escreve nesse caderno, Rafaela? — Não controlo a curiosidade e acabo indagando, invadindo o espaço dela para verificar com meus próprios olhos. Claro que a garota não aprova minha audácia e fecha o bloco antes que eu consiga ver alguma coisa.

— Não é da sua conta.

Desacelero quando o sinal fica vermelho e aproveito para encarar Rafaela com intensidade; nossos rostos bem próximos. Ela enrubesce, procurando disfarçar o constrangimento virando o rosto para o outro lado.

O sinal abre, mas custo a assimilar a mudança, até que ouço uma buzina irritada, indicando que estou emperrando o trânsito. Piso no acelerador, ao mesmo tempo que comento que hoje Rafaela está ainda mais esquentada do que de costume.

— Alguém pisou no seu calo? Ou os seus sapatos estão apertados demais?

Ela não reage com humor, como eu já previa, e rebate, afirmando não estar estressada. Como se eu fosse acreditar. O problema é o que ela faz em seguida. Para passar a ideia de que não está satisfeita com a conversa, Rafaela cruza as pernas, obrigando seu corpo a falar por ela: "Ei, dá pra me deixar em paz?".

Isso foi um erro, um erro bem grande, pois tudo o que a esquentadinha consegue é me dar uma visão ainda mais privilegiada de suas pernas espetaculares. Agarro o volante com bastante força para não cair em tentação.

— Você me deixa frustrado, Rafaela. — Solto um suspiro pesado, muito confuso com os pensamentos que venho tendo com a minha estagiária.

Prometo dobrar meu tempo dedicado aos exercícios físicos. Talvez eu esteja precisando dar ao meu cérebro outros meios de distração.

Ao meu lado, Rafaela, com seu peculiar jeito desengonçado, mexe dentro da bolsa, procurando sabe-se lá o quê, com o maior estardalhaço. Depois se atrapalha toda para abrir a embalagem de uma barra de cereais.

— Com fome, é?

— Só estou com o café da manhã no estômago e já passa da hora do almoço — ela se explica. E, por mais que esteja irritada comigo, oferece: — Tenho outra. Quer?

— Obrigado. Não costumo comer ração. — Era para soar como uma piada, mas tenho certeza de que Rafaela encarou como crítica. Tenho a impressão de que estamos fazendo aquele jogo de gato e rato.

Para nossa sorte, chegamos ao endereço que meu amigo informante me passou. Pela fachada do prédio, não duvido que o spa frequentado pela Lucinha seja de altíssimo nível. Pelo jeito, ser suspeita de um assassinato não reduziu a disposição da viúva para cuidar da aparência.

Estacionados em frente à clínica de beleza, caímos num incômodo silêncio. Rafaela mantém o rosto virado contra mim, declarando, mesmo sem palavras, que não pretende conversar comigo. Se é assim que ela quer agir, também a ignoro. Conecto meu pen-drive no rádio e aumento o som quando seleciono, ao acaso, uma música da banda U2. Estive no último show que eles fizeram no Brasil e até hoje o considero o melhor de todos a que tive oportunidade de ir. Ainda acho que a maioria das bandas da atualidade é um conjunto de porcarias comparadas às de antigamente.

É fácil adivinhar que minha colega não está tão alheia ao que acontece dentro do carro, já que começa a tamborilar os dedos no apoio de braço da porta assim que Bono Vox entoa o primeiro refrão de "With or without you". Até que ela finge bem, embora não tanto quanto gostaria.

Daria tudo para saber em que está pensando. E, mais ainda, queria criar coragem e perguntar se ficou incomodada por eu ter ficado com

Gisele. Porém, me expondo dessa forma, estaria abrindo um precedente para que Rafaela se questione a respeito do motivo dessa pergunta. O problema é que eu posso não saber a resposta.

— Tenho medo dos seus pensamentos quando está tão calada — penso em voz alta. — Prefiro seu falatório desenfreado.

— Não tenho nada a dizer — rebate ela, indiferente.

Ignoro essa atitude. Abro mão das consequências de uma abordagem mais assertiva e me viro no banco para dar toda a atenção a Rafaela.

— Mas eu tenho muito a perguntar. — Ela me olha com desconfiança, depois desvia o olhar, que paira em alguma parte do meu corpo que não consigo definir. A visão, seja ela qual for, a deixa um pouco vermelha. Isso me faz ficar meio convencido, mesmo sem imaginar por quê.

— De onde você é, Rafaela? — quero saber com sinceridade. Esse tempo todo, e eu não sei quase nada a respeito dela.

— São Pedro dos Ferros — responde, tão baixo que mal escuto.

— São Pedro de onde? — Eu ouvi direito, mas implico mesmo assim.

Rafaela só falta ranger os dentes, como uma fera enfurecida.

— Dos Ferros. Vai me dizer que nunca ouviu falar? Não é tão esperto?

Realmente ela não me tem em alta conta. Dou corda.

— Sim, muito esperto. Na maioria das vezes. Mas confesso que não decorei o mapa com a localização dos oitocentos e cinquenta e três municípios de Minas Gerais. Ainda.

Faço cara de inocente, e isso a irrita ainda mais. É muito fácil tirar essa menina do sério.

Agora, de verdade, nem imagino onde fica a tal cidade. Nunca ouvi falar nela, o que não impede que eu faça uma pesquisa rápida no Google mais tarde.

Digo isso a Rafaela, que pretendo pesquisar sobre São Pedro dos Ferros e me informar direitinho a respeito da cidade.

— Pode até me sabatinar depois. Não vou errar nada.

— Combinado. — Ela fala como se tivesse concordado de verdade, porém faz questão de esfregar seu desdém puxando o quebra-sol para se olhar no espelho.

Aumento a potência da abordagem.

— E o que leva uma menina do interior a fazer Jornalismo e viver nesta selva que Belo Horizonte se tornou? Pensei que as mocinhas das cidades pequenas estudassem para se tornar professoras.

— Pensei que os sujeitos arrogantes como você possuíssem cargos mais importantes no meio jornalístico. Você precisava ser, no mínimo, um William Bonner da vida. — Agora Rafaela apelou, desceu mesmo do salto, algo que eu queria dela há algum tempo.

— Ui! Essa doeu. — Finjo ter ficado magoado. Chego até a colocar as mãos no peito, simulando uma dor que não estou sentindo. Acontece que quero mesmo ouvir um pouco mais sobre a garota que invadiu minha vida sem pedir licença e tem causado uma bagunça danada nela. Isso me faz desejar estrangular Rafaela e, ao mesmo tempo, mantê-la por perto até descobrir aonde essa aproximação forçada pode chegar.

— Mas... sério agora. Por que Jornalismo? — insisto.

Ela suspira, revira os olhos, mas não se esquiva da pergunta.

— Porque eu amo escrever. E ler. E descobrir coisas novas, investigar, ser porta-voz das notícias. Acho que é porque sou curiosa.

— Percebe-se. E um tanto estabanada.

— Só quando fico nervosa.

Rafaela só percebe o lapso ao concluir a frase. Não lhe dou trégua.

— Então eu devo te deixar nervosa, já que vive se metendo em encrencas perto de mim.

— Não é bem assim — desconversa ela, apresentando um leve tremor na voz.

— Ah, não?

Fico sem ter o que falar. Rafaela volta a se fechar e ignora minha provocação. Aproveito para observá-la mais, demorando na análise do perfil dela. Seu queixo está projetado para a frente, e a testa, meio franzida. Ela quer ser durona de qualquer jeito, o que me faz imaginar que essa característica só pode ser o resultado de anos de convivência com os três irmãos mais velhos.

Quantas vezes ela deve ter se esforçado para provar que era merecedora da atenção deles? Meninos tendem a ser sacanas com as irmãs. Eu sei porque tenho duas. Mas a desvantagem de Rafaela é infinitamente maior do que a de Priscila e Maria. Penso na criança que ela deve ter sido: franzina, descabelada, sempre lutando para ser aceita no grupo dos garotos.

Preciso conferir se minhas conjecturas procedem.

— Então. Já sei que não é filha única. O que seus irmãos fazem?

— Me irritam.

Dou uma risada seca, satisfeito por meu poder de dedução não ter falhado. Consigo visualizar a cena: os irmãos puxando o cabelo de Rafaela e ela ameaçando cair em cima deles com um golpe desajeitado de caratê.

— Vamos combinar que isso não é difícil de fazer. Você é uma pessoa altamente irritável.

— Sou nada.

— É, sim. E tenho várias provas. A mais recente foi sua reação na noite de sexta.

Minha declaração leva uns dois segundos para atingir Rafaela, que gira no banco e me lança um olhar apreensivo.

— Q-que reação?! — A gagueira é sintomática.

— Ah, tenha paciência, Rafaela! — Eu me canso de falar como se estivesse lançando um enigma. — Você sabe exatamente do que estou falando.

E sabe mesmo, já que volta a ficar da cor de um pimentão maduro. Meu Deus, o que essa garota pensa realmente a meu respeito? Sou o cara mau que não lhe dá trégua ou alguém não tão insignificante assim?

— Confessa que não engoliu o fato de eu ter ficado com a Gisele — pressiono, me lixando para as consequências. Admito que tracei a amiga dela porque tive vontade, mas a motivação partiu do desejo de provocar Rafaela e testar seu desinteresse por mim.

— O quê?! — Ela se atrapalha (que novidade!), tanto que a bolsa, até então apoiada em seu colo, escorrega e tudo o que estava lá dentro se espalha pelo chão do carro. Caramba, spray de pimenta?! Acho que preciso ser mais cauteloso.

Rafaela se abaixa, oferecendo a visão de um novo ângulo de suas pernas, e tenta enfiar as bugigangas de volta na bolsa. Com os olhos pregados nas coxas dela, insisto:

— Você ouviu muito bem. Se não tivesse se importado, não teria fugido do bar às pressas.

— Bernardo, alguém precisa esclarecer para você que o universo não gira ao seu redor. Se fiquei irritada, pode ter certeza de que não tem nada a ver com a sua charmosa pessoa. — As bochechas dela estão afogueadas. Até pode ser pelo esforço de recuperar os objetos espalhados, mas algo me diz que a questão não é bem essa.

Reparo que os cabelos de Rafaela, sempre tão bem-arrumados, agora ficaram meio revoltos. Isso confere a ela um ar de menina travessa, daquelas que vivem levando umas palmadas quando fazem malcriação. Eu adoraria dar umas palmadas nela.

— Então o que te tirou do sério, doce menina de São Pedro dos Forros? — Erro o nome da cidade de propósito só para testar ainda mais a paciência de Rafaela.

— *Ferros!* É dos Ferros. E, para seu governo, não gostei do que aconteceu. — Então agora temos uma admissão. — Mas não foi por sua causa.

Não levo em conta a última afirmação; ainda assim, brinco:

— Ficou com ciúmes da Gisele? Quem diria, hein?

— Não seja idiota, Bernardo. Pouco me importa quem a Gisele beija ou deixa de beijar. Contanto que não me embarace na frente das pessoas com quem trabalho, agindo como uma qualquer, pra não dizer coisa pior.

— Você acaba de ferir meus sentimentos. — Pronto. Acabo de constatar que imaginei tudo errado. — Pensei que tivesse se roído de ciúmes.

— Até parece! Por mim você pode agarrar quem bem entender, de mulheres a orangotangos. Homens como você não fazem o meu tipo.

Que tipo de homem faz o tipo dessa garota, droga? O almofadinha do Marcelo, metido a galã? Minha boca está prestes a proferir a dúvida em alto e bom som, quando meu celular toca. É apenas um alerta de mensagem:

Se prepare, cara. Ela está saindo.

Esqueço tudo o que discutimos antes, porque tenho um furo de reportagem bem perto de acontecer.

— A Lucinha Marinho está prestes a sair. Vamos! — aviso, saltando do carro às pressas de modo que não haja riscos de perder a mulher.

Acelero em direção à entrada do spa, com Rafaela se esforçando para conseguir me acompanhar. Imagino que correr de saia justa e saltos não seja muito confortável. Mas a garota é aguerrida. Ela me ultrapassa e vai com tudo, como se estivéssemos disputando uma maratona e o primeiro lugar fosse questão de vida ou morte. No entanto, é preciso ressaltar: Rafaela até que é guerreira, mas não tem um pingo de coordenação motora nem noção de espaço. A alguns metros atrás dela, percebo o que está para acontecer. Em compensação, a doida continua a todo vapor. E então, antes que eu tenha condições de evitar, ela se choca com a porta de vidro. O encontrão é tão forte que Rafaela cambaleia e, segundos depois, cai desmaiada.

Puta que pariu!

Capítulo 11

O jornalista é responsável por toda a informação que divulga, desde que seu trabalho não tenha sido alterado por terceiros.

Quatro anos antes...

– **Bernardo,** você agora só tem tempo para aquele estágio idiota!

Mal dei a primeira garfada na comida, e Valentina veio com a velha cantilena. Isso já estava ficando cansativo. Os poucos momentos que passávamos juntos eram regados a alfinetadas e discussões. Um verdadeiro pé no saco.

No limite da paciência, disse calmamente (a calma que eu não sentia, só simulava):

— Existe solução pra tudo, Valentina. — Não parei de mastigar enquanto falava. Isso a deixou mais irritada ainda.

— Também acho. Você pode se dedicar só ao curso...

Não era bem assim que eu pretendia resolver as coisas. Minha garganta produziu um som estranho, como um grunhido, sinal claro de contrariedade.

— ... ou a gente termina tudo.

O barulho de talheres batendo no prato, eu já esperava. O que me chocou foi o que Valentina declarou em seguida:

— Você teria coragem de terminar com a mulher que está carregando seu filho?

Soltei o garfo e a encarei com descrença.

— Está brincando comigo, né?

Os olhos de Valentina emitiram um brilho conhecido: ela estava prestes a derramar as costumeiras lágrimas de desgosto.

— E por que eu brincaria com um assunto sério desses? — Ela colocou a mão sobre a barriga, aquele gesto instintivo e universal, próprio das grávidas. — Faz uma semana que descobri e não sabia como contar.

Baguncei os cabelos com as mãos, incrédulo. Então eu seria pai? Mas como, se eu não me sentia assim?

— A gente sempre se cuidou — murmurei, zonzo de desespero. Eu não estava preparado para aquilo.

— Talvez eu tenha esquecido de tomar uma ou duas pílulas no mês passado.

Meu coração batia forte contra o peito. Puta merda, eu só tinha vinte e um anos! E queria estrangular Valentina por ela confessar seu deslize com a maior cara de pau.

— E então? Vai desmanchar o namoro agora? Não acha que as pessoas vão pensar que você só quis terminar para não arcar com sua responsabilidade de pai?

Levantei da cadeira fazendo estardalhaço.

— Primeiro eu quero ver o teste que comprova a gravidez. Depois eu penso como vai ser.

Então eu saí do restaurante, sem nem ao menos conferir em que estado larguei Valentina para trás. Ela e a porra da bomba que soltou que se danassem.

Hoje

Eu pensei que Rafaela fosse se levantar logo, meio tonta mas saudável. Porém ela continua estendida no chão, inerte, o que sugere que precisarei levá-la a um hospital o mais rápido possível. Estou preocupado pra caramba.

— Ei, Rafa! — Dou uns tapinhas leves no rosto dela, que está assustadoramente frio. Confiro se há pulsação. Sim, embora perigosamente fraca. — Meu Deus, garota, o que você fez?

Quando fazia aulas de legislação para tirar carteira, aprendi que não devemos tentar remover um acidentado. Mas eu não posso esperar que paramédicos apareçam e façam o trabalho deles. Isso pode levar uma eternidade, e talvez Rafaela não tenha todo esse tempo.

Preparo-me para pegá-la no colo, mas uma voz estridente interrompe a ação:

— Minha nossa, o que aconteceu com sua menina?

Minha menina? Ergo a cabeça e, diante de mim, vejo a viúva mais célebre dos últimos tempos. Decido fingir que não a reconheço.

— Ela desmaiou ao se chocar com a porta.

Lucinha Marinho cobre a boca com a mão cheia de anéis.

— Coitadinha... — Ela se abaixa sobre os sapatos que parecem elevar sua altura original em uns bons quinze centímetros e passa os dedos brilhantes pelo rosto e pelo pescoço de Rafaela, examinando-a. — Temos que tirar sua namorada daqui.

— Vou fazer isso agora mesmo. — Ergo Rafaela nos braços, com a facilidade proporcionada por sua estrutura miúda. Lucinha me segue enquanto levo minha estagiária até o carro.

— Posso dirigir pra você. Melhor ajeitar a menina no banco de trás, em seu colo.

Nem discuto. Apesar de estar verdadeiramente preocupado, um resquício da missão se insinua com a oportunidade criada pela viúva.

Entrego a chave do carro a ela e me enfio com Rafaela na traseira da Santa Fé. Tento mantê-la confortável, apoiando sua cabeça em minhas coxas. Os cabelos dela se esparramam no meu colo. Meus dedos coçam de vontade de alisá-los, como forma de lhe transmitir algum conforto. Estou sinceramente preocupado. A pancada parece ter sido forte demais dessa vez.

Lucinha Marinho, o atual maior interesse da imprensa nacional, toma o controle da situação e dirige loucamente pelas ruas de Belo Horizonte. Rafaela se sacode em cima de mim e geme com fraqueza. Passo o braço por cima dela, procurando evitar que caia para a frente.

— Coitada da menina. — A viúva expõe seus sentimentos, me olhando pelo retrovisor. — Já viu o galo na testa dela?

Sim, eu já tinha reparado. E o hematoma, a cada momento, fica pior. Eu me apavoro com a possibilidade de que Rafaela possa estar mesmo mal. Ela geme de novo, e desta vez faço um afago em seus cabelos.

— Não se preocupe, rapaz. Sua namorada vai ficar boa. Já estamos perto do hospital. — Penso em corrigi-la, mas deixo passar. É melhor que ela continue ignorando nossa real situação. Aposto que a famosa Lucinha não se daria ao trabalho de ajudar Rafaela se ao menos sonhasse com o verdadeiro objetivo de estarmos juntos na frente daquele spa de luxo do Belvedere.

Apesar do trânsito intenso, Lucinha cumpre a palavra. Chegamos ao hospital em tempo recorde. Enquanto ela estaciona, mando uma mensagem para Luciana:

> Lu, aconteceu um acidente com a Rafa. Acabamos de chegar ao Mater Dei. Ela ainda não foi atendida. Acho melhor avisar a família. Pode ser grave.

Minha editora age com mais rapidez do que a equipe de pronto-atendimento do hospital. Estou atendendo à chamada dela quando uns enfermeiros surgem, meio alvoroçados, puxando uma maca. Nem imagino como foi que eles apareceram tão depressa.

— Bernardo, meu Deus! O que houve com a Rafa?

— Ela bateu a cabeça numa porta de vidro — respondo, mais atento ao trajeto da maca do que aos questionamentos de Luciana. — A pancada foi forte demais, porque ela ainda está desacordada, apesar de ter gemido um pouco no carro.

— Minha nossa! Estou a caminho. Vou tentar falar com algum parente dela. Mas fique de olho em tudo por enquanto. Cuide da garota, pelo amor de Deus!

Isso ela não precisava pedir.

Observo Rafaela, o corpo bambo sobre a maca, e tudo o que desejo é que ela volte logo a infernizar meu dia. Não sou capaz de definir o que sinto por ela — birra, desprezo, admiração —, mas há algo entre nós, e está cada vez mais difícil ignorar. Ainda assim, mesmo que a garota fosse uma desconhecida qualquer, eu não conseguiria deixar de ajudar.

— Ei, rapaz. Você precisa ficar aqui — avisa um dos enfermeiros. — Vamos examinar a menina. Enquanto isso, deve preencher uma ficha na recepção. Tem os dados dela, certo?

Fico meio atônito, porque não sei mais do que o nome completo de Rafaela, além do endereço. Se quiserem saber qual é o tipo sanguíneo dela, estarei ferrado. Porém, mais uma vez em menos de meia hora, Lucinha Marinho salva a pátria.

— Peguei a bolsa da sua namorada. Estava jogada no piso. Fiz mal?

Eu daria um beijo nessa mulher se ela não fosse suspeita de um crime, além do sonho de consumo investigativo do jornal.

— Mal nenhum. Agora posso pegar o cartão do plano de saúde — improviso.

A recepcionista me olha de um jeito engraçado quando me apoio no balcão e me atrapalho para encontrar a carteira de identidade de Rafaela. Felizmente a busca não leva mais que poucos segundos. Percebo que os olhares enviesados têm a ver com a presença da viúva, que permanece postada diante de mim como se o bem-estar da estagiária fosse de suma importância para ela.

De repente, uma ideia me ocorre. Posso tentar entrevistar Lucinha sem que ela saiba que sou um jornalista. É um negócio arriscado. Entretanto, caso dê certo, amanhã a *Folha de Minas* terá um furo de reportagem.

Apalpo o bolso de trás da minha calça até meus dedos encontrarem o botão *rec* do gravador.

— Tem algo me dizendo que conheço você de algum lugar. — Finjo e ainda enrugo a testa para dar ênfase à falsa dúvida. — Da televisão, talvez? — Estreito o olhar. — Não é aquela atriz da novela das nove, é?

A insincera analogia funciona, porque Lucinha solta uma gargalhada que transborda vaidade. Ela segura meu braço (e permanece com a mão nele além do necessário) e bate os cílios postiços de um modo que deduzo ser uma de suas armas de sedução.

— Não, querido. Não sou *aquela* atriz, embora todo mundo me confunda com ela.

Armo um sorriso condescendente, apesar de nem imaginar quem é a atriz com a qual Lucinha se julga parecida.

— Mas estou acostumada a aparecer em várias revistas e jornais. Aposto que já leu alguma notícia sobre mim. — Essa é boa. A maluca fala como se estampasse apenas as páginas das publicações de fofocas.

Resolvo dar a ela o benefício da dúvida.

— Hum, talvez. Mas não tenho o costume de ler revistas sobre celebridades. Como disse que se chama?

Ela se encolhe um pouco. Pode ter notado meu truque.

— Maria Lúcia Marinho. — Ou não. Caiu feito mosca na sopa.

— Não acredito! Você é a mulher daquele empresário assassinado! Alfredo Marinho, não é isso? — Dissimulo uma expressão de piedade, dessas de partir o coração. — Lucinha, aquela apontada como a autora do assassinato. Injustamente, suponho.

Acho que exagerei na abordagem e posso ter estragado a chance de conseguir uma palavra da escorregadia viúva. Já dou minha derrota como certa, por isso me surpreendo quando ela declara:

— Fui casada com o Alfredo durante dez anos. Tínhamos uma vida maravilhosa. Nossa diferença de idade nunca foi um problema. Pelo contrário. Meu Alfredo era um homem ativo, bem-disposto, saudável mesmo. Vivíamos como num conto de fadas. Ele era gentil e me fazia feliz. Fui criticada e estou sendo acusada de um crime por causa do meu passado. Não é segredo que fui dançarina de várias casas noturnas, não só daqui, mas também do Rio, de São Paulo e até de Nova York. A família dele me odeia. Os filhos de seu primeiro casamento querem ver a minha caveira. Não sou uma assassina. Nem nunca fui prostituta. Eu amava, ainda amo, o meu marido e desejo, tanto quanto todo mundo, saber quem fez essa crueldade com ele.

— Mas se a senhora não estava com seu marido naquele motel e afirma que viviam muito bem, por que ele procurou a companhia de outra mulher? — Agora ajo como o jornalista que sou. Não visto a máscara de desentendido, não quando a viúva está disposta a falar.

— Eu não sei. Não faço a menor ideia. Alfredo não era esse tipo de homem. Ele não me traía. Isso tudo só pode ser uma farsa. Alguém armou essa emboscada pra nós. — Então Lucinha chora copiosamente. — Tiraram meu amor de mim — lamenta aos soluços.

É quando Luciana aparece. Ela anda até mim a passos largos; os olhos, esbugalhados, prestes a pular do rosto. Pressinto uma sabatinada daquelas, com perguntas específicas (como, quando, por quê, onde?), as mesmas que respondemos todos os dias ao redigir o *lead* das notícias. A boca da minha editora chega a se armar para despejar as palavras, mas o que a faz permanecer aberta é o fato de Lucinha Marinho, em carne e osso (além de espontaneamente), aparecer em seu campo de visão.

— Bernardo? Lucinha? Rafaela? Jesus!

Eu teria rido até perder o fôlego da confusão de Luciana, desde que a viúva enganada (por mim) não tivesse avistado o crachá do jornal, dependurado placidamente na gola da blusa de Luciana.

Desse momento em diante, tudo se desenrola muito rápido:

- Lucinha puxa o crachá, confere a credencial e me encara com indignação.
- Luciana puxa o crachá de volta e tenta esconder, tarde demais, as referências profissionais.
- Lucinha cobra explicações, alegando que eu a enganei deliberadamente.
- Eu me justifico, ressaltando que jamais mencionei o tipo de relação que tenho com Rafaela.

- Luciana pede calma e afirma que só queremos esclarecer os fatos. Frisa que, se Lucinha é mesmo inocente, não precisa temer a imprensa.
- Lucinha fica sem argumentos, dá de ombros. Depois diz que não se importa e sai ultrajada.
- Luciana, agora sim, me sabatina.
- Eu passo os quarenta minutos seguintes relatando todo o ocorrido.

Agora estou novamente sozinho com Rafaela. Luciana voltou para o jornal assim que o médico garantiu que, apesar da concussão, a estagiária vai ficar bem, completamente restabelecida. Por precaução, ela tem sido mantida sob observação, num quarto confortável proporcionado pelo plano de saúde que o pai dela banca. Descobri há poucas horas que o sujeito é um poderoso fazendeiro da tal São Pedro dos Ferros. Ou seja, a esquentadinha é uma herdeira. Vejam só!

Aproveito para ir ao banheiro enquanto Rafaela dorme, induzida pelos medicamentos. Segundo Luciana, os irmãos da garota já estão a caminho.

— É bom se preparar. Tive a impressão de que eles consideram a caçula o bebezinho da família — avisou ela antes de ir embora.

Saio do banheiro ajeitando o zíper da calça. Nem me dei ao trabalho de ficar recomposto antes de voltar ao quarto, já que esperava encontrar Rafaela do jeito que a deixei poucos minutos atrás, isto é, dormindo feito um anjo. Mas não. Sou flagrado por aqueles olhos curiosos e perscrutadores.

Em vez de ficar constrangido, me alegro por finalmente voltar a ver Rafaela bem. O rubor nas bochechas é outro indicador de que ela está mesmo se recuperando.

— O que houve? — ela quer saber. Sua voz sai meio rouca. Rafaela estranha, pois franze a testa. Ao fazer isso, nota o galo no alto da cabeça. Geme ao tocá-lo.

Solto um suspiro, chateado pela dor que ela sente. Eu me aproximo da cama e me sento bem na ponta. Do jeito que meu filme é queimado, temo que a garota entre em colapso se eu encostar um dedo que seja nela.

— Tinha uma porta no meio do caminho — brinco para desanuviar o clima. Em seguida conto que Rafaela, na pressa de alcançar nosso alvo, ou seja, Lucinha Marinho, acabou se chocando com a porta de vidro da entrada do prédio. — Era dura feito pedra. Com a pressa, não viu que estava fechada. Você desmaiou na hora.

— Desmaiei? Co-como cheguei aqui?

— Ué, como? De carro, claro.

— Você me... carregou?

Diante de tudo o que contei, não acredito que essa seja a maior das preocupações de Rafaela. Ela preferia o quê? Que eu a largasse no chão?

— Tive que fazer esse sacrifício — murmuro. Só não exponho a verdade. No fundo, gostei de ser o salvador e, de quebra, sentir aquele corpo nos meus braços, ainda que por pouco tempo.

Cara, melhor não levar as coisas para esse lado.

Ao debater comigo mesmo, eu me distraio por um instante. Volto ao presente com a imagem de Rafaela espiando por baixo do lençol verde do hospital. A julgar pela expressão de desespero, aposto que ela está se perguntando como acabou sem as próprias roupas.

Adoraria curtir com a cara dela, fazendo-a sofrer por alguns mi-nutos. Mas estou certo de que Rafaela não levaria a brincadeira na esportiva.

— Não fui eu quem despiu você. Pode relaxar.

Constrangida, a garota volta a se recostar nos travesseiros. Estou tão perto que consigo captar sua angústia.

— Estraguei tudo, não é?

Então é isto: culpa.

— Rafa, escuta só. — Tenho um trunfo que será capaz de es-clarecer tudo, além de eliminar qualquer resquício de culpa que Rafaela sinta. — Você desmaiou. Ficou desacordada por quase duas horas, está com um hematoma enorme na cabeça, vai ficar afastada do trabalho um dia ou dois. Portanto, a que estrago está se referindo? Porque, se estiver falando do seu lindo rostinho, eu concordo. Porém, quanto à matéria...

Deixo o relato assentar na cabeça dela antes de completar com a parte mais importante. Nem por isso esqueço que, sem querer, acabei revelando que a considero uma linda mulher. Vai pensar que estou doido ou mentindo.

— Perdemos a Lucinha — lamenta.

— Eu não diria que perdemos a moça — digo enquanto saco o gravador do bolso. Por pouco não grito "Pelos poderes de Grayskull!", mas esse mico eu não estou a fim de pagar.

Aperto o *play* e permaneço em silêncio, permitindo que apenas a voz de Lucinha Marinho seja ouvida. Fixo os olhos no rosto de Rafaela. É fascinante o modo como ela acompanha o desenrolar do relato da viúva. Suas pupilas chegam a brilhar e adquirem uma aparência semelhante às da menina dos olhos molhados, que observava a vida pela janela da casa de praia.

Estranho que essa imagem tão antiga tenha surgido de repente. Mas não tenho tempo de digeri-la, já que a gravação acaba e Rafaela não cabe em si.

— Como conseguiu?

Dessa vez eu a surpreendo positivamente. Dou de ombros, abrindo mão do crédito.

— Bom, ela viu seu acidente. Correu até você e quis ajudar. Não tinha a menor noção de quem éramos. Pensou que estávamos, você sabe, como se fôssemos... bem, um casal. — Me atrapalho todo. Compartilhar essa informação com Rafaela acaba se tornando um momento bastante constrangedor. — Eu precisei carregar você, e a Lucinha se ofereceu para dirigir o carro. Solidária, ela é. Enquanto os médicos faziam os exames, aproveitei para trocar umas palavrinhas com a viúva. Não revelei que sou jornalista. O gravador ficou ligado, e ela foi falando. Só quando a Lu apareceu aqui, usando o crachá do jornal, que a ficha da Lucinha caiu. Mas aí já era tarde, não é?

— Eu vim deitada no seu colo?!

— Alguém precisava segurar você.

Nós nos entreolhamos por alguns instantes, cada um com sua considerável parcela de embaraço. Sustento o olhar até Rafaela tomar a iniciativa de romper a ligação.

Sei que algo muda, mas não tenho tempo de investigar. Do nada, a porta do quarto é aberta e por ela entra um bando de gente, do qual só reconheço duas pessoas: Alice e Gisele. Os dois caras são, sem dúvida, os irmãos de Rafaela. Já a terceira garota só posso presumir que seja outra amiga.

Eles contornam a cama, formando uma corrente em torno de uma espantada Rafaela. Dou um passo para trás, a fim de não atrapalhar nem ser atropelado. Gisele me acompanha e demonstra estar muito pouco interessada na saúde da amiga acidentada.

— Você está bem? Está com dor? Precisa de alguma coisa?

— Consegue enxergar quanto dedos tenho aqui?

Embora grandes e de aparência atlética, os dois irmãos não escondem o afeto pela caçula. Eles são meio estabanados (a genética descoordenada deve ser forte), mas, ainda assim, devotados à irmã.

A chegada deles mexe com os sentimentos de Rafaela. De repente, ela começa a chorar. Nem o número excessivo de espectadores a inibe. Por outro lado, suas lágrimas assustam todo mundo. Acompanho de camarote a evolução dos fatos.

— Rafa! O que foi? — Alice quer saber. Está branca feito uma folha de papel.

— Vou chamar um médico — avisa, agitada, a garota que eu não conheço.

— Fale com a gente, Rafa! — Esse pedido desorientado é feito por um dos irmãos.

— Eu falei que esse lance de ser jornalista era perigoso demais — profetiza o outro.

Então faço a minha parte, na tentativa de acalmar os ânimos.

— Ela está bem. Só ficou emocionada por ver vocês.

Pela primeira vez, a comitiva nota minha presença no quarto, exceto Gisele, que já deu um jeito de ficar meio grudada em mim.

— Olá! Que coincidência boa encontrá-lo aqui! — Não acredito que seja mesmo uma coincidência, mas deixo como está, principalmente porque todos eles decidem agir de um jeito esquisito.

Para começar, Gisele força um abraço que eu não pretendia oferecer.

— Já estava com saudade — sussurra ela ao pé do meu ouvido esquerdo. Não faço nada além de armar um sorriso amarelo.

A dupla de irmãos não me olha com agradecimento. Pelo contrário. Isso me faz acreditar que eles me julgam o culpado pelo acidente.

Por outro lado, tanto Rafaela como as amigas parecem ter perdido a habilidade de articular palavras. As três estão mudas, só observando.

— Oi, bonitão. Quer dizer que esta mocinha aqui por pouco não matou você de susto?

— Sim, é verdade. — Encontro os olhos de Rafaela e sorrio. — Felizmente não foi nada grave.

Tenho quase certeza de que sou presenteado com um agradecimento silencioso. Porém, as circunstâncias não me deixam afirmar. Um dos irmãos me alcança, com a mesma expressão enfezada que Rafaela arma quando está brava comigo.

— O que, exatamente, aconteceu com a minha irmã?

— Calma, Ricardo. Você conhece a Rafa e sabe que acidentes são constantes no dia a dia dela — pondera o outro, um pouco menos impulsivo.

Entendo que, como estou na berlinda, devo agir com cautela. Portanto, cumprimento os dois apertando a mão de cada um, antes de responder:

— Conheço pouco a irmã de vocês, mas já estou bem consciente desse lado instável dela.

Meu comentário provoca uma risada abafada na dupla, apesar de gerar uma reação contrária em Rafaela, que, mesmo presa à cama pelo tubo do soro, parece prestes a saltar em mim. Mas os irmãos a ignoram sem remorso e expõem o ponto de vista deles como se a garota não estivesse por perto.

— É verdade. A Rafa é bem propensa a acidentes.

— A vida inteira foi assim.

— Bom, mas dessa vez cheguei a ficar com medo de verdade. Tudo aconteceu rápido demais. Num instante, ela estava fazendo o que podia para correr com aqueles saltos do terror. No outro, era um corpo estendido na calçada. — Espio a reação de Rafaela. Como eu já previa, ela está mortificada. Ela é muito suscetível às minhas bobagens.

Entre os paparicos das amigas e os resmungos dos irmãos, ficamos em suspense, à espera do médico. Só ele poderá determinar o futuro de Rafaela no que se refere a permanecer em observação ou ir para casa.

Ando até a janela do quarto. Os acontecimentos dessa manhã me deixaram exausto. Puxo o ar com vontade, enquanto visualizo todas as tarefas que preciso cumprir até o fim do dia. Só de pensar, fico ainda mais cansado.

— Ei, gato. Posso ajudar a aliviar esse estresse? — Gisele se debruça na janela, o corpo grudado no meu. — Conheço alguns exercícios infalíveis.

Ela é mesmo persistente e não se incomoda em tomar a iniciativa.

— Um dia desses, quem sabe? — Deixo a possibilidade em aberto.

— Ótimo. — Gisele se afasta, depois de dar uma piscada cheia de mensagens subentendidas.

Então o médico aparece. Trata-se de um sujeito bem novo, meio estiloso, com pinta de galã de pronto-socorro. É nítida a alegria que se espalha entre as meninas ao vê-lo. Nem Rafaela, com aquele galo que só falta cantar na cabeça dela, consegue disfarçar a boa impressão que o Dr. Plantão Médico causa.

Para completar, ele pergunta, como se falasse com uma criança:

— Como está a Bela Adormecida?

Sério? Será que o cara pensa que essa frase ridícula convence alguém?

Bem, a julgar pelos olhares brilhantes, acabo de crer que sim.

— Minha cabeça dói um pouco. Só isso. — Rafaela, nem por um instante, cogita rejeitar o título dado pelo médico. Bela Adormecida! Pois sim.

— Foi uma senhora pancada. Outra pessoa talvez não tivesse resistido.

— Isso prova a tese de que a Rafa é uma cabeça-dura — lanço a piada, responsável por quebrar o clima. Todo mundo acha graça, menos minha estagiária, é claro.

O médico também me ignora e usa o estetoscópio para examiná-la. À medida que desliza a ponta do aparelho no peito de Rafaela, olha para ela de um jeito nada profissional. Do meu ponto de vista, o cara está aproveitando sua posição para dar em cima da tonta na frente dos irmãos dela.

— Está tudo certo com você. Vai poder ir para casa, contanto que fique quietinha, sem se esforçar demais.

— Que ótimo! — ela comemora.

— Mas nada de trabalhar amanhã. Nem depois. Aliás, fique esta semana longe do jornal. O Clark Kent aqui não vai se importar, não é mesmo?

Clark Kent? Esse cara está pedindo para levar umas porradas.

Então, de repente, minha ficha cai.

— Uma semana?! — indago, em coro com Rafaela.

— É tempo demais — completa ela, meio desesperada.

— O suficiente para você se recuperar.

Serei honesto agora: há poucas semanas, eu torceria para voltar a trabalhar sem a estagiária esquentada no meu encalço. A notícia do afastamento dela da redação, mesmo que por alguns dias, soaria como música de qualidade aos meus ouvidos. Hoje, sinceramente, tenho a sensação de que sentirei falta de sua presença. Por mais que contradiga tudo o que já desabafei a respeito dela, dividir o setor com Rafaela tem sido uma experiência, no mínimo, revigorante.

— Então vamos pra casa, maninha? — O irmão mais falastrão comemora a alta médica e demonstra sua animação puxando o lençol que cobre Rafaela. É nessa hora que todo mundo nota a camisola de hospital que ela usa no lugar das roupas de trabalho.

Tanta vaidade para se manter perfeita jogada pelos ares num momento de descuido. Pelo tom arroxeado que, de repente, cobre seu rosto, sei que Rafaela desejaria virar poeira e sumir instantaneamente.

Procuramos disfarçar a mancada do irmão, fingindo que não vimos nada de mais. Mas Gisele não permite que a oportunidade de avacalhar a amiga passe. Então encerra a manhã com esta:

— Amiga, no seu lugar, eu desejaria perder a consciência de novo se estivesse vestida desse jeito.

Nem imagino o que houve depois, porque fui puxado para fora do quarto pelas mãos possessivas da mesma Gisele.

Capítulo 12

Em todos os seus direitos e responsabilidades o jornalista terá apoio e respaldo das entidades representativas da categoria.

Quatro anos antes...

Grávida!

Valentina imaginava que jogar uma notícia como essa sobre mim resolveria tudo de uma vez por todas. Então eu deveria esquecer o ciúme, as brigas sem fundamento, as desconfianças, o fato de ela ser um pé no saco durante a maior parte do tempo em que ficávamos juntos?

Não. Anunciar a gravidez só fez piorar as coisas entre nós.

Primeiro porque eu afirmei que iria assumir o bebê, mas não pretendia me casar. Além disso, apesar de eu ter visto o teste, ou seja, a comprovação de que existia mesmo uma criança crescendo no ventre dela, eu não deixava de questionar sua paternidade. Seria meu de verdade? Eu tinha que saber. Reconheço que soava como um cretino, mas não deixava de me perguntar quando o descuido ocorreu. Sempre fomos muito precavidos.

Meu padrasto me orientou a agir com cautela. Com ou sem certeza, a atitude mais digna seria conduzir as coisas partindo do princípio de que o filho era mesmo meu.

— Afinal, faz anos que vocês namoram — argumentava ele, como se o tempo pudesse evitar traições.

Mas ele não deixava de ter razão. A verdade era que eu estava morrendo de medo e enlouquecido de raiva por ter sido pego pelo destino daquela forma. Sério, talvez fosse melhor descobrir que havia levado uma rasteira de Valentina do que considerar a constatação da minha paternidade.

No jornal, eu andava tão carrancudo que todo mundo reparou. Então, um dia, Fernando me chamou para uma cerveja depois do expediente e, aos poucos, foi me instigando a revelar o que estava acontecendo. Acabei contando tudo a ele. O desabafo me ajudou a enxergar a situação com outros olhos. Sim, eu poderia me tornar pai, ser presente na vida do meu filho e continuar firme na minha carreira, sem que uma coisa atrapalhasse a outra.

Nesse dia Fernando se tornou um dos meus melhores amigos. Além disso, nessa mesma noite eu me apaixonei pelo meu filho.

Hoje

— Reunião de pauta, cara! Esqueceu? — Fernando estala os dedos na minha frente, quebrando minha concentração no texto sobre a Lucinha Marinho. Cheguei cedo ao jornal decidido a transcrever o depoimento dela e montar uma matéria sobre o caso, com direito à cronologia da história, começando pelo casamento tumultuado com o empresário Alfredo Marinho, os desentendimentos com os filhos dele, as aparições escandalosas em público, até a noite do assassinato. Eu já ia começar a segunda parte, em que pretendo resumir a vida da viúva atualmente, depois do assassinato do marido, finalizando com a declaração que me deu, sem querer, no hospital, quando Fernando me lembra da reunião.

Salvo o texto rapidamente e saio apressado atrás do meu colega. Luciana é uma ótima chefe, mas não é boa em tolerar atrasos. Já levei muita bronca por aparecer fora do horário. Agora tento andar na linha.

A cadeira onde me sento — a mesma desde que subi de estagiário para efetivo — nem chega a esquentar, pois, mal entro na sala, sou colocado imediatamente a par da tarefa que me aguarda.

— Bernardo, quero que vá ao Centro. Um entregador de pizza descobriu nove corpos em decomposição num galpão atrás da pizzaria onde ele trabalha. A polícia, num primeiro parecer, aponta para assassinatos em série. Quero que acompanhe tudo e só volte com um bom material em mãos.

Esse é um dos poucos tipos de história que odeio cobrir. A polícia fica reticente, solta meias verdades, e a imprensa tem que se virar para atender a curiosidade do público, que, nesses casos, é imensa.

— Algum suspeito? — pergunto, embora acredite que Luciana poderia ter escalado outro repórter para esse serviço inglório.

— Isso é você quem vai descobrir, querido — responde ela com ironia.

Solto um suspiro de contrariedade antes de sair da sala, só para registrar meu descontentamento. Sigo para o Centro fantasiando com o dia em que serei promovido e cobrirei ocorrências de interesse mundial, andando feito nômade por todas as regiões do planeta.

Ao imaginar essa situação, acabo pensando em Rafaela. Olho de relance para o banco do lado, hoje vazio, e sinto uma emoção estranha. É como se ela me fizesse falta, apesar de não nos darmos muito bem durante a maior parte do tempo em que somos obrigados a permanecer juntos.

Essa confusão que me atinge quando o assunto em questão é a irritável Rafaela só pode ser sintoma de muito cansaço por excesso de trabalho. Ainda que seja isso, lamento por não contar com a presença dela hoje. Tenho certeza de que a garota curtiria bastante a experiência de andar no encalço de um provável *serial killer*.

Cogito mandar uma mensagem para ela, tirando sarro da sua falta de sorte por perder uma cobertura *tão* importante. Mas acabo me contendo. Apesar da ligeira trégua que nos demos depois do incidente com a porta de vidro, não chegamos ao ponto de trocar torpedos engraçadinhos.

Percebo, tarde demais, que o trânsito no Centro está caótico — nada diferente de todos os outros dias do ano. Devo levar uma vida até achar uma vaga para estacionar.

Depois de muitas voltas em vão, paro o carro do jornal num estacionamento particular e sigo a pé até o local onde os corpos foram encontrados. Será que meu dia inteiro vai ser assim, ou seja, uma desgraça atrás da outra?

Ainda de longe percebo a movimentação fora do comum na rua da pizzaria. Confirmo o que pressentia ao chegar mais perto: policiais e repórteres não fazem número se comparados com a quantidade de curiosos espremidos atrás da fita de isolamento amarela. Puxo o ar com força, porque esse tipo de batalha para alcançar uma notícia eu nunca estou a fim de enfrentar. Assassinatos em série estão no alto da lista de acontecimentos que atraem a curiosidade mórbida das pessoas. Eu fujo deles — se puder.

Avisto o delegado, velho conhecido das minhas andanças investigativas, e vou até ele, que solta uma imprecação ao se deparar comigo. Está acostumado com meus métodos pouco sutis, ainda que não seja muito favorável a eles.

— Agora não, Bernardo — me corta antes de eu ter a chance de abrir a boca. Em seguida, tira uma cartela de comprimidos do bolso do paletó e joga dois de uma vez goela abaixo.

— Dr. Fonseca, eu só preciso de um resumo da história.

— Pesquise no Google. Os urubus chegaram cedo. — Ele me olha de um jeito engraçado. — Estou estranhando seu atraso.

— Que pretendo compensar ouvindo a versão do dono do caso. Prometo me mandar assim que escutar seu parecer, Cristóvão. — Menciono o primeiro nome dele como lembrança de que não sou um reles repórter sensacionalista. Já tomamos duas ou três cervejas juntos em outras ocasiões. Às vezes é a polícia que depende da imprensa, não o contrário.

— A situação está meio complicada agora.

— Mas eu posso esperar. — Bato no ombro dele, demonstrando camaradagem. — Contanto que eu saia daqui com uma informação bem quente.

O delegado suspira enquanto massageia o estômago.

— Vamos ver.

* * *

Volto para casa bem tarde. Se a polícia pensava que eu ficaria encostado de braços cruzados esperando Cristóvão Fonseca ter tempo para conversar comigo, sinto tê-la desapontado. Eu dei um jeito de dar meus pulos sozinho, porque o barato da notícia é a agilidade com que ela chega ao público. A nova edição do jornal só sai amanhã, mas nosso site fica vinte e quatro horas no ar, sendo alimentado sempre que algo importante acontece. Lentidão nunca foi uma característica minha, em nenhum aspecto — acho fundamental frisar.

Impulsionado pela missão de construir a cronologia da sórdida história daqueles nove assassinatos e revelá-la em primeira mão, passei parte do dia dando uma de investigador criminal ao estilo CSI, me esgueirando sorrateiramente pelas vielas em torno da pizzaria, a fim de coletar dados sobre o caso.

O resultado disso, colocado em cima da mesa de Luciana poucos minutos antes das oito da noite, me garantiu parabéns entusiasmados da minha editora, uma primeira página no dia seguinte e milhares de acessos no site do jornal:

> A Polícia Civil acredita que os nove corpos de mulheres encontrados nas imediações de uma pizzaria, no Centro de Belo Horizonte, sejam o resultado de um assassinato em série. Apesar de estarem em avançado estado de decomposição, todos apresentavam uma característica em comum: a ausência da língua. Segundo o delegado responsável pelo caso, Cristóvão Fonseca, esse detalhe representa uma espécie de marca registrada do criminoso.
>
> Os corpos foram encontrados por um funcionário da pizzaria, que acionou a polícia imediatamente. "Próximo a um dos corpos estava uma agenda, cheia de nomes e informações sobre mulheres. Ainda não sabemos se o objeto foi esquecido ou deixado de propósito no local", revelou o investigador José de Arimateia.
>
> As causas das mortes ainda estão sendo investigadas pela Polícia Civil. Os corpos serão encaminhados para o

Instituto Médico Legal (IML) de Belo Horizonte, onde vão passar por exames. "Ainda não descartamos nenhuma linha de investigação. Não deu para saber se os corpos tinham marcas de violência porque estavam em avançado estado de decomposição", declarou o investigador.

Uma testemunha, cuja identidade está sendo mantida em sigilo, afirma que a pizzaria é apenas fachada de uma casa de prostituição e ponto de tráfico de drogas, comandados por Francisco Lisboa Gonçalves, desaparecido desde o início do mês. "As mulheres mortas eram praticamente escravas sexuais, já que não podiam se demitir nem partir quando bem entendessem", afirmou a testemunha.

Questionado sobre isso, o funcionário da pizzaria disse não ter conhecimento sobre qualquer negócio obscuro relacionado ao local de trabalho.

Cid passa por mim, balançando o rabo num ritmo monótono, e senta aos meus pés. Desde que cheguei, tento não pensar muito numa outra conversa que tive com Luciana antes de sair do jornal.

— Bernardo, já faz tempo que a *Folha* vem amadurecendo a ideia de transformar você em correspondente internacional — anunciou ela sem preâmbulos. Nessa hora, meu coração martelou meu peito como se fosse saltar para fora. — Acho que a oportunidade está prestes a pintar.

Encarei minha editora com expectativa, muito interessado em saber o que mais ela tinha a dizer.

— Queremos saber se você ainda almeja esse posto.

É claro que eu quero.

— Evidente que sim.

— Ótimo. Como eu disse, a coisa ainda está para acontecer. Assim que a vaga desocupar, voltamos a conversar sobre esse assunto.

Faço um carinho atrás das orelhas de Cid, mas meus pensamentos não estão no meu velho cachorro. Eu me lembro dos primeiros anos de faculdade, do sonho de me tornar um correspondente internacional, de toda a situação envolvendo Valentina, de como fiquei destruído por um tempo, da volta por cima. Por fim, minha mente me leva até Rafaela, e me pergunto onde ela se encaixa em tudo isso.

Meu celular me "encara" da mesinha de centro, me obrigando a trazê-lo até mim. Corro os olhos nas mensagens, depois aciono a agenda. Meus dedos pairam sobre o número da (agora saudosa) estagiária. Sinto uma ânsia estranha de ouvir a voz dela, mesmo que seja para reclamar ou me xingar.

Reconheço que alguma coisa está mudando entre nós. Não que eu saiba definir essa *coisa*, mas ela é real, vívida e inquietante.

Por sorte, antes que eu cometa a besteira de entrar em contato com Rafaela sem ter algo a dizer, meu telefone toca e eu pulo de susto. Será que meus pensamentos persistentes acabaram evocando a garota? Checo a tela do aparelho só para ver minhas esperanças se desfazerem em segundos. Além de não ser Rafaela do outro lado da linha, é a única pessoa com quem não estou nem um pouco interessado em falar.

Solto um suspiro antes de atender.

— Alô.

— Oi, gato! Está de bobeira? — Só não ignorei a chamada porque Gisele não desistiria tão fácil.

— Depois de um dia de doze horas de trabalho, acho que posso me dar a esse luxo — respondo, ciente da minha grosseria. Não estou com saco para a conversa fiada dessa garota grudenta.

— Concordo. — Ela não se ofende, pelo jeito. — Nada como o ócio depois da agitação.

Não endosso suas palavras, por serem óbvias demais e porque começo a me irritar. Mas Gisele insiste:

— Estou perto do seu prédio. Pensei em dar uma passada aí para dizer *oi*.

Imagino que me dar um *oi* seja a última de suas intenções. Pondero sobre os benefícios e os riscos de concordar com a visita de Gisele. Não estou interessado nela, ainda que seja gostosa, bonita e disponível. Se eu facilitar, aí é que a garota não me dará sossego mesmo. Tampouco posso dar ouvidos à voz que direciona meus pensamentos a Rafaela o tempo inteiro. Sendo assim, num gesto de rebeldia contra a porcaria dos sentimentos que andam me confundindo, digo *sim*.

— Ah, legal! Chego aí em poucos minutos.

O brilho de um relâmpago me faz girar a cabeça e olhar na direção da janela. A persiana, parcialmente fechada, bate na parede, movida pelo vento que prenuncia a chegada bem-vinda da chuva. Gisele muda de posição na cama. Uma de suas pernas se enrosca nas minhas, um gesto íntimo demais para algo que só significa uma noite de sexo sem compromisso.

Começo a me desvencilhar dela, que se aconchega ainda mais antes que eu consiga escapulir. Sem emitir um único som, me chamo de estúpido por ter cedido à vontade de transar por transar. Agora a cola vai começar a pensar que tem certos direitos. Passe uma noite com uma mulher e diga "tchau, foi bom, mas não passou disso", beleza. Mas se quebrar a regra do único encontro, amigo, considere-se amarrado. É assim que estou me sentindo neste momento, prestes a ser chamado de "meu bem".

Nem ferrando!

Lutando contra braços e pernas de Gisele, pulo para fora da cama. O olhar dela é de pura malícia quando encontra minha nudez. Então fujo para o banheiro enquanto tento encontrar uma maneira de escapulir dessa enrascada na qual acabei de me meter — literalmente.

Depois de um banho rápido, concluo que a melhor maneira de resolver uma questão é indo direto ao ponto. Com uma toalha enrolada na cintura, passo pela porta mais determinado do que nunca.

— Gisele, acho melhor você ir...

— Como você demorou! Veja o que eu fiz pra gente. — Ela mostra a mesa posta com dois pratos cheios de uma comida que tenho certeza de que nunca esteve nem na minha geladeira, muito menos nos armários. Seu sorriso é o retrato da confiança. Essa mulher é perigosa. — Venha sentar. Deve estar faminto.

Estou para decidir se faço o que ela quer ou se a enxoto de vez. Não importa minha decisão, sei que vou me estressar de qualquer forma. Faço uma bagunça nos meus cabelos molhados antes de expor a decisão.

— Gisele, talvez você esteja interpretando a situação de forma errada — começo, sendo honesto. — Isso que aconteceu entre nós hoje e daquela outra vez não significa que temos um compromisso ou coisa parecida.

— Claro que não. — Ela faz um gesto vago com as mãos, descartando meu discurso sem dar pinta de que ficou incomodada. — Calma, gato, só preparei uma comidinha pra nós, porque, não sei quanto a você, mas estou faminta.

— Tudo bem, mas depois quero que vá embora. Amanhã tenho que trabalhar cedo.

— Combinado.

Como em silêncio a massa que Gisele fez em tempo recorde, desejando ficar sozinho o mais rápido possível. Mas ela fala por nós dois, preenchendo o espaço com sua tagarelice desenfreada.

— Então eu fui obrigada a cobrir um evento de uma empresa localizada a quilômetros daqui só porque todos os jornalistas da agência se consideram muito superiores para fazer esse tipo de serviço, relegado apenas aos estagiários carregadores de pedra, como eu.

Permaneço mudo, a fim de não dar mais corda a ela.

— Ando tão cansada que só penso em fugir para algum lugar remoto e tranquilo e ficar por lá até sentir as energias renovadas.

Dou o maior apoio, especialmente se ela não voltar. A súbita animação que me atinge deve ter ficado bem explícita, a ponto de induzir Gisele a dizer:

— Que tal se fôssemos para Lavras Novas no próximo fim de semana? Sem compromisso, claro — ela se apressa em acrescentar.

Mal consigo acreditar em tamanho disparate. Acho que até Cid considera o convite ridículo, já que levanta a cabeça e solta um gemido parecido com um protesto. Mas, como quero que Gisele vá logo embora e me deixe em paz, opto por ser evasivo:

— A gente vê isso depois.

— Se topar, deixe comigo! Organizo tudo.

Talvez por considerar correr o risco de ouvir um *não* imediato depois dessa, Gisele avisa que precisa ir. Sinto um alívio gigantesco quando finalmente tranco a porta e ouço o som do elevador se distanciando, levando embora uma das garotas mais grudentas e sem noção que tive o (des)prazer de levar para a cama.

O ramal da minha mesa toca, e o susto me faz piscar, causando uma ardência chata em meus olhos, que parecem cheios de areia, resultado de uma noite mal dormida. O barulho estridente do aparelho interrompe a fala de Fernando, que passou parte da primeira hora de trabalho lamentando a licença médica de Rafaela.

— É impressionante como a enfezadinha se tornou parte desta família em tão pouco tempo — chegou a dizer, com seu velho tom exagerado.

Não engrossei o coro por dois motivos: 1) não chego ao ponto de considerar nossa pequena editoria uma família. Isso é resquício do paternalismo empresarial considerado arcaico há tempos; 2) expressar minha opinião sobre como ando me sentindo em relação à ausência de Rafaela não seria uma boa ideia. Todos acabariam enxergando coisas demais, que nem sequer existem.

Deixo de lado esses pensamentos e trato de atender o telefone.

— Bernardo Venturini.

— Bom dia — diz uma voz que não reconheço. — Sou Antônia Fontoura, assistente pessoal da sra. Lucinha Marinho.

Empertigo-me na cadeira, pois o contato não é apenas repentino. Além de inesperado, me surpreende de tal forma que o fone quase escorrega da minha mão.

— Pois não — respondo, procurando controlar a ansiedade. — Posso ajudar em algo?

— Sim. A sra. Lucinha gostaria de fazer algumas declarações. Mas tem que ser apenas para o senhor. — A mulher é cautelosa ao transmitir a última informação. Eu, por outro lado, me apego justamente a ela.

Por que eu, afinal? — Porque minha patroa é muito reservada e não quer causar agitação. E ela acredita que você merece ser o primeiro a ouvir o que madame tem a revelar.

Talvez eu tenha expressado minha dúvida em voz alta. Porém, o que importa é que, vá entender o motivo, a maluca da socialite decidiu que sou digno o suficiente para me fazer de receptor exclusivo de sua confissão — seja ela qual for.

Mais que depressa, concordo em marcar um horário com Lucinha. E, assim que combinamos tudo — dia, hora, lugar —, não me imagino fazendo outra coisa a não ser transmitir a novidade a alguém que ficaria perplexa com a minha sorte se estivesse aqui.

Faço a ligação depressa, doido para partilhar a notícia. No entanto, a euforia vai se despedindo aos poucos, à medida que tento falar com Rafaela e, em nenhuma das vezes, sou atendido.

Inferno!

— Graças a Deus que atendeu! Pensei que tivesse sido sequestrada. — Depois de horas tentando entrar em contato com a estagiária mais irritante do planeta (até ausente ela me tira do sério), finalmente ela atendeu a porcaria do celular. A essa altura, quase toda a editoria de informativo já estava envolvida numa busca pelo paradeiro de Rafaela. Foram dispensados pelo meu polegar direito, erguido triunfalmente há exatos dez segundos, assim que ela disse *alô*. — Ei, Rafa. Consegue me ouvir?

Escuto ruídos de carros em alta velocidade, além de uma voz gaguejante do outro lado da linha. Não entendo bem a relação entre as duas coisas.

— Sim. Estou ouvindo — responde ela finalmente.

Fico aliviado. De tanto investigar crimes cabeludos, às vezes costumo me comportar de modo meio paranoico.

— Foi difícil achar você, sabia? — reclamo. — Liguei na sua casa umas dez vezes, e ninguém atendeu. Seu celular vem dando fora de área nas últimas três horas. Quase chamei a polícia.

O som da risada de Rafaela me distrai da bronca que eu pretendia dar nela — não que eu tenha algum direito. Mas saber que a fiz sorrir me envaidece, até porque sou perito em fazê-la surtar.

— Por que não ligou pra Gisele?

Estranho a pergunta, nem tanto pelas palavras em si. Eu me espanto com o tom que Rafaela usa para disparar algo tão fora de contexto. Quem está pensando em Gisele, por Deus?!

Decido levar na brincadeira.

— Duvido que ela conheça seu paradeiro. Soube que vocês duas andam meio brigadas.

— Não sei o que ela disse, mas não acredite sempre em tudo — retruca Rafaela, e ainda completa, afirmando que a amiga é mestra em exagerar nos fatos, como nossos colegas do jornalismo sensacionalista.

Na verdade, não estou a par dos detalhes que envolvem os desentendimentos recentes entre Rafaela e Gisele. O certo é que sinto um cheiro de ciúmes no ar, embora seja difícil acreditar nisso, uma vez que, segundo os indícios, Rafaela me detesta.

— Bom, sua amiga não entrou em detalhes, mas deixou escapar que você está parecendo uma puritana do século dezenove.

— Espero que ela se afogue no próprio veneno.

Quase não ouço a imprecação. Essa, Rafaela disse a si mesma.

— Não deve ter sido pra falar da Gisele que você me ligou. Algum problema? — Seu tom de voz soa meio brusco, talvez porque nossa conversa, até então, não chegou a lugar algum.

Em outras circunstâncias, eu teria ido direto ao ponto e revelado logo o motivo da ligação. Mas esse diálogo despretensioso com a estagiária já é um dos melhores momentos da minha semana. Portanto, prolongá-lo mais um pouco não é má ideia.

— Problema? Não posso sentir saudade da estagiária mais irritável do mundo? — Simulo uma indignação que não sinto de verdade. — Por acaso sou tão mau assim?

Não há resposta do outro lado. Deixar Rafaela sem palavras faz um bem enorme ao meu ego.

— Esta redação está muito sem graça sem você. Os meninos mal conseguem suportar. Precisa ver a cara do Fernando.

— Imagino.

— É sério. Sinto falta de alguém em quem descontar meu mau humor.

Nós dois rimos juntos. E a sensação é tão boa que sinto um ligeiro aperto no peito. Desde quando me tornei sentimental?

— Pois eu me senti no paraíso longe daí esta semana. Foi como se estivesse num retiro espiritual. — Rafaela entra na brincadeira, e eu esqueço por vários minutos o furo de reportagem que estou prestes a conseguir.

— Que venha a segunda-feira, então!

De repente me bate uma vontade grande de estar perto dela, mesmo que seja só para trabalhar ou até mesmo discutir. Não dá para ignorar o "algo estranho" que anda crescendo entre nós. Eu me questiono se não vale a pena investigar isso mais a fundo.

— Afinal, onde você está? — pergunto, frustrado.

— Neste exato momento, estou chegando a São Pedro dos Ferros.

Isso é bom. Se está a caminho da sua cidade natal, significa que o meloso do Marcelo é carta fora do baralho, quero dizer, agora, pelo menos. Só de lembrar a quantidade de vezes que ele apareceu na editoria nos últimos dias para ter notícias de Rafaela, chego a ranger os dentes de raiva. Cara mais folgado.

— Jura? Já passou pela placa "Seja bem-vindo/Volte sempre"? — faço piada.

E ela tenta não rir, ato que sai pela culatra, pois ouço perfeitamente o som delicioso de seu bom humor.

— Brincadeira. — Pigarreio antes de confessar que andei pesquisando sobre Rafaela na internet e descobri, por meio do Google Maps, que a cidade dela é um ovo, tão pequena que não tem nem rodoviária. — Quase treze mil e seiscentos habitantes, hein?

— Sem contar os ferrenses ausentes — completa ela, como se eu soubesse o que diabos significa a palavra "ferrenses". — Mas tenho certeza de que você não me ligou para falar da população de São Pedro.

— É verdade. — Suspiro, ciente de que "a hora do recreio" acabou. — Como está sumida, preciso te colocar a par das últimas notícias sobre a nossa viúva.

— *Nossa viúva?*

— Lucinha Marinho, lembra? Ela topou falar com a imprensa, mas com uma condição.

Faço uma pausa proposital, a fim de garantir um certo suspense.

— Que condição? — pergunta Rafaela, meio ofegante, como se estivesse realizando um grande esforço enquanto conversa comigo. Vai ver que chegou a São Pedro dos Ferros e está descendo do ônibus.

— O repórter tem que ser alguém da *Folha de Minas*. Ou melhor, ela foi ainda mais específica. Quer que seja eu — respondo, satisfeito com minha sorte.

— Hum... Acho que a viúva gostou de certas pessoas que conheço, hein?

— Pode ser. — Ela acha que não pensei nisso? A viúva é famosa no quesito paquera. — Mas o que vale é que ganharemos uma exclusiva. Graças a você.

— A mim? Duvido muito. Nem cheguei a ver o rosto da mulher.

— Por isso mesmo. Seu desmaio valeu mais que mil palavras.

Outra piada, outra risada em conjunto, mais um pouco de intimidade. Aonde isso tudo vai dar, eu não sei.

— Preciso desligar agora, Bernardo. Mas quero que saiba que estou muito contente por ter conseguido a exclusiva e também por se dar ao trabalho de me avisar.

— Ah, mas não vai se livrar de mim assim tão fácil. Avisei porque não vou dispensar sua revisão. Sei que está de folga, mas amanhã mesmo, logo depois da entrevista, envio para você o texto. A Lu faz questão. — Volto ao modo profissional, mas, por fim, amoleço de novo. — E eu também.

Prevejo que, a partir de hoje, Rafaela e eu vivenciaremos uma nova etapa em nosso conturbado relacionamento. Será que ela estaria disposta a dar chance a um algo mais? E eu? Estou?

— Pode mandar. Vai interromper minha festa, mas... fazer o quê?

Não sei se gosto de saber que Rafaela viajou para ir a uma festa. Mas também não vou perguntar. Há um limite prestes a ser ultrapassado, embora seja necessária uma dose de cautela de modo que não haja arrependimentos futuros.

— Adoro cortar seu barato. É o meu esporte favorito. — Mantenho o tom leve. — Não vá se distrair do seu e-mail. Temos prazos a cumprir. Certo?

— Claro, chefe.

— Até amanhã, então. E vê se olha por onde anda. Não estou aí para salvá-la dessa vez.

Não recebo uma resposta. Desligo o telefone com uma frase perigosa ameaçando minha sanidade: E se ela for *a tal pessoa certa* para mim?

Capítulo 13

O jornalista deve evitar a divulgação de fatos de caráter mórbido e contrários aos valores humanos.

Quatro anos antes...

Mesmo antes do primeiro ultrassom, eu já havia sido fisgado pelo bebê que crescia na barriga de Valentina. Depois da conversa com meu padrasto, percebi que meu namoro conturbado, cheio de reviravoltas, jamais interferiria no amor que tinha começado a sentir por aquela criança, ainda que ela fosse apenas o principal assunto das conversas de família nas últimas semanas, em vez de uma realidade propriamente dita.

Decidi que queria participar de tudo: escolha do nome, montagem do quarto, decisões pueris, típicas da vida das pessoas que aguardam a chegada do neném. Antes eu não entendia o porquê de tanto auê a respeito de marcas de fralda, tipos de parto, amamentação, escolha dos padrinhos, numerologia do nome. Mas passei a ser um grande entusiasta do assunto.

No dia da primeira ultrassonografia eu mal me continha de ansiedade. Só me interessava saber se estava tudo bem com meu filho e o que *eu* poderia fazer para proporcionar um bem-estar ainda maior a ele. Por outro lado, Valentina não parava de criticar minha euforia.

— Se fosse você a sentir tanto enjoo, duvido que ficaria com essa cara de felicidade eterna — criticava ela.

Eu preferia ignorar o mau gênio. Não era para a mãe que eu destinava tanto afeto e carinho.

Fomos recebidos por uma médica jovem e risonha, que me olhou dois ou três segundos além do normal. Senti que ela estava prestes a fazer um comentário, mas acabou se segurando no último segundo, provavelmente por medo da cara de cão de Valentina. No entanto, enquanto minha namorada — ou o que quer que fôssemos naquele momento — foi se trocar no banheiro do consultório, a médica pediu que eu me sentasse de frente para ela e perguntou em seguida:

— Você é o pai?

— Sim — respondi, estranhando a pergunta.

— Entendo. É que me pareceu um tanto novo.

Soltei uma risada bem-humorada.

— Garanto que já pratico há muito tempo.

Meu comentário safado desconcertou a mulher, o que foi bom, já que estava sendo enxerida demais. Valentina apareceu bem na hora. Pela testa franzida, devia ter sentido algo no ar. Óbvio que não gostou nada.

Preferi, mais uma vez, ignorar seu humor e me concentrar na ultrassonografia, que revelou o minúsculo bebê, todo perfeitinho. Meu coração inteiro se derreteu com a imagem daquele ser humano tão pequeno, mas que, ainda assim, causava em mim uma alegria descomunal.

Depois da consulta, deixei Valentina em casa e parei num shopping. Queria comprar algo para celebrar a existência do meu filho. Entrei numa loja de artigos infantis e fui recebido com espanto pelas vendedoras. Eu também não fiquei muito à vontade. Mas, por fim, escolhi uma espécie de macacão, todo felpudo e branco. Imaginei meu filho recheando a roupa. Ele facilmente acabaria comparado a um filhote de urso panda. E eu mal podia esperar a hora de vê-lo assim.

Hoje

Lucinha Marinho marcou de me receber na cobertura dela, um sofisticado apartamento situado num bairro nobre de Belo Horizonte. Eu não esperava nada diferente. Depois de me identificar ao porteiro e ser anunciado pelo interfone, subo num elevador tão grande que mais parece o hall de entrada de um escritório chique.

Sou recebido por uma mulher de uniforme, que me lembra as empregadas estereotipadas das novelas da Globo, sempre de vestido sem graça e avental branco. Essa, parada na minha frente, se veste assim.

— Seja bem-vindo, sr. Bernardo. A madame está esperando no escritório.

Jura? Sr. Bernardo? Madame? Só mesmo uma mulher que até pouco tempo atrás agarrava-se a mastros polidos em boates de má reputação pode exigir esse tipo esnobe de tratamento. Quanta besteira! Mesmo assim, sigo a empregada, evitando encarar a decoração pesada do apartamento. Porém nem sempre é fácil me fingir de cego. Nunca vi tanta cafonice. O que elefantes indianos de quase um metro têm em comum com formigas de ferro fundido — umas quinze — subindo pelas paredes? Estranho...

Estou meio tonto com a poluição visual quando entro no escritório, onde uma Lucinha toda de preto me espera teatralmente sentada numa poltrona de estilo clássico. Se, por um azar danado, eu sair daqui sem furo de reportagem algum, terá sido válida a distração. Pelo menos estou me divertindo.

— Como vai, meu querido? — Não estou tirando onda. É assim que sou recebido. — Sente-se aqui.

Lucinha indica um lugar ao lado dela, mas prefiro manter uma distância segura. Já vi que essa mulher não brinca em serviço. Nem eu. Sendo assim, ocupo, me fazendo de desentendido, uma cadeira de frente para a viúva, não antes de lhe lançar um sorriso que espero ter sido bem encantador.

— Estou ótimo, principalmente depois da ligação de sua assistente — falo com honestidade. — Presumo que tenha informações inéditas para mim. Ou não teria se dado ao trabalho de me chamar, estou certo?

— Chamei você aqui porque penso que chegou a hora de contar a verdade em relação à morte do Alfredo — declara Lucinha placidamente, como se estivesse prestes a me passar uma receita de bolo. Mas meu instinto jornalístico se agita. Sei que ouvirei uma confissão daquelas.

Fico quieto para que a viúva não mude de ideia de repente. Só tomo o cuidado de ligar o gravador antes que ela comece. E então ela fala, e eu concluo que sou um sortudo muito filho da mãe.

MULHER DO EMPRESÁRIO ALFREDO MARINHO CONFESSA CRIME.

Manchete finalmente escrita, corro os olhos novamente pela matéria, ainda impressionado com a reviravolta dos fatos. A desconfiança sempre recaiu sobre Lucinha, mas, sem as provas, a polícia jamais conseguiu indiciá-la. Ela não só abriu o jogo para a imprensa — no caso, representada por mim — como prometeu se entregar à Justiça nas primeiras horas da manhã, tão logo o furo fosse publicado.

É noite de sábado, e a redação está às moscas. Eu poderia estar tomando umas com os amigos ou correndo com Cid na Bandeirantes. Porém a adrenalina de ser o primeiro a divulgar um crime, cujos fatos ninguém além de mim conhece, me faz esquecer que meu fim de semana foi reduzido a quase nada.

Termino de ler o texto e o avalio como bom. No entanto, antes de enviá-lo a Luciana, cumpro o combinado e preparo um e-mail para Rafaela. Como ando dependente do olhar clínico dessa garota!

São quase sete e meia, e não vou poder sair enquanto não receber a resposta dela. Então, a fim de fazer o tempo passar depressa, me pego fuçando em seu perfil no Facebook. Muito maduro da minha parte.

Primeiro me chama atenção a foto principal de Rafaela. Confesso que esperava algo entre profissional e sofisticado, mas me deparo com sua imagem toda sorridente, pendurada numa cerca, tendo ao fundo só o céu muito azul e o verde do campo. A legenda da foto resume a ocasião: "Feliz por estar em casa". Presumo que a referida *casa* seja a fazenda dos pais na tal São Pedro dos Ferros, onde Rafaela está neste exato momento. Há muitos comentários sob a fotografia, a maioria das amigas que já conheço, além de um "Linda!" seguido de *emoticons* sorridentes deixados pelo panaca do Marcelo.

Irritado, parto para a linha de tempo dela e, como um *stalker* barato, leio tudo o que Rafaela publicou nos últimos dias. Ela é eclética. Suas postagens mostram situações de intimidade com as amigas, conquistas das equipes de vôlei do país — seu esporte preferido, como ela já disse —, impressões pessoais sobre acontecimentos do dia a dia e, para a minha surpresa, declarações a respeito do trabalho. Por exemplo: Rafaela se refere a Biju, chefe do tráfico de drogas no Aglomerado da Serra, como "produto do meio condicionado pelas influências negativas que recaíram sobre ele a vida inteira". Depois, abaixo de uma foto da editoria, pelo jeito tirada quando nenhum de nós prestava atenção, ela diz que ali é um de seus lugares prediletos no mundo. Acabo sorrindo. A menina ama mesmo a profissão.

Minimizo a janela do Facebook para abrir o gerenciador de e-mails e verificar se a resposta dela já chegou; afinal, já dei a Rafaela quase duas horas de crédito. Mas não há nada na caixa de entrada. Mando outra mensagem, só para garantir, e volto a investigar a vida da estagiária. Quando a consciência começa a pesar, obrigando-me a abandonar a pesquisa, dou de cara com um desabafo pequeno, escrito há algumas semanas, o qual sinto que diz respeito à minha pessoa: "Amando o trabalho. Só não digo que é perfeito por causa DELE. #CriaDeSatanás".

Era para eu me sentir mal, mas caio na gargalhada. Rafaela consegue ser espirituosa, mesmo não tendo a intenção. Se estivesse aqui, domaria sua língua ferina de um modo que ela jamais iria se esquecer. E, pelo jeito, nem eu.

Apesar de ter relaxado bastante bancando o adolescente curioso, basta olhar o relógio que acabo consumido pela tensão. Rafaela não deu sinal de vida. Escrevo um e-mail — o terceiro! — bem desaforado, enquanto torço fervorosamente para que ela, quando se der ao trabalho de se lembrar do compromisso, morra de preocupação.

De: Bernardo Venturini
Para: Rafaela Vilas Boas
Assunto: Dê sinal de vida ou vou atrás de você

Rafaela,
Esta é a terceira mensagem que envio nas últimas duas horas. E não é porque estou ansioso por notícias suas ou coisa parecida. Preciso mesmo que faça a revisão do texto, como combinamos ontem. Se não é capaz de cumprir o acordo, devia ter me alertado antes. Assim não perderia minha noite de sábado esperando a princesa dar o ar da graça.

Bernardo Venturini
Repórter investigativo – *Folha de Minas*

Espero ter sido incisivo o suficiente. E, como fico na dúvida, reforço a mensagem com um último e-mail:

De: Bernardo Venturini
Para: Rafaela Vilas Boas
Assunto: Estou perdendo a paciência.

Só escrevo isso.

Mas não posso mais esperar por Rafaela, afinal o jornal de amanhã não está à mercê do tempo livre da estagiária. Faço o que tenho que fazer e mando a matéria para Luciana, torcendo para que ela a aprove e eu consiga chegar em casa ainda no sábado — vale lembrar que falta pouco mais de meia hora para meia-noite.

Desapontado, começo a ajeitar minhas coisas, pronto para sair, quando ouço o sinal de entrega de e-mail.

De: Rafaela Vilas Boas
Para: Bernardo Venturini
Assunto: Calma, estressado

Bernardo,

Por acaso você não tem coração? Puxa vida! Hoje é aniversário de casamento dos meus pais. Acabei de sair da festa. Não deu para escapar antes. Por isso só agora vi seus e-mails, bem desaforados, por sinal. Sendo assim, caso meus serviços ainda sejam necessários, vou revisar a matéria. Só não me faça perder tempo, diminuindo minha noite de sono, se não for dar bola para o meu trabalho.
Neste momento, enquanto lê esta mensagem, provavelmente já estarei quase no fim do processo de revisão textual. Mando para você assim que terminar. Aguente firme aí.
Até logo.

Rafaela Vilas Boas
Escrava e estagiária – *Folha de Minas*

Como ela é engraçadinha! Mas vou fazê-la sofrer. Não respondo, mesmo ciente de que a ajuda de Rafaela agora é desnecessária. E isso fica ainda mais evidente quando Luciana aprova a matéria e me libera, por meio de um telefonema rápido, para aproveitar o resto de fim de semana que me sobrou.

Tamborilo os dedos na mesa, doido para saber o que a estagiária dirá sobre o texto. E, dessa vez, o retorno não tarda.

De: Rafaela Vilas Boas
Para: Bernardo Venturini
Assunto: Estou chocada :O

Bernardo,

Acabei de ler a matéria. Nossa, então a viúva é mesmo culpada. Que grande surpresa para nós, hein? E que safada! Deu cabo do marido e ficou posando de inocente, derramando todas aquelas lágrimas como se tivesse algum sentimento.

Como o ser humano me decepciona às vezes! A palavra "confiança" está ficando cada vez mais rara, e isso é muito triste. Será que o tal "amor verdadeiro" é agora um artigo em extinção?

Desculpe. Estou extrapolando meus limites. Sobre o texto, bom, ele está ótimo, na minha humilde opinião. Não deve mudar nada, nem uma vírgula. No seu lugar e no da Lu, mandaria agora essa matéria para a gráfica e ficaria só esperando, cheia de expectativa, as congratulações pelo furo.

Preciso dizer: você mandou bem.

Agora, já que cumpri meu dever, mesmo que com atraso, vou dormir um pouquinho. Estou um bagaço, e tem um garoto muito mal-humorado implorando por sossego aqui no quarto.

Vejo você na segunda.

Até lá!

Rafaela Vilas Boas

Escrava, **pau para toda obra** e estagiária – *Folha de Minas*

Era para eu ter ficado envaidecido pelos elogios, mas só consigo focar na declaração "Tem um garoto muito mal-humorado implorando por sossego aqui no quarto". O que exatamente essa afirmação significa? Será que Rafaela arranjou um namorado ou qualquer coisa do tipo e eu não fiquei sabendo? Ah, mas agora que ela atiçou vou até o fim. Não quero nem saber.

Desisto do e-mail, porque, provavelmente, Rafaela não vai deixar o computador ligado a noite inteira, até porque acabou de sair de uma festa e disse estar prestes a dormir. Pego meu celular e digito às pressas:

Está pensando que vai fugir de mim assim tão fácil? Por que não esperou minha resposta? Depois de um e-mail como aquele, achou mesmo que eu ia me contentar em ficar calado até segunda-feira? Espero que esse seu celular esteja ligado, senão vou procurar o telefone da casa dos seus pais só pra te atormentar. Tem trinta segundos pra dar sinal de vida.

Sei que ajo como um namorado mandão e não estou nem aí para o que ela vai pensar dessa minha atitude. Contanto que me responda, o resto não importa. Acabo aguardando quase o triplo do tempo que dei a Rafaela, mas a garota não me decepciona:

> Em primeiro lugar, não estou na casa dos meus pais, e sim na fazenda, onde não temos telefone fixo. Quanto aos demais desaforos que recebi, quero que saiba que não estou nem aí. Meu trabalho era ler o texto. Feito. O que mais espera de mim? A Gisele não está fazendo o dever de casa direitinho?

Mencionar Gisele é um inequívoco sinal, principalmente levando em consideração o fato de que Rafaela tem feito isso com considerável frequência. Dou uma de bobo e pergunto a quem ela está se referindo. Óbvio que o sarcasmo não passaria batido.

> Se for para agir como um cafajeste, vou desligar meu celular. Diga logo o que quer e me deixe dormir. Tive uma noite de cão (literalmente).

Não sou muito bom com mensagens subliminares. Começo a ficar meio puto.

> Quero entender melhor o que escreveu no e-mail. Você leu o texto e não mexeu em nada. Isso é inédito! Se existe alguém que adora uma revisão textual, essa pessoa é você. Deve estar com muita preguiça mesmo pra deixar passar a oportunidade.

> Bernardo, o que é isso agora? Desde quando precisa de elogios? Não mexi na matéria porque não foi preciso. Manda logo pra gráfica, senão vai perder o furo. Boa noite.

Solto uma gargalhada tão sonora que assusta a repórter da editoria vizinha. Faço um gesto com as mãos, sugerindo que ela não dê importância à minha maluquice. Realmente não quero os elogios de Rafaela. Atormentá-la é meu principal objetivo.

> Estou enchendo sua paciência. A matéria, neste exato momento, deve estar saindo do forno. Mas tenho outra dúvida. Ou melhor, são duas. Por que está tão desiludida com o amor verdadeiro? E quem é o cara mal-humorado deitado aí no seu quarto?

Os questionamentos são pessoais demais para o tipo de relacionamento que nós (não) temos, só que isso não me impede de ir em frente. Estou curioso — e meio bolado também.

> Os seres humanos vivem dando prova de que o amor é passageiro, até mesmo inexistente. Conheço poucas pessoas que conseguem viver um grande amor, desses que duram e mantêm a chama acesa por muito tempo. Quanto ao cara aqui do meu lado, o nome dele é Dom. Estamos atrapalhando seu sono.

Como é que é? Então tem mesmo alguém na cama com ela! E que diabo de nome é esse, por Deus?! Meus dedos frenéticos digitam o que me vem à cabeça, ou seja, toda a opinião que tenho sobre esse comportamento assanhado de Rafaela. Caramba, afinal de contas ela foi ou não criada segundo os padrões do interior — se é que são mesmo tão diferentes assim?

> Dom? Que nome é esse? Por acaso ele é espanhol? Não sabia que namorava um estrangeiro nem que seus pais eram tão avançadinhos a ponto de permitir que a única filha durma em casa com um cara. Acho que São Pedro dos Ferros não é tão arcaica assim.

> Pode apostar, meus pais não são nem um pouco avançados. E, para seu governo, Dom não é espanhol. Na verdade, sua origem é chinesa.

Essa menina está gozando a minha cara. Só pode.

Jesus! Onde foi que você o conheceu, afinal?

Meu irmão mais velho trouxe-o para mim de São Paulo.

Não contenho o espanto. Apesar de não sermos amigos, pela reação dela diante do meu caso com Gisele, aposto os olhos da cara que Rafaela não é desse tipo. Porém ela parece estar bem a fim de me provar o contrário.

Como é que é? Conheceu o cara hoje e...

Pode parar. A atirada do grupo é a sua digníssima Gisele. Na verdade, Bernardo, Dom é um pug, um presente que ganhei do Gustavo. O cãozinho mais estranho e lindo que já vi.

Puta que pariu, que garota falsa! Me levou na conversa direitinho. Não sei se acho graça ou se a estrangulo quando ela voltar ao trabalho.

Um pug. Bem, para quem costuma bancar a seriazinha, até que sabe fazer piada. Por um instante pensei que meus instintos tivessem falhado. Agora sei que não errei com você. Vou te deixar dormir. Sonhe com... os anjos. Beijo!

Quase escrevi "Sonhe comigo". Ainda bem que me controlei a tempo. Não entendo o que anda rolando com meus sentimentos. Não sei se, por Rafaela estar sempre comigo e se metendo em apuros, estou agindo como se fosse meio responsável por ela.

Só pode significar isso. Porque já me envolvi profundamente com uma mulher para conseguir reconhecer uma paixão. E, definitivamente, o que vivi com Valentina não tem nada a ver com o que rola entre mim e Rafaela. Saí daquele namoro de merda vacinado.

Não mando nem recebo mais mensagem alguma. Realizado com o desenrolar do dia, encerro meu expediente e sigo assoviando pelos corredores desertos da redação.

Capítulo 14

O jornalista deve ouvir sempre, antes da divulgação dos fatos, todas as pessoas objeto de acusações não comprovadas, feitas por terceiros e não suficientemente demonstradas ou verificadas.

Quatro anos antes...

— O senhor deseja o quê? — A vendedora da livraria me olhou espantada, como se eu estivesse procurando drogas ilícitas, e não a porcaria de um livro sobre cuidados com bebês recém-nascidos.

— Como eu disse antes — falei, irritado —, quero que me mostre a seção de literatura para pais de primeira viagem.

A mulher deu um sorrisinho, desses que podem simbolizar mil coisas, de compreensão a deboche.

— Presente para a esposa? — arriscou ela enquanto me guiava pelos infinitos corredores da loja.

— Não. — E parei por aí. Fiquei me perguntando se o que eu estava fazendo era tão inusitado assim. Será que só as mulheres podem se preparar para o nascimento de um filho?

Diante da minha explícita esquiva, a vendedora resolveu ficar na dela, limitando-se a me levar aonde lhe pedi. O problema não era dar detalhes do meu interesse em ser um bom pai. Isso não me envergonhava. Eu só não queria chegar ao ponto de assumir publicamente, sobretudo para uma estranha, que justo a *mãe* não estava nem aí. Valentina não se importava. Simples assim.

E por eu querer tanto a criança, a ponto de colocar a paixão pelo jornalismo em segundo plano, acabei refém da minha própria namorada. Todas as vezes que eu, de saco cheio, ventilava o término do nosso namoro (o que me dava vontade de fazer o tempo inteiro), Valentina ameaçava fazer um aborto. Era a coisa mais doentia que eu já tinha vivenciado até então.

Cheguei a desabafar com Fernando, que me instruiu a permanecer firme, pelo menos até o nascimento do bebê. Depois, conforme ficasse a relação dela com nosso filho, eu entraria com o pedido de guarda. Fim de papo. Valentina que morresse com seu egoísmo. Eu só não entendia por que demorei tanto a enxergar a pessoa que ela realmente era. Mas, no fundo, eu sabia que não podia colocar a culpa em minha suposta cegueira. Se fui enganado assim, os créditos deveriam ficar com Valentina e sua capacidade artística de fingir. A hora dela ainda ia chegar.

— Temos todos estes títulos. — A vendedora me tirou dos devaneios. — Os que estão em destaque são os mais vendidos.

Como se essa informação não fosse óbvia.

Depois disso, ela me deixou sozinho e eu pude conferir os livros sossegado. Acabei levando três, não antes de mandar uma mensagem para a minha mãe e pedir a opinião dela — já que Valentina não prestava para esse papel.

Passei a noite lendo dicas e exemplos sobre como cuidar de um bebê, olhando para as fotos e ansiando, mais que tudo, pelo dia em que eu finalmente veria o rosto do meu filho.

Mas isso nunca chegou a acontecer.

Hoje

Estranho participar de uma reunião de pauta que não trate diretamente de trabalho. Todos os dias, desde que cheguei ao jornal, nunca fizemos nada além de discutir possibilidades e defender pontos de vista de modo tão enfático que quase sempre ficamos na iminência de cair na porrada uns com os outros — a selvageria não exclui nossa editora.

Mas hoje ninguém fala de outra coisa a não ser da volta da estagiária acidentada, o que é inédito e, convenhamos, despropositado. Profissionais que somos, não devíamos perder tempo com algo tão pueril como a organização de uma festinha de bom retorno para a garota. O fato é que todo mundo se empolgou e decidiu fazer a sua parte, mesmo que isso implique serviço atrasado e, muito provavelmente, puxão de orelha da chefia-mor, vulgo Maurício Gusmão.

Eu prefiro não me manifestar. Nunca fui bom nesses lances de surpresa, nem tenho saco para oba-oba coletivo. Isso não significa, contudo, que eu não esteja animado por já ser segunda-feira e Rafaela estar prestes a chegar, embora seja mais prudente manter essa empolgação só para mim. Babaca babão basta um, ou seja, Marcelo.

Nunca vi alguém dar tanta pinta de apaixonado como o imbecil, que anda rondando a editoria feito um vigia noturno com insônia. Pelo ar de perdido, nossa Rafaela não tem dado ao cara a atenção que ele gostaria de ter, o que me deixa secretamente exultante.

Outro dia ele apareceu, as mãos enfiadas no bolso, dando pinta de quem estava perdido. Como não podia deixar a oportunidade passar, eu me levantei para recebê-lo, dando uns tapinhas camaradas — e fortes além da conta — nas costas dele.

— E aí, Marcelão? A que devemos a honra de sua visita em nossa editoria? Procurando emprego por aqui? — Três perguntas, todas falsamente entusiasmadas.

— Até parece — ele respondeu, sem se contagiar com minha atuação. — Vim saber da Rafa. Ela está por aqui?

Na mesma hora eu aprumei o corpo e me afastei do idiota. Muito folgado, isso sim.

Girei o pescoço com afetação, enfatizando o óbvio ao fingir procurar Rafaela pela redação, vasculhando o espaço com os olhos. Cheguei até a levantar uma agenda, como se a estagiária propensa a acidentes pudesse estar debaixo dela.

— Por acaso está vendo a Rafa por aqui? — impliquei, com um tom de voz no limite entre irritação e ódio.

— Nossa, Bernardo, sabia que já existe tratamento médico contra mau humor crônico? — Marcelo me saiu com essa, que eu considerei muito pouco criativa, e se mandou da editoria.

Olhei para a mesa de Rafaela e me pus a questionar por que eu começava a me importar tanto.

Depois daquela nossa conversa capciosa de sábado à noite, passei boa parte do domingo tentando interpretar o tipo de ligação que vem se fortalecendo entre mim e Rafaela. A conclusão é que ela desperta em mim a vontade de ficar por perto, gerada por uma atração física que, honestamente, sempre existiu, apesar de eu ter passado semanas ignorando de propósito. É estranho se descobrir atraído por uma pessoa com quem a gente não se dá muito bem. No entanto é a verdade, estando eu confortável com ela ou não.

Batuco na mesa de reunião com a caneta, louco para me livrar desse martírio chamado festa surpresa. Eu nunca imaginei que chegaríamos a este ponto: um bando de jornalistas sérios morcegando no trabalho por causa de uma estagiária. Que piada!

— Vou providenciar os balões agora mesmo. — Lanço um olhar incrédulo para William, pois é difícil associar a figura normalmente sisuda dele com um monte de bexigas coloridas.

— Ótimo! — vibra Luciana, batendo palminhas como se fosse uma líder de torcida cafona. — Então está tudo combinado. Mas não se esqueçam: quando a portaria anunciar que a Rafa está a caminho da redação, todos devem se esconder.

— Até parece — murmuro entre dentes, pois nem ferrando vou fazer parte de tamanha imbecilidade.

— Acho bom você não estragar os planos, Bernardo. Se digo que é pra se esconder, é isso que vai fazer. Estamos acertados?

— Sim, senhora. — Faço continência para reforçar a palhaçada.

Luciana me encara com fúria e sai da sala pisando duro. Ouso soltar uma última gracinha:

— Não deixem de gritar em coro "Habemus Rafaela!".

— Babaca! — Fernando me dá um soco no ombro e passa por mim assoviando.

Sigo rindo até a minha mesa, só para ter que voltar poucos minutos depois. Nem bem retornamos aos nossos postos, Luciana reaparece, avisando que a estagiária propensa a acidentes já se encontra na sede do jornal — ela usou exatamente esses termos.

Somos obrigados a evacuar a área às pressas, como fomos instruídos pela Brigada de Incêndio durante aqueles treinamentos que só prestam pela qualidade do *coffee break*. Entro no clima para não *entrar* pelo cano.

— O seu café! — Márcio aponta para a caneca fumegante sobre a mesa de Fernando.

— Agora não dá mais tempo.

Cada um de nós se esconde onde pode, enquanto o inconfundível barulho provocado pelo choque dos saltos de Rafaela com o chão nos avisa que ela está prestes a aparecer. Ainda não consigo vê-la, mas imagino que os sapatos de hoje desafiem a lei da gravidade num nível três vezes superior ao que é considerado normal. Essa garota não toma jeito — o que não é de todo ruim, pois ela fica bem gostosa sobre os saltos quase mortais.

Então Rafaela surge, toda linda e confusa, olhando para os lados sem entender por que não há sequer uma vivalma na editoria. Fico meio abobalhado, só curtindo a vista, porque hoje ela se superou no quesito aparência. Seus cabelos ondulados parecem mais brilhantes, e a calça apertada, em contraste com a camisa folgada, meio hippie, lhe confere um estilo muito sensual. Só que ela não tem a menor noção disso. É uma menina danada de *sexy*, sem a arma da sedução apontada descaradamente em todas as direções. Fantasio mil situações em apenas um segundo.

Sorte que meu estado abobalhado não durou muito. Meus pensamentos impróprios são desanuviados pela algazarra provocada por todo mundo gritando "Surpresa!", "Seja bem-vinda!", e sacudindo os balões ao mesmo tempo. Quanto a mim, fico na minha, só observando o desenrolar dos fatos.

O susto faz Rafaela se desequilibrar — que novidade! — e se chocar com a quina de uma das mesas. Rio sozinho, mas me solidarizo quando noto a expressão de dor no rosto dela. Como consegue ser tão tonta — e fofa?

Logo estão todos ao redor dela, abraçando-a e dizendo que sentiram falta da estagiária mais querida do mundo e entregando os balões, enfim, enchendo o saco mesmo. E Rafaela não faz nada além de sorrir e arregalar aqueles olhos molhados, que vêm se tornando uma espécie de chamariz para mim.

Para completar a cena feliz, Luciana puxa uma salva de palmas, reforçada pelos outros patetas da editoria, o que torna tudo ainda mais estranho. Quem são essas pessoas? Eu as conheço?

Permaneço na minha, à espera de uma brecha para que eu também demonstre minha *alegria*. Então, de repente, ainda aturdida por tudo, Rafaela ergue o olhar e me vê. E eu também a vejo, não de um jeito literal. Enxergo alguma coisa, a qual não sei nomear e que nunca esteve presente. Um brilho diferente nos olhos, um leve rubor na face, uma sutil fissura entre os lábios. Nós nos estudamos por um tempo mais longo que o ideal para ser chamado de educado, como se estivéssemos nos vendo de verdade pela primeira vez. Bom, pelo menos a sensação que perpassa por meu estômago é mesmo inédita.

Sem pensar muito, vou caminhando até ela, sem pressa e sem perder o contato visual. Nem imagino que tipo de ideias estamos dando aos nossos colegas, se é que estão notando a tênue energia que vai de mim para Rafaela e vice-versa.

Paro diante dela e a examino minuciosamente, dos pés à cabeça. Não sei o que vou ganhar com isso, mas faço mesmo assim. Noto que ela tem algumas sardas espalhadas um pouco abaixo do pescoço e nas maçãs do rosto também. Ficam uma graça nela.

Maçãs do rosto? Uma graça? Sorrio por conta das expressões nada a ver que andam fervilhando em meu cérebro. Tenho que admitir que Rafaela não faz muito bem à minha sanidade. Prova disso é o fato de minhas mãos, involuntariamente, estarem agarrando as dela e puxando a garota para um abraço que poderia ser enquadrado na categoria "de amigos" não fosse o prazer físico e emocional que sinto ao encaixar o corpo dela ao meu.

Por outro lado, enquanto me deleito com a sensação prazerosa, Rafaela não consegue esconder quanto esse contato a deixa tensa. Não faço ideia se isso é um bom ou um péssimo sinal. Ainda assim eu a mantenho em meus braços, só porque quero — e porque o cheiro dela é bom demais.

— Jamais pensei que fosse dizer isso, mas senti sua falta, lerdinha. Muita.

A declaração sai sem que eu tenha controle sobre ela, e eu logo me arrependo. Estou mesmo disposto a seduzir a estagiária? Esse é um ponto a ser considerado. Mas não chego a resposta alguma, pois me distraio com o afastamento de Rafaela. Viu só? Eu a assustei também.

Começo a formular uma de minhas tiradas irônicas, porém fico a ver navios, pois Fernando se adianta e atrai toda a atenção de Rafaela para ele.

— Você fez falta, Rafinha. Até o durão do seu colega aqui andou meio cabisbaixo nos últimos dias. — Mas é um fofoqueiro mesmo!

— Fiquei meio perdido sem ter em quem mandar — disfarço, ainda que a desculpa tenha um quê de verdade.

E, de novo, todos se voltam para a garota, agindo como colegiais desesperados para agradar a professora dando a resposta exata a um exercício. Como eles fazem isso? Declarando a saudade que sentiram durante... o quê, os três ou quatro dias em que ela ficou afastada do trabalho?

— Todos sentiram saudade da sua energia.

— E alguns da sua beleza.

Olho para Luciana com o sinal de alerta ligado. O que essa mulher está tramando, pelo amor de Deus?!

— Bom, já que não perguntou, vou dizer assim mesmo. O Marcelo andou dando as caras por aqui, como quem não quer nada, mas mal conseguindo disfarçar sua frustração por não encontrá-la.

Quer dizer então que a nossa editora está na torcida pelo idiota do Marcelo? Que bela traidora ela é.

— Mas ele sabia que eu estava fora de BH. — Rafaela reage e deixa bem claro que o "lance" dela com o coleguinha está longe de ter minguado, como eu imaginava. Aperto o maxilar, a ponto de doer.

E, de repente, o retardado do Fernando, agindo feito um bobo alegre, começa a cantarolar:

— Tá namorando! Tá namorando!

Mal consigo acreditar que estamos na redação de um jornal do porte da *Folha de Minas*. Quem vê a cena de fora deve estar pensando que se trata de um bando de malucos fugidos de um manicômio.

E isso tudo já me encheu. Eu me afasto da rodinha, batendo as mãos uma na outra, enquanto minha verdadeira vontade é dar uma função bem mais violenta a elas: usá-las em punho na cara do Marcelo, por exemplo.

— Vamos trabalhar, gente? — proponho, acabando com a festa.

Para minha surpresa, ninguém retruca. Cada um segue para seu canto sem reclamar, inclusive Rafaela.

De soslaio a fim de não dar bandeira, eu a observo. Ela amarra os ridículos balões na perna da mesa e, em seguida, ocupa sua estação de trabalho. Solta um suspiro prolongado, desses que podem significar mil coisas. Por fim, prende os cabelos de um jeito bagunçado e se concentra no que quer que esteja na tela do computador.

Eu também me concentro rápido, mas meu alvo, como pode imaginar, não é a máquina à minha frente. Quero dizer, ainda se costuma chamar mulheres gostosas de *máquina*? Se sim, bom, então é para ela que voam meus pensamentos.

Estamos no meio da semana, e, desde que voltou, Rafaela anda agindo de modo meio estranho quando está perto de mim. Não que algum dia ela tenha deixado de ser complicada — de um jeito bom, acho —, mas agora parece ter avançado na escala de esquisitice.

Antes, quando ficava insatisfeita com alguma coisa, ou seja, sempre, ela logo apelava, me encarando de cima das plataformas que a transformam de quase anã a alguém relativamente alta. No entanto, de uns dias para cá, Rafaela só faz desviar o olhar e se esquivar de mim, como se eu tivesse feito algo terrível a ela. Acho que prefiro os gritos à indiferença. Esse clima não está legal. Torço para que fique animada quando eu contar que vamos a uma coletiva de imprensa cujo alvo é o delegado responsável pelo caso Lucinha Marinho.

Fico de pé e apoio os braços na divisória de madeira entre nossas mesas.

— Ei, Rafaela — chamo, obrigando-a a tirar os olhos do texto no qual vem trabalhando desde cedo. Em vez de agir como as pessoas normais fazem e olhar para mim, ela fixa a visão nas argolas prateadas que uso nos dedos do meio. — Algum problema? — provoco.

— Hã?

— Não acha que precisa consultar um oftalmologista? Sua vista não anda boa, anda?

— Ué, por quê? — Rafaela se empertiga, entrando no modo bravinha.

— Deixa pra lá. — Solto um suspiro vitorioso por ter conseguido irritá-la. — O que quero mesmo é avisar que temos um trabalho importantíssimo daqui a pouco.

— E nós já tivemos algum que não fosse? — Noto o tom provocativo. Gosto quando ela está nessa frequência. — O que é desta vez?

— Uma coletiva com o delegado da *nossa* viúva. — Enfatizo o pronome, o que torna a coisa meio íntima e faz as bochechas de Rafaela adquirir um tom rosa-claro.

Ela abre um sorriso enorme, desses de comerciais de pasta de dente.

— Oba! Adoro coletivas.

Só não sei se vai continuar *adorando* quando eu anunciar que, desta vez, é a própria Rafaela quem fará as perguntas.

— Ótimo. Então se ajeita, porque vamos sair daqui a cinco minutos. — Como não quero assustá-la antes da hora, prefiro me manter quieto sobre o protagonismo dela na coletiva.

A garota exala animação enquanto caminhamos até o estacionamento do prédio. Depois de dias meio apática a tudo, a iminência de uma nova "aventura" eleva os ânimos dela. Entretanto, isso não quer dizer que tenha ficado mais à vontade comigo. Pelo contrário. A partir do momento em que entramos no carro, Rafaela se fecha e decide que apreciar a vista do lado de fora é bem mais interessante que manter qualquer tipo de interação comigo.

E eu pensando que estávamos nos dando melhor...

— Você está bem? — pergunto, quando me canso do silêncio.

— Sim. Por que não estaria?

— Porque parece gripada, com dificuldade de respirar.

Rafaela não responde, mas fica vermelha. O que falei de tão embaraçoso? Definitivamente ela não está normal.

Revelo minhas outras conjecturas — febre? dor de barriga? —, o que deixa minha colega ainda mais abalada. Depois disso, eu me calo e dirijo em completo silêncio até o auditório onde vai acontecer a coletiva. Não tenho paciência para adular garotas geniosas.

Assim que estaciono, Rafaela pula do carro e segue em frente, a uns dois passos de mim. Aproveito para apreciar a visão da bunda dela deliciosamente marcada pela calça jeans. Enquanto caminha, o quadril se movimenta para lá e para cá, atraindo a atenção de outros caras além de mim. Eu poderia dar um soco em cada um, caso ainda tivesse dezoito anos, embora meus atuais vinte e cinco não tirem minha vontade de esmurrar uns e outros.

Dentro do auditório, escolho lugares relativamente bons, uma vez que os melhores já estão ocupados. Ainda sem trocar sequer uma palavra, sentamos lado a lado, mas Rafaela não me dá chance para começar uma interação. Ela tira um bloco de anotações da bolsa e começa a rabiscar imagens aleatórias no papel. Finjo desinteresse, a despeito da minha curiosidade, e puxo papo com alguns colegas de outros veículos.

— Cara, que loucura! A viúva escolheu você pra confessar a culpa! O que fez por ela em troca, hein? — Tenho que levar esse tipo de comentário na boa, afinal, em nosso meio, o modo como um furo é alcançado jamais passa batido.

— Você não vai querer saber. — Mantenho o tom bem-humorado, só porque não vale a pena me estressar com bobagens.

Todo mundo ri junto e a conversa segue outro rumo, ainda que eu pouco participe dela. Estou mais interessado no *desinteresse* de Rafaela por nós.

Dou uma espiada de canto de olho no bloco dela e me deparo com vários desenhos esdrúxulos, como espirais de diversos tamanhos, traseiras de elefante e até suásticas nazistas. Resolvo me meter e revelar de vez o papel reservado a Rafaela na coletiva:

— Em vez de rabiscar essas apologias ao nazismo e mais esse monte de bunda de elefante, por que não está escrevendo perguntas pra fazer ao delegado?

O corpo dela fica imediatamente tenso. Rafaela fecha o bloco com estardalhaço e depois me encara com o olhar cheio de fúria.

— Porque o jornalista aqui é você. Eu sou apenas a estagiária.

Ah, agora ela prefere alegar sua suposta inferioridade, o que nunca a impediu de agir como profissional. Solto uma gargalhada, antecipando a confusão em que estou prestes a me enfiar.

— Uma estagiária cheia de moral, né? Por isso hoje vou deixar o trabalho todo pra você. Quero apenas assistir.

Então ela se transforma. A aparente calma, que levou Rafaela a desenhar tanta bobagem, cede espaço a uma raiva tão explícita que chego a recuar. Tenho medo dessa garota.

De repente damos início a uma discussão, cujas principais palavras proferidas são "Não vou!", "Vai!", "Não vou!", "Vai!", o que é muito ridículo. Não entendo esse súbito ataque de insegurança de Rafaela. Fico, além de pasmo, puto da vida.

Por fim declaro, com a paciência esgotada:

— Não sou maquiavélico. Só estou te ajudando, ora.

Está na cara que ela não compartilha minha opinião, pois me lança um olhar tão mortal que quase sinto uma perfuração no crânio. Mas se Rafaela acredita que eu vou desistir, ainda não me conhece o suficiente.

Interrompemos a discussão assim que o delegado ocupa seu lugar diante da plateia de jornalistas ávidos por novas informações sobre o caso Lucinha Marinho. Antes de abrir para as perguntas, um membro da assessoria de imprensa da Polícia Civil lê o relatório do inquérito. Há muitos detalhes no documento, o que, no final, cortará pela metade o número de questões preparadas pela imprensa. É sempre assim.

— É necessário que reconheçamos a participação essencial do jornal *Folha de Minas* na elucidação do caso — declara o assessor, sem saber como a menção me deixa orgulhoso. Não é todo dia que a polícia exalta nosso trabalho publicamente. O normal é que corra de nós.

Isso me distrai por uns instantes, não a ponto de me esquecer de Rafaela tremendo ao meu lado.

— Quando o cara terminar a leitura do relatório, você se levanta rápido pra ser a primeira. Se deixar pra depois, pode perder a chance — instruo próximo ao ouvido dela, que reage de modo exagerado, movendo a cabeça de um lado para o outro, feito uma criança birrenta.

Insisto:

— Vai, sim senhora. E pode ir formulando uma pergunta. Desta vez é por sua conta.

Rafaela se encolhe tanto que eu quase — quase — desisto de pressioná-la. Porém é pelo bem de seu aprimoramento profissional que forço a barra. Se ela não se livrar desse medo idiota de entrevistar alguém em público, como pretende levar a carreira adiante?

No momento em que o delegado, Helvécio Nascimento, cumprimenta os presentes e dá abertura para as perguntas, não penso duas vezes. Espeto as costelas de Rafaela com a caneta, esperando que ela deixe o pânico de lado e cumpra sua função. Mas devo ter empregado força demais. A garota dá um pulo da cadeira, ao mesmo tempo que solta um grito estridente, resultado de ter sido pega de surpresa.

Claro que esse comportamento inusitado chama a atenção de todo mundo, o que não era, definitivamente, minha intenção. Fico dividido entre achar graça da cena e torcer o pescoço de Rafaela por ser tão tonta.

— Vai! Se apresente e faça sua pergunta — eu a oriento no fim das contas; a voz aos sussurros.

Entretanto o estrago já está irreversivelmente feito, e a coitada não consegue se recompor a tempo de agir com desenvoltura. Tudo o que faz é gaguejar e tentar elaborar as frases de maneira coerente, embora daquela boquinha linda só saiam maluquices. O ápice de tudo se dá quando Rafaela, numa tentativa de se restabelecer, pergunta ao delegado se Lucinha Marinho está presa! Não, essa não é minha aplicada colega. Está na hora de eu intervir.

À medida que me levanto, pronto para assumir o controle, empurro Rafaela de volta ao assento.

— Desculpe, dr. Nascimento, mas o que a *Folha de Minas* gostaria de saber é se a viúva vai ao Tribunal do Júri ou será julgada apenas por um juiz.

Helvécio Nascimento demonstra interesse pela pergunta e leva alguns minutos para concluir seu parecer. Claro que anoto tudo, apesar de minha cabeça estar focada em outro ponto daquela sala. A julgar pelo olhar perdido da garota ao meu lado, temo tê-la traumatizado para sempre.

Quando volto a me sentar, não sou repreendido como esperava. Na verdade, Rafaela prefere fingir que eu nem existo. Volta a rabiscar no bloco, imersa no seu mundinho da imaginação. Que vontade de sacudi-la!

— Aprendeu a lição? — eu a provoco. Prefiro sua ira à apatia (já disse isso antes).

Mas ela não responde.

— Uma jornalista de verdade não treme na base. Ou, pelo menos, não demonstra.

Nada.

Com a raiva me consumindo, puxo o maldito bloco das mãos dela e escrevo num garrancho quase ilegível:

Você está sendo infantil.

Nem assim consigo alguma atitude, nem mesmo uma bofetada, o que daria muito assunto para todos esses repórteres reunidos. Se fôssemos crianças, tenho certeza de que Rafaela seria daquelas que enfiam os indicadores nos ouvidos e entoam um "lá-lá-lá" para me ignorar explicitamente. Mas ela se contenta em apertar os olhos com bastante força, armando uma barreira contra mim.

Desisto. Se chegamos a esse ponto, significa que a recuada é a melhor estratégia da minha parte. Por ora.

No carro, no caminho de volta ao jornal, a situação não melhora. Rafaela continua emburrada, me ignorando solenemente. Prova disso são a cara de cão chupando manga e os fones enterrados no ouvido, sinal universal da mensagem "Não encha meu saco".

Puxo o ar com força enquanto tento me acostumar com a ideia de que posso ter aniquilado de vez a minúscula trégua que se estabeleceu entre nós nos últimos dias. Além disso, há algo ainda mais concreto me incomodando: a malha de má qualidade da minha camisa. Sabia que não devia ter vestido a porra dessa blusa hoje de manhã, mas era a única ainda limpa dentro do meu armário.

Ignorando as implicações do gesto, solto o volante por um segundo e puxo a blusa pela cabeça, me livrando da sensação ruim. Eu a jogo sobre o freio de mão e solto um suspiro de alívio. Pelo menos isso consegui resolver. E, sem querer, despertei o interesse (que eu julgava estar morto) de Rafaela.

Ao olhar para o lado, eu a flagro de olhos esbugalhados, encarando meu abdômen como se ele fosse um ser místico que hipnotiza as pessoas. Quase caio na gargalhada, mas mantenho a expressão de desdém. Ela está merecendo um bom castigo.

— Mas o que... — Rafaela tenta dizer.

— Ah, agora você quer conversar? — falo com rancor. Só que não recebo resposta alguma além da encarada cheia de estupor.

Não ouviu porcaria alguma. O jeito é livrá-la do elemento de distração. Sem pedir licença, arranco seus fones de ouvido, o que a deixa profundamente revoltada.

— Será que dá pra tirar isso? — grito.

— Ei! O que pensa que está fazendo?

— Estou falando com você. Não gosto de ser ignorado.

Não sei qual de nós dois está mais irado. Enquanto respiro com dificuldade, inspirando e expirando pesadamente, Rafaela lança faíscas pelo olhar. Mas não é só a tensão que nos envolve. Sinto um algo mais, uma espécie de energia sexual, dessas que, se não controladas, nos levam a agir sem medir as consequências, como puxar a cabeça-dura e calar a boca dela com um beijo de tirar o fôlego.

— E eu não gosto de ser humilhada — esclarece Rafaela. Meus pensamentos libidinosos somem na mesma hora. — Nesse caso, estamos quites.

Disposta a encerrar esse início de discussão, a estagiária esquentadinha recoloca os fones nos ouvidos, ou melhor, tenta, porque eu os puxo de novo antes que ela conclua o gesto.

— Quer parar com isso? — esbraveja.

— Quer deixar de ser criança? — berro de volta.

E, para meu horror, de repente Rafaela começa a chorar. E não é só um tantinho de lágrimas escorrendo delicadamente pela face dela. O choro é profundo, doído, desses que requerem um consolo imediato.

— Você não está chorando — digo, querendo acreditar nisso.

Rafaela não responde; esconde o rosto atrás dos cabelos.

— Quer parar? Não tem necessidade disso.

Não sei o que faço de errado, pois já parei de gritar, mas ela chora ainda mais. Que inferno! Eu odeio dramas. Detesto. Valentina me deixou vacinado contra esse mal que ataca a maioria das mulheres.

Ainda assim, acredito de verdade que Rafaela não está armando uma cena para cima de mim com o objetivo de conseguir algo em troca. Vejo uma mágoa genuína na atitude dela, tanto que decido amenizar a situação antes que seja tarde demais.

Paro o carro numa vaga providenciada pelos céus — porque lugar para estacionar em Belo Horizonte é artigo raro — e procuro me controlar a fim de não assustá-la mais do que já fiz. A julgar pela tremedeira nas mãos e nos ombros, a garota está apavorada.

— Rafa, por favor, não chore. Vamos conversar direito, certo? Tome.

Ofereço-lhe minha camisa, já que não tenho um lenço, para que ela enxugue o rosto, agora todo manchado de lágrimas misturadas com a maquiagem. Rafaela demora a entender minha intenção, pois só olha para a blusa — e dela para meu peito. Se não estivéssemos tão alterados, juro que aproveitaria a oportunidade e utilizaria essa súbita admiração dela por meu corpo a meu favor.

Depois de alguns instantes, Rafaela acaba compreendendo o gesto e usa a camiseta para secar o rosto, o que demora mais que o necessário. Não posso afirmar categoricamente, embora eu tenha a leve impressão de que ela está gostando de cheirar minha camisa. Será?

Meu corpo reage positivamente ante essa conjectura. Muito positivamente, aliás. Tanto que sou obrigado a alterar a rota dos pensamentos de modo a não passar vergonha na frente de Rafaela.

— Obrigada — murmura ela, tentando devolver a blusa.

— Fique com ela por enquanto. Não pretendo vesti-la de novo. Não agora. — Talvez eu não tenha sido claro, então completo a informação: — A malha não é das boas. Está me pinicando.

Rafaela assente num movimento de cabeça e, em seguida, volta a ficar quieta.

Insisto:

— Vai falar comigo agora?

Teimosa, ela faz que não.

Porra! Essa lenga-lenga já passou dos limites. Frustrado, esmurro o volante com toda a minha força, a ponto de machucar as mãos. Bato tanto que sinto meus punhos arder. O que preciso fazer para que Rafaela entenda que eu... eu... só quero ajudar, ser bom com ela? O que preciso fazer para que goste de mim e confie em minhas intenções?

Viro o rosto e a encaro com fúria.

— Está magoada comigo, mas não vê que o que fiz foi para seu próprio bem? Você vai se formar no fim do ano, e tudo o que faz é revisar textos, acrescentar ou suprimir informações, ou seja, faz o serviço interno, praticamente burocrático. Se seu objetivo era esse, parabéns! Conseguiu alcançá-lo.

Bato palmas para frisar meu ponto de vista. Mas também estou sendo irônico. Ela não é a porra de uma secretária. É uma jornalista danada de talentosa que precisa reconhecer seu valor antes que a insegurança a impeça de se dar bem depois de formada.

Nem assim Rafaela reage de outra forma, a não ser permanecendo num silêncio vingativo enquanto contempla a paisagem do outro lado da janela.

Puto de todas as formas possíveis, nem penso muito no que estou prestes a fazer. Apenas ajo. Arranco o cinto de segurança com força e avanço para cima da garota, que se assusta quando agarro seus ombros e a chacoalho, com o intuito de provocar uma reviravolta naquela cabeça-dura.

— Qual é o seu problema? — questiono, sentindo a jugular latejar, tamanho é o meu estresse.

Minha pergunta finalmente irrompe alguma coisa dentro de Rafaela. Muito alterada, ela se empertiga toda antes de responder, com o dedo apontado para mim:

— Meu problema é você. Você e suas ambiguidades, sua grosseria, sua mania de se achar o máximo. — Ela respira para tomar fôlego e eu fico quieto, à espera de mais ofensas. — Desde que conheci você, não tenho um só dia de paz, de normalidade. Venho para o trabalho me perguntando o que devo esperar. Bernardo, você me trata mal, como se eu fosse um estorvo, uma peste. Nunca passei por isso na vida. Nunca!

Sempre soube que não ocupo o topo da lista de pessoas preferidas de Rafaela. Mas, ainda assim, eu me assusto com o tamanho da mágoa que ela tem de mim. Nunca pensei que fosse tão ruim.

— Até pensei que as coisas estavam progredindo, que você já não me odiava tanto. Mas depois de hoje, do que fez comigo, perdi totalmente as esperanças. Só tolero esse *bullying* constante porque preciso dessa experiência para me formar bem.

— *Bullying*?! *Bullying*?! — É a gota d'água. — Tenha paciência, Rafaela. Isso é ridículo. Será que não percebe que tudo o que faço é pra te ajudar?

— Ah, claro. Ajuda muito quando critica meus sapatos ou faz piada com minha falta de coordenação. Também ajuda demais me expor ao ridículo na frente de uma multidão, assim como ser grosso comigo, o tempo inteiro. Tenho certeza de que essas *lições* vão acrescentar muito ao meu currículo.

Esfrego as mãos nos cabelos, estupefato demais para argumentar com ela.

— Você está de brincadeira — murmuro.

— Eu pareço estar brincando?

Miro os olhos dela a centímetros de distância, não sei se com vontade de sacudi-la um pouco mais ou provar que está errada, beijando-a de uma vez, sem que sobre espaço para tanta palavra desaforada.

— Você entende tudo errado — desabafo, tão perto de Rafaela que consigo sentir sua respiração em meu rosto. — Para uma futura jornalista, é péssima em interpretação.

— E você faz tudo errado. Não sei onde estava com a cabeça quando... — Ela trava antes de completar a frase, o que me deixa louco. Será que Rafaela iria dizer o que eu quero que diga?

— Quando o quê? — pressiono, disposto a esquecer todas as nossas diferenças caso eu escute algo do tipo "quando me apaixonei por você".

Mas Rafaela tem um complemento menos interessante para a sentença.

— Quando me candidatei à vaga de estagiária na *Folha de Minas*. — Eu me sinto derrotado. — Não vejo a hora de ficar livre de você. — Agora, ofendido.

— E eu, de você. — É o que me resta a dizer.

Chame do que quiser esse sentimento que ando deixando que cresça em relação a essa estagiária cabeça-dura. Mas ele não vai sobreviver tempo suficiente para que *eu* descubra uma forma de nomeá-lo.

Capítulo 15

O jornalista deve permitir o direito de resposta às pessoas envolvidas ou mencionadas em sua matéria, quando ficar demonstrada a existência de equívocos ou incorreções.

Quatro anos antes...

Tolerar Valentina ficou tão difícil que eu vivia dando desculpas para fugir dela. Ao mesmo tempo, queria estar por perto para aproveitar cada momento do meu filho ainda em crescimento no útero materno.

Consciente do meu problema, ela deitava e rolava. Se eu sumia uns dias, Valentina dava o troco impedindo que eu tivesse notícias do bebê. Em compensação, quando eu engolia o orgulho e a procurava mais, fazia manha e se esquivava, alegando que eu só me mantinha por perto por causa da criança.

E essa era mesmo a verdade. Eu vigiava o calendário, torcendo para chegar logo a data do parto, a fim de que eu pudesse conhecer meu filho e, de brinde, me livrar da mãe.

Uma vez contei a Fernando esse meu anseio, e ele me alertou:

— Acha mesmo que, depois do nascimento, Valentina vai aceitar que se afaste? Se ela já vem chantageando você desde agora, como consegue acreditar que as coisas vão ser diferentes mais tarde?

— É uma esperança, Fernando. Eu não posso garantir. Mas não tenho mais saúde para lidar com aquela mulher. E morro de medo do que ela possa fazer com meu filho para me atingir.

Esse medo se tornou meu algoz particular. Como um cão farejador, Valentina se utilizava da minha fraqueza para fazer joguinhos, como se eu fosse um colega de escola indesejado e nosso filho, um brinquedo novo.

Foi a partir desse ponto que resolvi procurar ajuda profissional. Alertado não só por Fernando mas também por minha família, corri atrás de um advogado, a fim de que ele pudesse esclarecer meus direitos. Então entendi que não precisava me curvar tanto às vontades da mulher que um dia pensei ter amado. Havia esperança, afinal.

Hoje

Saio do banheiro assoviando enquanto acabo de subir o zíper da calça, mas perco o rumo assim que avisto Rafaela. Não que ela tivesse sido liberada do trabalho ou outra coisa do tipo. O espanto se deve ao horário em que apareceu. Com a volta do período escolar, imaginava que só daria as caras depois do almoço.

Eu me aproximo devagar, ainda tenso com a proporção exagerada que nossa última discussão tomou. Passei o fim de semana tentando encontrar uma maneira de me redimir e pedir desculpas sem que Rafaela desconfie das minhas intenções, o que, para a frustração geral, sempre acontece.

Um pouco incerto a respeito de como abordarei o assunto, paro atrás dela só para me esquecer do motivo que me levou até ali, pois termino atraído pelo texto aberto na tela do computador da garota.

De: Marcelo Novais
Para: Rafaela Vilas Boas
Assunto: Segunda terceira tentativa

Oi, linda!

Ainda estou com as imagens da nossa noite especial presas na cabeça. Para mim foi incrível. Fico contente por termos conseguido dar esse primeiro passo.

Mas confesso que não te entendo. Quando acho que está interessada e desarmada, volta a se proteger com uma armadura impenetrável, me impossibilitando de chegar até você.

Não estou mais a fim de ser só seu amigo. Disse que gostaria de manter nossa amizade, apesar de tudo, mas não. Depois da nossa ida ao cinema e de provar seu gosto maravilhoso, é claro que quero mais, quero ir além.

Portanto, não se afaste. Vamos tentar. Por mais que esteja resistente, tenho certeza de que temos tudo para dar certo. Que tal fazermos mais uma tentativa neste fim de semana? Podemos ir devagar, se preferir assim.

Espero sua resposta, torcendo aqui para que seja positiva.

Um beijo!

Marcelo Novais

Preciso ler duas vezes para ter certeza de que não estou delirando. A verdade está lá, bem clara e revoltante, embora seja difícil engoli-la. Então já houve beijos e idas ao cinema? O que mais esses dois andam fazendo juntos?

Não era para eu ficar irritado assim. Rafaela não é nada minha e, portanto, pode sair com quem quiser. A lógica é muito simples, apesar de não me trazer nenhum conforto. Eu estou mesmo muito ferrado.

Envolvida com a declaração piegas, Rafaela não me nota. Penso em sair sorrateiramente e fingir que nada vi, mas escolho a opção mais difícil, para variar. Raspo a garganta com força, de modo que a ação fale por si só.

A garota pula de susto e fica vermelha. Mesmo que eu não tivesse lido a mensagem, o rubor a teria entregado de qualquer jeito. Estou com tanta raiva que quero gritar com ela. Porém me seguro e uso um tom desdenhoso para lidar com a situação.

— Mensagem do namoradinho?

— Não é da sua conta! — rebate Rafaela, sem me encarar.

Lutando para parecer relaxado, sento em cima da mesa dela, com uma das pernas apoiada no chão. Ressalto, ainda bastante controlado, que quando o assunto extrapola os limites profissionais é da conta da empresa, sim. Afinal, ninguém é pago para enrolar no trabalho.

No entanto, como essa garota é teimosa feito uma mula, claro que ela se nega a aceitar a reprimenda e ainda tem a coragem de revirar os olhos para deixar isso bem claro.

— Acabei de chegar e quis checar meus e-mails. Vai me dizer que não faz isso todas as manhãs?

— Pulo os que não são de trabalho — minto descaradamente, porque não estou disposto a dar o braço a torcer.

— Ah, tá. Conta outra.

Rafaela volta a olhar para o computador, mas não sustenta a teimosia. Assim que se vira, minimiza a mensagem de Marcelo e abre outro arquivo, um texto profissional dessa vez. Permaneço sentado na mesa dela, hesitando entre a vontade de falar com ela mais abertamente ou me manter falsamente distante. A verdade é que tenho me sentido muito atraído por essa estagiária nervosinha, e isso tem acabado com minha sanidade. Não posso permitir que outra mulher mexa tanto comigo a ponto de virar minha cabeça. O que houve entre mim e Valentina foi mais que suficiente para me prevenir pelo resto da vida.

Meio que me perco em meus pensamentos até que Rafaela ergue o rosto e me apresenta uma expressão cheia de fúria, como se pretendesse me expulsar para longe dela por bem ou por mal. Por precaução, concluo que é melhor eu dar no pé mesmo.

Mas não faço isso.

Algo nas feições da garota me obriga a agir de outra maneira. Em vez de fugir, agarro o queixo dela e inspeciono seu rosto bem de perto. É inegável que ela andou chorando. Ah, se o cretino do Marcelo tiver aprontado, juro que vou até a maldita editoria de esportes e esmurro a fuça dele na frente de todo mundo.

— Você chorou. O que aconteceu? — exijo saber.

Pega de surpresa, Rafaela esquece a raiva e se ocupa em procurar sei lá o que dentro da bolsa. Instantes depois, pega uma espécie de espelho minúsculo e analisa seu reflexo. Aprecio a estratégia dela, preocupada em ganhar tempo a fim de me enrolar. Só que não estou disposto a ir menos do que até o fim com essa investigação.

— De onde tirou essa ideia? — questiona ela, com medo de me encarar.

— Não me enrole, Rafaela. Está na cara. Basta olhar para o seu nariz.

E ela olha mesmo.

— E hoje é dia de aula. — Aponto para o óbvio. — O que faz aqui a esta hora?

— Tive uns probleminhas — conta ela, sem revelar absolutamente nada.

Insisto para que seja mais explícita, e, quando Rafaela ameaça falar algo, meu celular começa a tocar. Que droga!

Leio o nome de Gisele na tela e quase ignoro a chamada. Quase. Porque, de repente, eu me pergunto se esses dois eventos — Rafaela ter chorado e Gisele estar ligando a esta hora — não estão relacionados de alguma forma.

Eu ando pelas tampas com essa doida. Nunca conheci alguém tão insistente.

— Fala, Gisele — atendo friamente.

— Oi, Bê. Desculpe estar telefonando agora, sei que está no trabalho e não gosta de ser incomodado, mas estou apavorada com o que acabou de acontecer e queria saber se você já está a par, se a Rafa já contou o que ela me fez — Gisele dispara, sem que eu consiga processar tudo o que disse.

— Fala devagar. Não consegui entender.

— Quando eu cheguei na faculdade hoje cedo, a Rafaela já estava lá. A gente se cumprimentou, ou melhor, *eu* fui até ela e tentei ser simpática, já que vem me ignorando solenemente desde que nós dois ficamos juntos. Então ela viu um pingente novo, as iniciais do meu nome, GB, e pirou. De repente, ela pulou sobre mim e a gente acabou brigando dentro da sala de aula.

— Briga na sala de aula? — repito, incrédulo. Olho para Rafaela e vejo a confirmação do que acabei de escutar no rosto dela, imediatamente encoberto por suas mãos.

— Então a Sandra Freitas chegou bem na hora e deu uma punição para nós duas, sendo que foi a Rafa quem começou. — Ela suspira com afetação. — Fomos suspensas por uma semana.

Não consigo conter o sorriso. Gostaria de ter visto a briga, porque é impossível imaginar Rafaela atracada com outra pessoa — em todos os sentidos, aliás.

— Estão suspensas?! Uma semana? — repito, mais para provocar a estagiária envergonhada do que para checar a informação. Não sou bobo. Anos de profissão me ensinaram a não acreditar em apenas uma versão das histórias que investigo.

— Sim. Não é um exagero? Ela que começa, e eu que pago o pato. Mas não deixei barato. Bati também e tenho a sensação de que me saí melhor do que ela. — Gisele não se acanha em revelar algo tão ridículo.

Fico puto.

— Você a machucou?!

— Bernardo, eu acabo de contar que a doida da Rafaela me atacou por causa de um colar, e você só se preocupa em saber se *ela* se machucou? Eu revidei, sim, e não me arrependo, senão estaria cheia de hematomas agora ou poderia até ter perdido a porcaria de um dente! — Os gritos de Gisele machucam meu ouvido.

— Não estou do seu lado. Sua atitude não tem justificativa. Me admira muito a Rafa ter sido suspensa também.

— O quê?! Você só pode estar de brincadeira. — Ela bufa. — Quer saber, acho que vocês se merecem. São dois idiotas que ficam brincando de gato e rato, mas, no fundo, estão doidos para se pegar de uma vez. Ah, vão se ferrar!

Depois dessa explosão, ela desliga. Deixo o telefone encostado no ouvido enquanto internalizo as deduções de Gisele, que tem razão num ponto: estou mesmo doido para sentir Rafaela nos meus braços, não de um jeito heroico, como acontece quando ela se mete em suas enrascadas.

Antes que diga alguma coisa, ou seja, dê uma desculpa qualquer, agacho aos seus pés e coloco meu rosto na altura do dela, de modo que fiquem bem próximos. Há tanto a ser falado, mas me perco no brilho molhado daqueles olhos cor de caramelo.

A menina dos olhos molhados, penso. É a segunda vez na vida que encontro uma garota com esse tipo de olhar.

— Vocês duas ficaram loucas? — questiono baixinho, sem raiva nem irritação. — A Gisele disse que você ficou com ciúmes de um tal colar. Verdade?

Embaraçada, Rafaela aperta os olhos, escondendo-os de mim.

— Olhe pra mim, Rafa. E me conte o que houve. Por favor.

Enfim ela me atende. Ainda bem. Por um momento pensei que fosse me ignorar como no outro dia, depois da coletiva com o delegado Helvécio Nascimento.

— Não fique convencido, Bernardo. A Gisele é exagerada. Foi uma discussão à toa. — Rafaela ri para disfarçar o desconforto.

— O que não justifica uma suspensão — pondero.

Eu me desequilibro. Literalmente. Logo, sou obrigado a me apoiar nos joelhos da garota. A energia cresce ao nosso redor, como um campo de força potente, porém invisível.

— Conta, vai... — insisto.

E finalmente ouço a segunda versão da história; bom, pelo menos, um trecho dela. Está óbvio que Rafaela editou várias partes, mas o que escuto revela mais do que essa menina linda imagina.

— Achei ridículo o exibicionismo dela e acabei extrapolando. Ela não gostou da minha reação e pulou em cima de mim.

— E você se machucou, pra variar.

— O impacto foi grande.

Posso imaginar.

Sorrimos um para o outro. Eu devia me dar por satisfeito, mas ainda não quero me afastar.

— Como era, afinal, o tal colar?

Rafaela corta nosso contato visual e olha para baixo. Seu rosto acaba encoberto pelo cabelo.

— Era só uma correntinha de ouro simples, com um pingente — sussurra. — Um pingente com duas letras entrelaçadas: G e B.

Eu não sei o que pensar a respeito disso. Se Rafaela está claramente beijando nosso colega de esportes, aquele Tiago Leifert de araque, não faz sentido ter um ataque de ciúmes por minha causa. Porque tudo leva a crer que ela entendeu errado. O GB, sob sua ótica, representa meu nome e o de Gisele. E, se é esse o caso, por que isso a irritou tanto? Bom, está certo que a própria Gisele induziu o pensamento de Rafaela e a atacou ao ser ridicularizada — embora a maluca quisesse que eu pensasse o contrário e condenasse Rafaela por iniciar a briga. Ainda assim é tudo muito confuso.

Cansado de procurar respostas impossíveis de serem alcançadas no momento, decido que é hora de voltar ao trabalho. Não me decidi quanto a convidar Rafaela para sair ou não. Será que preciso mesmo desse novo tipo de complicação?

— Essa possessividade é a cara da Gisele. Para ela não existem meios-termos, não é? — comento, me afastando.

— Nunca. — Rafaela também relaxa e ri.

— Só não entendo uma coisa. Por que você se importa tanto? Jura que não é ciúme mesmo?

Observo a reação de Rafaela enquanto ela formula sua resposta. Está mais que claro que ela vai dar uma desculpa qualquer.

— Vai sonhando.

Não disse?

Então, com uma precisão olímpica, nossa conversa é interrompida pela janela do serviço de comunicação interna do jornal. Julgando ser um comunicado de interesse geral, me aproximo do monitor, junto com Rafaela. Estamos ambos curiosos.

Desculpa se pareço insistente, mas ainda estou esperando sua resposta. Rafa, você está atrapalhando minha concentração. Assim que começo a escrever uma matéria, lembro-me daquele filme sugestivo e da sua boca macia. Acho que meu problema tem nome: paixão. E você é o remédio. Dê sinal de vida, por favor. Beijo!

Enrugo a testa diante da mensagem. Estou na dúvida se preferiria não ter lido a porra desse texto ridículo ou se foi bom ficar a par do romance de banca dos dois pombinhos. Ao menos não caio em tentação e acabo fazendo papel de bobo.

— Então é isso? Você e o imbecil do Marcelo andam se agarrando por aí — provoco, já dentro do meu reduto.

Rafaela não gosta do tom que uso e me ameaça, de um jeito meigo:

— Vê lá como fala comigo.

— Olha, Rafaela, a vida é sua, a consciência também. Só não acho legal você usar os recursos da empresa para ficar de namorico com aquele idiota.

— Obrigada pelo toque. Vou tentar não me esquecer disso.

Então ela some por trás da baia e não me dirige mais a palavra.

Pelo resto do dia.

Marco um encontro com Gisele para depois do expediente. Está mais do que na hora de eu tomar uma atitude.

Quando ficamos juntos pela primeira vez, consciente ou não, acabei escondendo que eu estava usando o interesse dela em mim para provocar Rafaela. Ainda assim, jamais a enganei. Não dei a entender que teríamos um relacionamento sério nem que ao menos tentaríamos. Houve um momento de tesão que soubemos aproveitar muito bem.

Então eu não entendo por que Gisele tem agido como se fosse uma namorada das mais grudentas. Só se ela é do tipo de amiga que não nutre um sentimento de amizade sincera pela outra e faz de tudo para espezinhar. Existem muitas pessoas assim, e parece que entre as mulheres isso é mais comum.

Desde que coloquei os olhos em Gisele, notei que há questões mal resolvidas, pelo menos no que diz respeito ao que ela pensa sobre Rafaela, o que é estranho, uma vez que a primeira, no quesito aparência, nada perde para minha estagiária. Mas inveja é inexplicável, e eu não vou me encontrar com Gisele para mergulhar nesse tema complexo. Preciso que ela me deixe em paz — e, consequentemente, pare de provocar Rafaela — e não insista mais em algo que não tem a menor chance de ir para a frente.

Saio do jornal às sete da noite e sigo direto para o Kahlúa Café, onde combinamos de nos encontrar. Não costumo ingerir cafeína depois das cinco porque me atrapalha o sono, mas hoje abri uma exceção, porque, se sugerisse um bar, Gisele compreenderia minha intenção de modo equivocado.

Ela já está à minha espera; posso vê-la pelo vidro da porta. Respiro fundo antes de entrar, ciente da tempestade em que estou me metendo por livre escolha. Gisele balança os dedos e me lança um sorriso sedutor. A maioria dos homens presentes na cafeteria me olha com inveja; afinal, a garota é incrível, não nego. Porém não é o tipo de mulher que gostaria de ter ao meu lado. Para esse posto só um nome me surge, ainda que prefira ignorá-lo no momento.

— Oi, Bê!

Ninguém me chama de Bê, além da minha mãe e das minhas irmãs. Não gosto do som do apelido pronunciado pela boca de Gisele. Tudo soa meio falso vindo dela, que fica de pé na minha frente e me cumprimenta com um selinho. Estou para conhecer alguém mais confiante do que essa garota.

— Que surpresa boa seu convite, ainda mais depois daquela conversa esquisita que tivemos pelo telefone mais cedo.

Eu me sento e peço um café antes de falar o que vim ensaiando desde o jornal. Vou passar de anjo a demônio em minutos, posso imaginar.

— Escuta, Gisele, eu procurei você porque sinto que está passando da hora de esclarecer minha posição em relação a nós dois — digo de uma vez, porque enrolar não faz meu tipo.

Ela se remexe na cadeira, pela primeira vez demonstrando que sua autoconfiança não é assim tão inabalável.

— Fiz alguma coisa errada?

Suspiro, enquanto desarrumo os cabelos com ambas as mãos. Juro que preferiria responder que não, que tem sido o máximo passar um tempo com ela, mas isso não seria honesto com nenhum de nós. Então sigo o plano original, ou seja, ser sincero a qualquer custo.

— Bom, pelas minhas contas, quem não tem agido certo sou eu. — Tomo um gole do café antes de prosseguir. — Era para ter sido uma noite bacana, descompromissada, entre dois adultos que estavam a fim um do outro naquele momento. Mas eu errei ao levar você pra casa e dar a entender que poderia ser mais que isso.

Gisele não reage de imediato e me olha como se não tivesse compreendido. Porém a impassibilidade dura pouco. A mudança de postura é tão abrupta que agarro minha xícara de café com ambas as mãos, com medo de ela ser usada contra mim.

— Você me usou, certo? — conclui Gisele.

Dou uma risada irônica.

— Não diria isso; afinal, você não é ingênua a ponto de pensar que estávamos iniciando algo sério naquela noite.

— Não estou afirmando que me seduziu, como se eu fosse uma boba, mas sua intenção sempre foi apenas uma. — Ela me acusa, o indicador enfiado na minha cara.

— Sim, desfrutar uma companhia interessante por algumas horas — completo, sem me alterar. — Isso é crime, por acaso?

— Bernardo, pelo menos uma vez, seja sincero. Assuma de uma vez por todas que sempre foi a Rafaela. Você ficou comigo para fazer ciúmes nela.

Não digo que sim nem que não, evitando uma cena ainda mais desagradável. Gisele chegou ao xis da questão, mas não percebe que se colocou numa situação difícil também. Eu me aproveito desse lapso.

— Se pensa assim, por que vem dando tanta importância ao pouco que tivemos, hein? — Grudo o olhar no pescoço dela, de onde pende o pingente que, até onde sei, atiçou a briga entre Gisele e Rafaela. — Por que tem provocado sua amiga, afinal de contas?

Um tanto acuada, ela desarma a postura de ataque e se apoia no encosto da cadeira. Enxergo todas as verdades estampadas no rosto dela, sem que seja necessário esclarecê-las. Mesmo assim, Gisele as coloca para fora:

— A Rafaela é uma tonta. Eu odeio o fato de que tudo é tão fácil para ela. Família perfeita, apartamento perfeito, estágio perfeito, aluna perfeita. É perfeição demais para meu gosto. Não posso com isso.

Acabo de enxergar Gisele pela primeira vez. Diante de mim está um caso grave de inveja. Já ouvi muitas reclamações das minhas irmãs, especialmente quando eram mais novas, sobre amigas invejosas. No universo masculino esse sentimento não é tão comum, por isso estranho quando o reconheço em sua forma mais aguçada.

— As coisas são fáceis demais para ela.

— Se você não se alegra por ela, não a considera uma amiga de verdade.

Gisele não me desmente. Pelo contrário, expõe ainda mais seu rancor:

— A Sofia e a Alice gostam mais da Rafa do que de mim. As três vivem no mundinho delas e nem sempre estão dispostas a me incluir nele. Isso me deixa puta.

Não acredito que haja razão nesse desabafo. O que vejo é uma garota muito competitiva e insegura, que não se contenta com o que tem e se espelha na vida alheia, o que só faz gerar frustração, óbvio.

— Depois que a Rafaela ficou com a vaga de estagiária na *Folha de Minas*, eu comprovei a teoria de que algumas pessoas são mesmo mais favorecidas do que outras.

— Ou mais persistentes, não? — pontuo.

— Que seja, Bernardo! Mas é um saco ser a amiguinha que sempre pega as sobras. Então, quando você apareceu na história, eu vi uma grande oportunidade para mim.

Arregalo os olhos, chocado com a declaração. Parece mais coisa de vilã de novela.

— Oportunidade para quê?!

— Para provar que nem os mais sortudos podem ter tudo sempre.

Continuo sem entender. Expresso a confusão franzindo a testa.

— Por mais que Rafaela falasse mal de você, Bernardo, o tempo todo, eu nunca acreditei que era ódio de verdade.

— Ela falava mal de mim? — Como se eu não soubesse. — Sobre o quê, por exemplo?

Gisele solta uma risada maldosa.

— Ah, sobre o modo como você a tratava, as coisas que fazia para depreciá-la. Dizia que era um grosso, um ogro, para ser bem literal.

Acabo rindo também. Nada disso é novidade, uma vez que Rafaela não tem muito problema em deixar seus pensamentos bem às claras.

— Porém, onde mora tanto rancor também há outro sentimento — profetiza ela. — Pra mim, Rafaela estava caidinha por você. Paixão das bravas mesmo.

Meu coração dá um salto acrobático dentro do peito. Reconheço que também chego a essa conclusão de vez em quando, mas ouvir de outra pessoa tem um sabor mais doce.

— Vi nisso uma oportunidade de mostrar pra ela que, de vez em quando, a sorte muda de lado. Então apareci naquele bar e joguei charme pra você, mesmo não podendo prever o desfecho dessa iniciativa. — Gisele se mexe e puxa os cabelos sobre o ombro. — E deu no que deu. Rafaela ficou brava, bastante brava por sinal, como imaginei. E eu me senti realizada.

Há tempos meu café já esfriou, e nem tenho mais vontade de engolir qualquer coisa a não ser a história que acabo de escutar. É muita viagem.

— Apesar de tudo, eu estava começando a gostar de você de verdade, Bernardo — confessa Gisele, me deixando desconcertado. — Mas já vi que meus esforços acabarão dando em nada. Essa parada também já é da tonta da Rafa.

Verdade. Tenho que admitir que não há espaço para outra pessoa. É Rafaela ou... mais ninguém.

— Gisele, é com a melhor das intenções que a aconselho: acho que deveria procurar um tratamento para ver se consegue controlar esse sentimento ruim.

— E eu acho, Bernardo, que você deveria se preocupar com seus problemas e deixar os meus comigo.

Depois desse conselho mal-educado, ela se levanta com graciosidade e me deixa sozinho, diante do meu café frio. Mas Gisele tem razão. É tempo de eu resolver certas questões com aquela estagiária deliciosamente enervante.

Capítulo 16

O jornalista deve pugnar pelo exercício da soberania nacional, em seus aspectos político, econômico e social, e pela prevalência da vontade da maioria da sociedade, respeitados os direitos das minorias.

Quatro anos antes...

— **Você está dizendo** que a Valentina fez o quê?

Minha mãe, assim como eu, teve dificuldade em acreditar na nova peripécia da minha ex-namorada.

— Mas ela não pode fazer isso. Vou procurar essa menina e dizer uns desaforos pra ela. — Dona Inês não conseguia se conter. Mas eu não a censurava. A última aprontada de Valentina tinha sido demais.

— Não vai adiantar, mãe. É melhor seguir o que o advogado orientou e ter calma, antes que a louca se descontrole de vez e faça algo insano.

— Ah, meu filho! Eu sinto tanto por você...

Recebi um abraço tanto apertado quanto consolador, desses que parecem itens de série de todas as mães. E eu estava mesmo precisando. Ficar nas mãos de Valentina, como eu andava havia meses, vinha me deixando muito desequilibrado.

Dessa vez a ira dela foi acionada porque ela soube que fiquei com outra menina numa festa do jornal. A gente nem estava namorando mais. Nossa convivência se restringia aos assuntos relacionados ao filho que iríamos ter. Mas Valentina não se conformava. Quando contaram para a maluca que eu passei a confraternização aos beijos com a prima de uma das colunistas da *Folha de Minas* — nunca descobri o agente da fofoca —, ela surtou. E, como punição, me impediu de me aproximar dela, ou melhor, do nosso bebê, que permanecia alheio a tudo — eu esperava — dentro da barriga daquela mãe ensandecida.

Desse dia em diante perdi as consultas e, consequentemente, a oportunidade de acompanhar o crescimento dele ou dela. Então recorri à Justiça por meio de um advogado conhecido da família, que sugeriu que eu permanecesse quieto até o nascimento da criança.

Eu não acreditava que Valentina sustentaria a pirraça por muito tempo; afinal, me proibindo de chegar perto, ela perderia o contato comigo de vez. Ainda assim fiquei muito mal, a ponto de comprometer meu estágio no jornal, que começou a ser questionado não apenas por Luciana, mas, principalmente, por Maurício Gusmão, o "poderoso chefão" do pedaço.

Porém, nem de longe essa foi a pior fase da minha vida. O fundo do poço ainda estava por vir.

Hoje

A editoria está estranhamente deserta quando chego de uma entrevista fuleira com o deputado acusado de manter negócios paralelos com o tráfico de drogas. Digo "fuleira" porque o homem é tão escorregadio que pouco consegui arrancar daquele safado. Que raça!

Pela calmaria, aposto que todos resolveram se dar um intervalo para o almoço, em conjunto, o que costuma acontecer de vez em quando. Caminho desanimado até meu reduto, mas decido fazer uma parada na baia de Rafaela. O lugar é tão feminino, tão diferente de tudo ao nosso redor... Sorrio diante da infinidade de adesivos colados na madeira que divide nossas mesas. Tem de tudo, desde corações e estrelas até miniaturas de pôneis e do Snoopy.

Um porta-retratos exibe a quem quiser ver uma foto dela entre os jogadores da seleção brasileira de vôlei. É uma imagem no mínimo engraçada, já que Rafaela, no meio de gigantes, parece um pigmeu, ainda que esteja em cima daqueles famigerados gravetos. Todavia, não posso negar quanto ela é linda e fascinante e como me desagrada saber que era Marcelo quem estava por trás da câmera. A não ser que a fotografia tenha sido feita em outra ocasião, se não aquela em que Rafaela foi ao ginásio do Mineirinho acompanhada pelo bobão do nosso colega de esportes.

Tento tirar isso da cabeça, e a única coisa que ajuda é a ideia maluca que acaba de me surgir. Olho em todas as direções, verificando se continuo sozinho na editoria. E, como constato que sim, eu me sento na cadeira de Rafaela, tomando posse de um lugar que não é meu. Sei que pareço um idiota, um desses caras ferrados que não arrumam mulher e se tornam perseguidores. Acontece que gosto da sensação de deslizar minhas mãos pelos braços da cadeira e imaginar que são os braços da garota que ali se instala todos os dias. Fecho os olhos e visualizo a cena. Acabo animado demais, muito além do limite da normalidade.

Antes de voltar a agir como um ser humano dono de todas as suas faculdades mentais — e de outras partes do corpo também —, passo os dedos pelo teclado do computador. Reconheço minha loucura, minha falta de noção, mas faço isso mesmo assim. E quase sou capaz de sentir a textura da pele de Rafaela, como quando precisei carregá-la depois de ser nocauteada pela porta de vidro do spa no Belvedere.

É duro reconhecer, mas não há uma definição diferente para o que ando sentindo: só pode ser paixão, dessas que nos atingem e nos enlouquecem sem emitir aviso prévio. Não que eu quisesse passar por isso de novo; não que eu tenha escolhido. Especialmente após a última vez.

Suspiro, resignado e, ao mesmo tempo, inquieto. Volto para a minha mesa antes que um dos caras chegue e me flagre nessa situação ridícula. E é a conta certa. Mal me sento — agora na minha própria cadeira —, e a editoria retorna à sua costumeira situação, ou seja, todos estão de volta, exceto Rafaela, que não deve demorar a aparecer também.

Espero que, pelo menos hoje, a gente consiga passar o dia sem brigar. Nossos últimos encontros foram desgastantes. Se eu pretendo mesmo investir num algo a mais com a estagiária nervosinha, preciso aprender a lidar com ela de um modo mais gentil.

— Não saiu pra almoçar, cara? — pergunta Fernando, impregnando o setor com o cheiro de café recém-passado.

— E deu tempo? Só forrei o estômago com uma porcaria de sanduíche.

Tenho certeza de que a conversa iria render mais um pouco, não fosse o toque do meu celular exigindo minha atenção.

— Bernardo Venturini — digo sem cumprimentar quem quer que esteja do outro lado da linha.

— Boa tarde, Bernardo. Aqui é o Augusto, irmão da Rafaela. Lembra?

É claro que eu me lembro. Só não sei se aprecio a ligação, afinal por que diabos um dos irmãos dela estaria me telefonando?

— Claro — falo com simpatia. — Se está procurando sua irmã, ela ainda não chegou.

— Eu sei que não — Augusto emenda de modo grosseiro. — Como ela poderia ter chegado a esta hora se vocês mandaram a menina para o alto daquela favela de novo?

— Como? — indago, incerto de ter ouvido direito.

— Ah, não se faça de desentendido! A Alice já me contou tudo. Não aguentou fazer segredo. Está completamente apavorada aqui, tudo porque não impediu a Rafa de entrar nessa furada. Eu só não me conformo de um jornal como esse aí ter a coragem de enviar uma estagiária, SOZINHA, para uma entrevista exclusiva com o bandido mais procurado do estado.

— Como é que é?! Espera... — Tomo fôlego, pois só de imaginar a situação chego a perder o ar. — Sinceramente, eu não estou entendendo.

— Ah, qual é? Vão se negar a admitir que enfiaram a Rafa numa enrascada, pra não dizer coisa pior?

— Cara, nós não enviamos a Rafaela a lugar algum. Ela está pra chegar daqui a pouco, e o único trabalho do dia é revisar uma porção de textos que nossa editora deixou na mesa dela. Eu garanto.

Torço para que tudo não passe de um mal-entendido.

— Puta que pariu! Mas que merda! — Augusto xinga, o que representa um péssimo sinal. — A idiota da minha irmã... ela... Jesus!

O telefone fica mudo. Mas agora eu também estou descontrolado e preciso saber dos detalhes da história para entender o que pode ter acontecido. Então pressiono.

— O que houve exatamente, Augusto?

— Segundo a Alice, hoje de manhã a Rafa recebeu uma ligação do Biju. Ele se dispôs a conceder uma entrevista exclusiva ao jornal, desde que a tonta da minha irmã fosse sozinha à casa dele no Aglomerado da Serra.

Não posso acreditar que Rafaela caiu nessa furada. Como ela pôde confiar na lábia de um traficante da pior espécie feito o Biju?

— Você está de brincadeira! — exclamo, porque ainda me resta um fiapo de esperança de que tudo seja um ridículo engano.

— Agora eu entendo! — grita Augusto, como se acabasse de ter uma revelação. — Ela não entrou em contato com vocês porque queria ganhar os méritos sozinha. Desde a última coletiva, quando titubeou na frente do delegado e de um bando de repórteres, a Rafaela tem jurado que vai conseguir provar o valor dela como jornalista.

Ah, que merda!

— Então ela contou o que houve?

— Contou, e não foi com tranquilidade.

Novamente ficamos em silêncio por alguns instantes. Tento assimilar a novidade e me questiono, o tempo todo, como Rafaela foi capaz de agir com tanta imprudência. Se ela desejava provar sua coragem e seu valor, atestou outro tipo de coisa: muita burrice.

— Olha, cara, eu sinto muito — eu me desculpo, porque, de certa forma, acredito que tenho uma enorme culpa nessa atitude irresponsável de Rafaela. — Vou tentar dar um jeito nisso.

— Como? Tentei o celular dela várias vezes, mas cai direto na caixa postal.

— Vamos avisar à polícia — garanto, mesmo que o jornal decida não tomar essa atitude.

Augusto concorda, e eu trato de desligar o telefone.

— Puta merda, cara! A Rafa se superou desta vez — comento com Fernando, sem conseguir controlar minha exasperação. Então resumo rapidamente a situação enquanto voo até a sala de Luciana, seguido pelos colegas de editoria, que vão captando partes da história durante minha corrida desenfreada.

Entro sem me preocupar em bater. Luciana faz cara feia, mas não a sustenta, pois, ao se deparar com toda a equipe, entende que algo de muito ruim acabou de acontecer. Mais uma vez, faço uma síntese dos fatos, a fim de colocar minha editora a par dos acontecimentos. Ela não consegue esconder a perplexidade à medida que se dá conta do tamanho da enrascada em que Rafaela se meteu.

— Alguém já tentou entrar em contato com ela? — Luciana anda de um lado para o outro enquanto saca o telefone da mesa e digita freneticamente no teclado. Não espera pela resposta. Concentra-se na ligação, que parece dar em nada. — Desligado — anuncia, frustrada.

— Sim. O irmão da Rafa também não conseguiu falar com ela — murmuro.

— Ela pode ter deixado o telefone desligado para não ser interrompida durante a entrevista — opina Fernando, tão descrente em relação ao próprio argumento que não convence ninguém.

— Vou ligar para nosso advogado.

Ouço vagamente a decisão de Luciana, pois estou me esgueirando para fora da sala. Encontro um canto isolado e também faço minha tentativa: ligo para o celular de Rafaela, que chama até cair na caixa postal. Mas não interrompo a chamada. Antes, gravo uma mensagem de voz:

Rafa, acabei de receber uma ligação do seu irmão Augusto e ainda estou me recusando a acreditar na história que ele contou. Bom, primeiro ele xingou bastante, porque pensava que o jornal estava por trás da sua loucura. Quando percebeu que não, só faltou chorar, assim como eu. O que você fez, Rafa? Como foi acreditar na conversa fiada de um traficante macaco velho como o Biju? Sua amiga Alice está se sentindo tão culpada por não ter te impedido de cometer essa loucura que não consegue parar de se lamentar. Por que não me contou, não pediu minha ajuda? Será que sou tão mau assim? Droga, Rafa! Cadê você? Estou perdendo a cabeça aqui.

Minha vontade é jogar o celular contra a parede, só para descontar a raiva e o medo que me consomem simultaneamente. É uma situação extrema. Rafaela sozinha com um bandido da estirpe do Biju, dentro do mundo dele, não pode resultar em algo bom. É evidente que o marginal deu um jeito de levá-la até ele não porque desejava fazer uma revelação. Qualquer sujeito com um pouco de neurônio poderia ter deduzido, no ato, qual era a verdadeira intenção do traficante. Óbvio que ele precisava de um pretexto para exigir algo em troca de Rafaela. O que ele vai determinar — e para quem — ainda é um mistério.

Tomo uma decisão repentina, sem me importar de pedir a opinião de ninguém antes de agir. Corro até minha mesa e tiro da gaveta a chave do carro. Eu mesmo darei um jeito de saber em que pé estão as coisas no Aglomerado da Serra, tendo sido convidado ou não para subir o morro.

Resoluto, eu me sinto um pouco melhor. Mesmo que a ideia não seja das mais inteligentes, não posso esperar placidamente o desfecho da artimanha de Biju. Não sei por que machuca mais imaginar o risco que Rafaela está correndo do que deduzir que vou me dar muito mal levando adiante a decisão de ir até ela.

O relógio que marca o horário de Brasília — entre tantos que registram o tempo em diferentes partes do mundo — me diz que já pode ser tarde demais. Então apago todos os pensamentos da minha cabeça e saio em disparada.

— Ei, cara, aonde vai? — Fernando me chama, antes que eu consiga sumir.

Sem me virar, respondo depressa:

— Vou atrás dela.

— Vai nada! — Fernando me alcança e me detém com um puxão pela manga da camisa. — O delegado Andreoli acabou de ligar. Biju fez contato.

Interrompo meus passos apressados no mesmo instante, consumido pelo medo de não gostar do que vou ouvir e pela ansiedade por ter notícias concretas sobre Rafaela. Inquiro meu colega com o olhar.

— Ele atraiu a menina com a promessa de dar uma declaração bombástica, mas só queria uma refém para negociar a libertação de um comparsa barra-pesada, o tal Nem Preto, que está detido no presídio de Ribeirão das Neves há meses.

— Você está de brincadeira — resmungo, estupefato demais para dizer outra coisa.

— O Biju marcou um encontro com a polícia para daqui a... — Fernando verifica o relógio de pulso — quatro horas, num galpão abandonado em Nova Lima. Quer fazer a troca e sair ileso; caso contrário, ameaça matar a Rafa.

Eu me esforço para não sair destroçando a redação. Mas é fundamental manter a cabeça no lugar, principalmente agora, quando temos um ponto de partida.

— A polícia vai, é claro — suponho.

— Sim, mas a condição imposta pelo traficante não está sendo nem mesmo considerada.

— E como fica a situação da Rafaela, então? Se o Biju mantiver a promessa... — Nem consigo terminar a frase, pois morro só de mencionar esse desfecho.

— Bernardo, o Andreoli é perito em negociação com sequestradores. Temos que dar crédito aos planos dele — argumenta Fernando. — É só o que nos resta.

— Sim. O que nos resta.

Rafa, apesar da minha imensa irritação por ter se colocado em risco para provar que é uma profissional fantástica e capaz — como se fosse preciso mostrar provas de sua competência —, não a culpo pela impulsividade. Tenho sido um colega horrível, desses que pegam no pé pelo prazer de se mostrarem superiores e experientes. Se eu tivesse sido honesto desde o começo, com você e comigo, talvez pudesse ter evitado essa situação. Estou apavorado, Rafa, com medo de perder você. Não que sejamos mais que dois colegas que se estranham o tempo todo, mas você é muito importante para mim, tão importante que, ao pensar no pior, não me imagino vivendo normalmente depois. Por favor, minha linda, volte.

Na delegacia acompanho a organização da polícia para o encontro de logo mais com Biju. Viemos todos para cá — Maurício Gusmão, Luciana, Fernando e eu, com objetivos diferentes, ainda que o desejo final seja o mesmo: recuperar Rafaela o mais rápido possível, de preferência sem alarde. Os irmãos dela também estão aqui, mas em algum lugar onde não consigo vê-los.

Escrevi uma mensagem grande demais para os padrões dos aplicativos de celular, mas não foi por isso que a apaguei antes de enviá-la. Não é assim que vou me abrir com Rafaela sobre meus sentimentos, não quando ela está longe, sendo ameaçada de morte, portanto com preocupações muitos níveis acima da minha vontade de me declarar para a garota por quem me apaixonei.

Passo o celular de uma mão para a outra, num estado meio catatônico, à espera de que a operação policial comece.

Mais cedo, os pais de Rafaela foram avisados, embora vários detalhes da história tenham sido suprimidos, sob a anuência dos irmãos. A intenção foi boa, uma vez que ninguém quer que o casal tenha uma síncope nervosa. Ainda assim, Ricardo e Augusto tiveram dificuldades para acalmá-los. Eu sei porque presenciei a cena e não foi algo legal de ver. Se para mim, que não sou coisa alguma de Rafaela, tem sido duro aguentar essa tensão, imagino o que a família dela anda passando.

— Não sabia que você gostava tanto assim da nossa patricinha. — Sem que eu me dê conta, Fernando se senta ao meu lado e faz essa observação repentina, lançada sem introdução. Demora um pouco até que eu tome coragem para responder.

— Está tão visível assim? — admito nas entrelinhas. Mas admito, isso que vale.

Fernando ri.

— Estampado na sua cara.

Eu me afundo um pouco mais no assento.

— Vai contar pra ela?

— Acha que terei essa chance?

Meu colega suspira enquanto bate na minha perna.

— Se conseguir fazer com que a Rafa te escute.

Ele ignora o sentido verdadeiro da pergunta, preferindo aliviar o clima com uma espécie de piada. Mas sei que não está sendo fácil nem mesmo para Fernando, o sujeito que costuma olhar para todas as questões de modo leve e otimista.

— Sim, eu gosto dela. — Agora eu uso todas as letras, só porque, se não fizer alguma coisa, vou acabar explodindo. — Gosto de um jeito único, como nunca gostei de outra pessoa. Não me pergunte como me deixei envolver assim, pois não consigo explicar nem pra mim mesmo. — Suspiro e permaneço encarando nada em especial. — Só sei que gosto...

— Eu também sei. Por mais que tenha relutado bastante, eu acompanhei a evolução de seus modos com a Rafaela. Tanta má vontade só podia significar alguma coisa, né?

Dou de ombros, porque isso não é uma regra. Às vezes má vontade é só má vontade mesmo, sem que, por trás dela, um sentimento nobre esteja espreitando.

— Eu fico feliz, amigo. — Fernando dá um soco no meu ombro e se levanta. — Depois de tudo, é hora de investir num relacionamento outra vez, um que seja saudável, quero dizer. Você merece.

— Ah, não venha ficar sentimental pra cima de mim agora — peço, brincando.

— De jeito nenhum! Nunca me esqueço que você é o Bê, o ogro terrível da floresta em pessoa.

Consigo rir dessa vez, ainda que meu estado de espírito permaneça tão nebuloso quanto o de antes. Ensaio uma resposta atravessada, mas Luciana aparece, as duas mãos apoiadas no peito, tentando controlar a respiração entrecortada.

— Vai começar! E nós conseguimos autorização para acompanhar a operação.

Pulo do banco. Essa é uma grande notícia.

— Eu dirijo.

Passo na frente de todos, com o coração aos pulos. Não há como prever o futuro. Tudo pode acontecer lá em Nova Lima: Biju pode dar o bolo na polícia, ele também pode se irritar e acabar abrindo fogo contra todo mundo, pode aparecer sem Rafaela e aumentar a barganha, pode atirar nela bem na nossa frente. Enfim, as possibilidades são inúmeras. No entanto, eu decido me apegar a apenas uma, muito menos trágica: tudo acaba bem e Rafaela vem para mim. E depois disso eu não a deixo ir embora, nunca mais.

Capítulo 17

O estilo jornalístico é um meio-termo entre a linguagem literária e a falada. Por isso, evite tanto a retórica e o hermetismo como a gíria, o jargão e o coloquialismo.[3]

Quatro anos antes...

Não acompanhei Valentina na última ultrassonografia. Não porque não quis. Ela preservou a decisão de me manter afastado do meu filho, a menos que eu reatasse o namoro. Esse tipo de chantagem pode funcionar nos filmes e nas novelas idiotas, mas eu não me submeteria, nem ferrando. O distanciamento me matava, embora eu preferisse continuar resistindo. Se não fosse de maneira natural, a Justiça daria um jeito de garantir meus direitos de pai.

O problema era que perdi oportunidades irrecuperáveis, como saber, em primeira mão, o sexo do bebê. Depois de dias fazendo manha, Valentina acabou revelando — não diretamente a mim, mas à minha mãe — que teríamos um menino. No fundo eu tinha esperança de que fosse um garoto, ainda que me agradasse muito ter uma menina. Mas eu passava horas fantasiando com a ideia de levar

3 A partir do capítulo 17, as aberturas foram retiradas do *Manual de redação e estilo* do Jornal O *Estado de S. Paulo.*

meu filho aos jogos do Galo e ensinar palavrões a ele, para que, escondido da mãe, xingássemos juntos a torcida adversária.

Assim que soube que seria pai de um garoto, comprei um macacão minúsculo com o escudo do meu time — do nosso a partir daquele dia. Mas guardei a roupa em casa, para quando ele estivesse comigo, o que aconteceria sempre, eu esperava.

Comecei a estudar minhas finanças para ver se conseguiria montar um apartamento só para mim. Meu salário de estagiário mal dava para o básico, e seria impossível manter um aluguel, por mais barato que fosse. Então meu padrasto entrou na história e garantiu que me ajudaria com o que eu precisasse, porque entendia minha necessidade de me tornar um adulto de verdade o mais rápido possível. Na época, depender da caridade dele me incomodou um pouco, afinal daria a impressão de que eu estava abusando da situação. Porém, tanto ele quanto minha mãe me fizeram enxergar que ser bancado pelos pais não tinha nada de vergonhoso, mesmo que dona Inês preferisse que eu continuasse morando com toda a família.

— Muitos jovens da sua idade que vêm estudar em Belo Horizonte vivem nessas condições, Bê. — Heitor não cansava de me lembrar.

Ele estava certo, e eu acabei convencido. Queria dar a meu filho um espaço só nosso, onde nossos laços pudessem se fortalecer, mesmo que ele não morasse comigo durante todos os dias da semana.

Essas novidades me animaram. E meu recém-restabelecido estado de espírito positivo se refletiu até no trabalho, que voltei a fazer com afinco e empolgação, a ponto de ganhar créditos importantes com Luciana, a editora. Em pouco tempo, passei a ser escalado para cobrir casos cada vez mais relevantes e comecei a ser sondado para continuar na equipe depois da formatura, que se aproximava.

Finalmente uma fase boa, depois de semanas envolvido por uma névoa escura de pessimismo e dissabores.

Hoje

Cid bate as patas na porta do banheiro, impaciente. Costumo ser rápido no banho, mas hoje me permiti aproveitar o jato forte e quente por mais tempo. Meu corpo parecia um elástico esticado, de tão tenso. Ainda está, para falar a verdade, mas a pressão da água ajudou um pouco.

Saio de dentro do boxe e prendo a toalha em volta da cintura. Meu minúsculo banheiro está tomado por vapor. Limpo o espelho com uma das mãos e me olho fixamente. Mesmo depois da chuveirada prolongada, as marcas deixadas pelo estresse que foi o dia continuam bem nítidas.

Esfrego o rosto, ignorando minha aparência cansada. Não importa como me sinto agora — e, pode apostar, estou um lixo, física e emocionalmente. Só me interessa a certeza de que Rafaela está bem e, embora tenha passado por momentos de extremo risco, é a mesma de sempre, sem nenhuma sequela deste dia infernal.

Abro a porta, e Cid força a passagem para entrar. Impeço; eu é que saio. Ele me segue até o sofá, onde, só de toalha, desabo, com a cabeça apoiada no encosto. Meu cachorro não faz ideia do que me deixou tão destroçado. Porém, como todo amigo canino, exibe sua solidariedade se postando de guarda aos meus pés. Retribuo o gesto fazendo um afago atrás das orelhas dele, e ficamos assim, confortáveis em nosso silêncio.

Jogo um braço sobre os olhos e tento esvaziar minha mente. A exaustão é tanta que quero dormir por horas, profundamente, mas o desejo não se concretiza. Ainda que minha visão esteja bloqueada, enxergo com nitidez cada parte das negociações com Biju, desde o momento em que ele saiu do galpão com uma arma apontada para a cabeça de Rafaela até o fim de tudo.

O carro do jornal estacionou atrás dos veículos da polícia. Assim que chegamos ao local indicado pelo traficante, todo mundo deu um jeito de se espremer a fim de acompanhar a operação. A princípio, os policiais proibiram o acesso dos civis, ou seja, nós da *Folha de Minas*. Argumentaram que Biju exigiu discrição e a presença da imprensa poderia afugentar o homem — ou enervá-lo. Mas nem toda a ladainha do mundo adiantou, porque fomos assim mesmo.

Nem sei como consegui dirigir até lá, porque, de todos, acredito que eu era o que tinha mais motivos para estar uma pilha de nervos. Mas não abri mão de ser o motorista. Ficar parado era ainda pior.

Não demorou muito até que ouvimos a voz do delegado Andreoli avisar pelo megafone:

— Estamos aqui com o seu parceiro. Solte a refém.

E ele não mentiu. O tal Nem Preto, sob forte escolta policial, aguardava a vez de tomar parte do espetáculo, algemado dentro de um carro-forte da Polícia Civil. O que ele não sabia era que não havia intenção alguma por parte da Justiça de libertá-lo. O bandido foi fazer cena. E eu esperava que o delegado cumprisse a parte que lhe cabia, isto é, conseguisse a libertação de Rafaela pelo poder da lábia.

Minutos depois, para o desespero de todo mundo — e o meu mais ainda —, Biju saiu do esconderijo arrastando Rafaela pelo braço, com uma arma encostada na cabeça dela. Por mim eu furava o bloqueio policial e ia até eles, só para ter a chance de esmurrar a cara daquele traficante de merda até ele se arrepender de ter traçado planos em cima da ingenuidade da Rafa. Porém, impedido de agir por conta própria, só me restou encarar minha menina com intensidade, esperando conseguir transmitir a certeza de que tudo acabaria bem.

Então ela sorriu. Contrariando todas as expectativas, Rafaela simplesmente sorriu. E meu coração fraquejou um pouco mais. Sorri de volta, quando tudo o que desejava era beijá-la, segurá-la para que nunca mais se metesse em perigo.

Biju se aproximou do ouvido dela e sussurrou algo. E o sorriso da Rafa se desfez instantaneamente.

— Vocês precisam acabar com isso. Agora! — gritei para o delegado. — Entrega logo o Nem pra ele.

— Calma, rapaz! Você precisa me deixar fazer o meu trabalho.

Resmunguei uma lista de palavrões, enquanto capangas de Biju se espalhavam por todas as direções, montando uma espécie de escolta para o líder deles.

A vários metros de distância, Biju finalmente se manifestou, cobrando a presença do comparsa.

— Onde está o Nem?

— Dentro de um dos carros. Liberte a refém primeiro! — exigiu Andreoli, soltando a voz através do infalível megafone.

— Não antes de ver meu parceiro sem algemas e do lado de cá.

Aquilo poderia durar horas, porque ambos os lados estavam imbuídos em suas causas. Então tive uma ideia. Fiz sinal para Rafaela e mostrei meu telefone. Eu queria que ela atendesse o celular, sem assustar Biju, que poderia reagir com violência em retaliação ao abuso.

Vi quando ela pediu autorização ao traficante. Não fazia ideia de como conseguiria persuadi-lo. Só sei que o convenceu — e rápido. Eu não duvidava que o cretino pudesse estar meio caído por ela.

Sem anunciar minha estratégia repentina, fiz a ligação. Havia me esquecido de como o toque do celular de Rafaela era, além de incomum, escandaloso pra cacete. Assim que a música-tema de *O fantasma da ópera* soou, todo mundo ao meu redor destravou as armas.

Ainda bem que Rafaela teve presença de espírito. Rápida, ela fez sinal de positivo e mostrou o aparelho, acalmando os ânimos exaltados.

Nem esperei que falasse *alô*.

— Rafa, você está bem? Esse psicopata te machucou? Consegue falar? — questionei aos atropelos, querendo tudo ao mesmo tempo e, principalmente, ansiando por ela.

— Sim. Não. Sim. — Foi o que disse. Três pequenas palavras que serviram para injetar um pouco de ânimo aos meus nervos.

— Tudo vai dar certo, Rafa. Eu prometo. Os policiais estão tentando chegar a um acordo com esse cretino. Logo, logo você estará livre — eu assegurei, desejando estar certo.

— Por favor... — Quase morri com esse pedido. Não havia coisa alguma de concreto naquelas duas palavras, mas elas me informavam o suficiente.

— Calma, lindinha. Não fique desesperada. O capitão Andreoli é perito em negociação com sequestradores. Só não faça nada precipitado, certo? Seja boazinha, é só o que peço.

Queria ter falado mais, de modo que Rafaela não duvidasse nunca de que tudo acabaria bem. Se fosse preciso, permaneceria horas agarrado àquele telefone, sendo o cara confiante em quem ela poderia se apoiar para suportar a pressão. Infelizmente, ficou claro que Biju não era a favor de uma conversa prolongada, pois a ligação foi cortada de modo abrupto.

— O que pensa que está fazendo? — Andreoli me olhou duramente. — Quer estragar a porra de uma vez?!

— Eu quero é acabar com essa agonia o quanto antes.

— Então fique na sua, Bernardo.

Meu sangue ferveu, mas eu preferi não retrucar o delegado. Ouvir a voz de Rafaela foi bom e ruim ao mesmo tempo. Ruim porque durou pouco e eu precisava de mais.

Em seguida, Biju voltou a se manifestar. Berrando de modo que seu recado fosse passado em som claro, ele avisou que sua paciência estava se esgotando e que não seria vencido pelo cansaço. Mas foi a última parte do aviso que repercutiu mais.

— Se em meia hora o Nem Preto não estiver aqui, do meu lado, juro que essa belezinha não vai assistir ao próximo nascer do sol.

Belezinha o caramba! Mais do que nunca eu quis agir por minha conta. Ah, se eu pudesse!

— Solte a refém, Biju! — ordenou Andreoli, autoritário, como se falar grosso fosse suficiente para amedrontar o cretino do traficante.

— Não. Primeiro o Nem.

Um maldito impasse se instalou entre eles, igual a um cabo de guerra que as crianças amam puxar de um lado para o outro. Se era essa a estratégia do delegado, perito em negociação com sequestradores e bem-sucedido em quase todos os casos, fiquei me questionando se não seria mais barato contratar um adolescente marrento para executar a função. Afinal, não vi nada de excepcional no *modus operandi* dele.

Puto da vida e, ao mesmo tempo, começando a afundar num desânimo fodido, agarrei meus cabelos e fiz a maior bagunça neles. As chances de tudo dar errado me assombravam com intensidade cada vez maior. Que conta eu daria para a família de Rafaela?

Era melhor não me submeter a pensamentos tão deprimentes.

E, como se adivinhasse meus embates mentais, meu celular tratou de desviar minha atenção vibrando no meu bolso. Quase não acreditei que o nome exibido pela tela era o da minha estagiária.

— Rafaela?!

— Bernardo, preciso falar com o capitão Andreoli. Preciso convencê-lo a fazer o que o Biju exigiu. — Ela expôs a ideia com muita tranquilidade. Não sei de onde ela tirava forças para suportar a pressão, nem como conseguia o que queria do traficante.

— Rafa, como pretende fazer isso? A polícia está relutante. O tal Nem Preto é um criminoso barra-pesada.

— E eu não estou nem aí! No momento, Deus que me perdoe, ele podia ser o Bandido da Luz Vermelha, Jack o Estripador ou até coisa pior, que eu não daria a mínima. Quero sair daqui, Bernardo. Quero voltar pra casa. Não nasci pra ser mártir — choramingou ela, depois de expor, de modo bem claro, seu ponto de vista.

— Também quero que saia daí, minha lindinha, do jeito que for. — Não fui capaz de soar indiferente e esconder o que sentia por aquela garota. Deixei a emoção falar mais alto. — Vou passar para o Andreoli.

Entreguei o telefone para o delegado, não antes de acionar o viva voz. Eu ainda não estava preparado para deixar de ouvir a voz de Rafaela. Porém meu gesto impertinente cobrou um preço alto. Não apenas Andreoli e eu, mas todos à nossa volta escutamos alto e bom som os apelos dela:

— Senhor capitão, sei que o governo do Estado deve estar procurando alternativas para persuadir Biju a me soltar. Mas não vai adiantar. Estamos perdendo tempo. Não suporto mais tudo isso, minhas pernas doem, meus músculos estão tensionados, sem mencionar o raio de pressão que o cano dessa arma dos infernos faz na minha cabeça. Quero ir embora. Quero a minha casa. Meu cachorro está lá sozinho, e, se eu não voltar, ninguém vai querer cuidar dele, porque meus irmãos não dão a menor confiança pra ele.

Sério, meu peito doeu por ver Rafaela tão vulnerável. Mas aquelas frases nem chegavam perto de mostrar tanto desespero quanto as seguintes:

— Eu não quero morrer, seu policial. Só tenho vinte e um anos e uma vida inteira pela frente. Preciso fazer muita coisa ainda. — Todos ouvimos seus suspiros. — Nunca fui à Europa, aliás, nunca saí do Brasil, nem pra ir à Argentina. Nunca namorei sério, nem beijei um homem com paixão. Consequentemente, jamais perdi o fôlego por alguém. Quero viver isso, com todas as minhas forças.

— Senhorita... — Andreoli tentou retomar o controle da situação. Mas Rafaela era uma metralhadora disparada naquele momento, incapaz de interromper o fluxo de seus apelos.

— Não. Ainda não terminei. Dr. Andrezinho...

— É Andreoli. — Ri com o lapso.

— Dr. Andreoli, minha vida, até agora, foi tão banal! Não escrevi um livro, não tive filhos... Nem nunca plantei uma árvore sequer. Não peregrinei pelo caminho de Santiago de Compostela, nunca fiz penitência na Quaresma nem visitei o Santuário de Nossa Senhora Aparecida.

De repente Rafaela começou a chorar. Os soluços dela dificultavam a explanação, mas ainda assim ela persistiu:

— Estou brigada com uma amiga por um motivo frívolo. Ainda não assisti à peça *O fantasma da ópera*, a original, em Londres. Sou a única filha no meio de três homens, e meus pais vão ficar devastados se eu for assassinada hoje. Além disso, por mais que eu me envergonhe de confessar, não queria morrer sem ter feito... hã... sem ter feito... amor pelo menos uma vez. Por isso, senhor policial, eu lhe imploro: solte logo a porcaria desse tal de Nem Preto e me tire daqui!

Fiquei meio preso à descoberta de que Rafaela ainda era virgem. Nunca conheci uma garota nessa condição, não depois da faculdade, pelo menos. Tampouco esperava ser o primeiro homem na vida de alguém. Entretanto a ideia de estar com Rafaela num momento tão importante me fez desejá-la para mim ainda mais. E só para mim.

Depois dessa longa declaração, Rafaela nada mais disse. Mas fez algo tão inesperado que chocou a todos: enterrou o rosto no peito de Biju, as mãos agarradas à camisa dele, e chorou. De longe só consegui ver os ombros dela se sacudindo, e o bandido, entre pasmo e envergonhado, consolá-la dando tapinhas nas costas da minha garota.

Agora, tantas horas após o ocorrido, chego à conclusão de que o gesto humano de Biju foi o calvário dele. Porque, assim que ele baixou a guarda para amparar Rafaela, a polícia não perdeu tempo. Com um senso de oportunidade bem calibrado, um atirador de elite acertou o pé do sequestrador. Urrando de dor, ele foi direto ao chão, não sem levar Rafaela junto.

Dezenas de policiais se espalharam em perseguição aos comparsas de Biju, que, percebendo que o plano estava indo por água abaixo, em vez de abrir fogo decidiram se dispersar pelo terreno abandonado. Enquanto isso, outros tantos membros da Polícia Civil partiram para cima do traficante, rendendo-o em poucos segundos.

Por mim, podiam fazer com ele o que bem quisessem. Só me interessava conferir se Rafaela estava bem. Então fui até ela e, antes que qualquer outra pessoa fizesse isso primeiro, eu a puxei para os meus braços e a apertei, muito, com medo de soltá-la e perdê-la de vez.

— Rafa — falei num sopro de voz, emocionado demais para dizer mais que o nome dela.

E tudo o que Rafaela fez foi retribuir o abraço, sem questionar por que era eu que estava ali, sendo tão transparente em relação a meus sentimentos por aquela garota, e não um de seus irmãos ou o imbecil do Marcelo, com quem ela já tinha saído algumas vezes — além de ter trocado beijos com ele.

Soluços escapavam da garganta dela e faziam meu peito tremer. Senti lágrimas quentes encharcar minha camisa. Tudo isso me abalou, mas me forcei a parecer calmo para protegê-la. A pobrezinha já havia passado por coisas demais.

— Shhhh... Vai ficar tudo bem, minha lindinha. Já está. Acabou.

Acredito que foi nessa hora que Rafaela realmente percebeu onde estava. Ela ergueu a cabeça e, com os olhos molhados e vermelhos, olhou para mim como se fosse a primeira vez que me via de verdade.

— Sim. Agora está mesmo tudo bem — murmurou ela e, em seguida, fechou os olhos e sorriu.

Em minha defesa, garanto que me segurei para não me achar o máximo, afinal a garota que andava povoando meus sonhos estava ali, entregue em meus braços. Nos meus!

Pena que não durou muito. Depois disso, aconteceram muitos outros fatos. Então Rafaela foi tirada de mim rápido demais, ainda que eu tenha permanecido a maior parte do tempo ao lado dela. Bom, eu e seus dois irmãos, além de boa parte da equipe de policiais.

Mesmo esgotada e com o estado emocional bastante abalado, Rafaela foi arrastada para a delegacia, de onde Andreoli ouviu o depoimento dela incontáveis vezes. Ninguém entendeu bem o procedimento dele, já que a garota não entrou em contradição em momento algum e foi muito clara em seu relato.

Ricardo, o irmão advogado, até se estressou com a demora e ganhou minha simpatia ao enfatizar que todo aquele desgaste era desnecessário.

— O bandido da história não é ela, porra! — chegou a ressaltar, exaltado.

Quanto a Biju, além de baleado, foi detido logo que recebeu a liberação do pronto-socorro. Vai responder a inúmeras acusações.

Eu, sinceramente, espero que ele apodreça na cadeia.

Cid se movimenta e bate o rabo nas minhas pernas, me trazendo de volta ao momento presente. Meu estômago reclama da falta de comida, então noto que passei o dia sem me alimentar direito.

— Está com fome, amigão? Vamos ver o que temos pra hoje — converso com meu cachorro, atraindo-o até a cozinha, onde pretendo preparar algo para nós dois comermos.

Enquanto tento me virar com o que tenho na geladeira e nos armários, uma decisão me atinge, gritando para mim que o período de espera acabou. Posso ter a mesma sorte do passado — o que eu acho meio impossível, mas quem garante? —, porém algo me diz que, se não arriscar, vou perder a chance de ter um relacionamento bacana com a pessoa certa.

Valentina há anos não tem mais poder algum sobre mim. O que ela fez deixou cicatrizes, mas não viverei o resto da vida em função das consequências dos atos daquela louca.

— É, Cid, acho que está na hora de você ser apresentado a um certo cachorro chamado Dom. — Ele empina as orelhas na minha direção, atento a tudo o que digo e faço, como sempre.

Agora só me resta tomar coragem e agir. Logo.

Capítulo 18

Com palavras conhecidas de todos, é possível escrever de maneira original e criativa e produzir frases elegantes, variadas, fluentes e bem alinhavadas.

Quatro anos antes...

Eu me mudei do apartamento da minha mãe poucas semanas depois de levantar a questão. Um amigo do meu padrasto tinha um imóvel disponível há meses para aluguel, parado na imobiliária talvez pelo fato de ser um *loft*, ou seja, um espaço sem repartições pouco funcional para a maioria das pessoas. Mas não para mim. Por mais que eu tivesse um filho a caminho, achei o lugar ideal, tanto pelo preço — uma mixaria diante dos valores usuais — quanto pela localização. O apartamento ficava no Sion, perto de tudo.

O fato de que o berço do bebê acabaria acomodado ao lado da minha cama e que, por causa desse arranjo, eu nunca mais teria privacidade era um detalhe ínfimo demais para ser levado em consideração. Dificuldade mesmo eu teria para ajeitar meu cachorro, um weimaraner esguio e espaçoso, num lugar umas cinco vezes menor que o apartamento da minha família.

A equação era estranha, mas me animava bastante: eu, um cachorro e meu bebê. Parecia até nome de filme da década de 1980.

Alguns dias depois da mudança, recebi uma visita inesperada — nem mesmo anunciada. Com a barriga já proeminente, Valentina enganou o porteiro, apresentando-se como se ainda fosse minha namorada, e subiu. Dei de cara com ela ao abrir a porta, sem entender como havia conseguido me encontrar ali.

Ainda assim, senti uma fincada no peito ao olhar para o local onde meu filho crescia. Só não acariciei aquele ventre inchado porque aí seria demais.

— Então é verdade que resolveu crescer — comentou Valentina, entrando sem ser convidada. Passou vários minutos sem acrescentar frase alguma. Ela dedicou um tempo à análise do apartamento, olhando para tudo com uma expressão indecifrável. — Quero dizer, nem tanto, a julgar pelo estilo de vida que resolveu levar.

Eu acreditava que a maluca estivesse se referindo ao fato de eu estar morando num *loft*, moradia preferencial de muitos solteiros descolados. Mas abri mão de corrigi-la. Minha escolha tinha outras motivações, as quais não estava a fim de compartilhar com ela.

— E você desistiu de me punir por não querer levar nosso namoro adiante — concluí. Mais tarde constatei que minha dedução foi feita cedo demais.

Valentina sorriu como um anjo, embora não me enganasse nem um pouco. Sempre que ria assim, eu podia esperar uma atitude cavernosa na sequência.

— Não estou punindo você, Bernardo. Não vê que só me esforço pra dar um lar para nosso filho?

Eu nos poupei de um comentário irônico. Até parece que conheci aquela mulher ontem.

— Já que resolveu fazer as coisas do seu jeito, vim avisar que também agirei por minha própria cabeça.

— Como se não fizesse sempre assim.

Ela se mostrou magoada — uma mágoa tão falsa que não convenceria nem um santo — e me encarou, os olhos em chamas.

— Espero que nunca se esqueça de hoje. Faço questão de que esteja consciente de que foi você quem quis assim — profetizou Valentina, cheia de enigmas.

Detestei ouvir aquilo, não porque acreditava nas ameaças subliminares dela. Minha raiva se devia ao fato de eu ter permanecido tanto tempo à mercê das imposições daquela mulher.

— Você precisa se tratar, pelo bem do nosso filho.

Caminhando até a porta, totalmente de costas para mim, Valentina fez sua última declaração antes de sair:

— Pode deixar, que eu saberei garantir o *bem-estar* do *nosso* filho.

Meu Deus, eu só tinha vinte e um anos e seria pedir demais ter uma vida menos problemática, igual à de qualquer garoto da minha idade? Fui precoce aos dezoito, ao me envolver com uma mulher mais experiente que eu. Mas precisava pagar um preço tão alto por isso?

Hoje

Não entrei em contato com Rafaela em momento algum da noite anterior para saber se ela estava bem. Posso até justificar minha atitude tentando me convencer de que fiz isso para oferecer a ela e à família um pouco de privacidade depois do ocorrido.

Mas a verdade é bem diferente.

Não a procurei porque, quando eu tiver oportunidade de ficar sozinho com ela, pretendo confessar, ao vivo, cara a cara, o que ando sentindo. Ouvir a voz da minha estagiária pelo telefone me induziria a ser franco antes da hora. Essas coisas não podem ser ditas a distância.

Mas isso não quer dizer que fiquei sem notícias dela. Tarde da noite mandei uma mensagem curta para Augusto, que me assegurou que a irmã parecia estar se recuperando muito bem do susto. Não expus meus receios para não preocupar o cara, porém eu temia que ela estivesse retardando o choque. Reações pós-traumáticas tendem a ser bastante intensas. E, como conheço Rafaela, tenho todos os motivos para acreditar que ela podia estar lutando forte contra o estresse.

Tive que dormir com essa dúvida.

— Bernardo, o jornal tem uma proposta pra você. — Fui chamado cedo à sala de Luciana, que me recebe sem preâmbulos. Mal tenho tempo de me sentar, e ela manda a pergunta: — Quer ser correspondente na Europa?

— Eu... — Não consigo articular as palavras. Nunca escondi que meu sonho é viajar pelo mundo, a trabalho, cobrindo as notícias onde quer que elas aconteçam. Desde que fui contratado pela *Folha de Minas* espero essa oferta.

— Nosso correspondente pediu pra voltar. Está com problemas familiares e não quer ficar longe do Brasil — explica ela, rodando os óculos de grau por uma das hastes. Não faço intervenções. Preciso ouvir tudo primeiro, até para ter certeza de que estou escutando bem. — Então a cúpula do jornal se reuniu hoje cedo e concluiu que você é nossa primeira e melhor opção.

Eu realmente me sinto lisonjeado. Caramba, tenho vinte e cinco anos e acabo de receber uma proposta pela qual a maioria dos jornalistas espera a vida inteira! A adrenalina corre por meu corpo, e até vi-sualizo as oportunidades que me aguardam do outro lado do oceano Atlântico.

— Estou...

— Sem palavras. — emenda Luciana. — Percebi. Mas não é pra menos, né? Você é talentoso demais, e não me surpreende estar sendo recompensado por isso. Posso avisar aos chefes que você aceita?

Acompanho o movimento das mãos dela: uma deixa os óculos sobre a mesa enquanto a outra tira o telefone da base e se prepara para discar. Eu deveria permitir que ela completasse a ligação, seja lá para quem for, mas sou impelido por uma força obscura a interromper a intenção da minha editora.

— Espere, Lu. Eu ainda não aceitei. — Minha boca trabalha sem a permissão do cérebro, porque, apesar do protesto, estou em dúvida a respeito da decisão a tomar.

Ela franze a testa e me encara com perplexidade. Não acredita que estou titubeando.

— Mas essa promoção não é o que sempre quis? — questiona, reposicionando o telefone na base.

— Sim, você está certa. — Coço a cabeça e fico de pé. Dou umas voltas pela sala, sem prestar atenção em nada. Só tenho ouvidos para os gritos emitidos por minha mente. — Eu é que não estou — murmuro.

Luciana também se levanta e para bem na minha frente, as mãos enganchadas na cintura.

— Se precisa de um tempo pra pensar...

— Prefiro não segurar a vaga. Por enquanto, acho melhor recusar. — Talvez minha decisão seja extrema, mas acredito que novas oportunidades virão.

— Bernardo, eu não entendo. Há outras opções em vista? — suspeita ela.

— Na vida pessoal, talvez... — Deixo no ar.

Então Luciana suspira e ri, além de adotar uma postura mais relaxada. Não imagino o que passa na cabeça dela, mas aposto que é uma dessas mulheres cheias de romance na cabeça.

— Vou dizer ao Maurício que pediu um tempo pra pensar — decreta minha editora. — Mas darei um jeito de ele entender que sua indecisão não tem nada a ver com ofertas mais vantajosas feitas por concorrentes.

Dou uma risada. De alguma forma eu desconfiava que Luciana não aceitaria minha recusa facilmente. Melhor deixar para lá. Quando eu mesmo não sou capaz de justificar minha atitude, é preferível entregar a solução nas mãos do destino — não que eu seja ligado a esses lances de misticismo.

— Beleza. Vou voltar ao trabalho, então.

Tento não me apegar ao convite irresistível que acabei de receber. Se eu pensar demais, vou ficar tentado a mudar de opinião.

— O.k. Leve esta pauta aqui. Talvez a Rafa possa dar uma mexida no texto quando chegar.

— Ela vem hoje? — indago, surpreso.

— Eu disse que não precisava, mas você conhece a menina. Não duvido que apareça mais tarde.

Nem eu. Em se tratando de Rafaela, é impossível prever suas ações.

Saio da sala de olho no texto, uma besteira qualquer sobre um golpe bancário. Ser jornalista é se conformar com todo tipo de assunto. Não é sempre que recebemos a chance de trabalhar numa história instigante. Como a *Folha de Minas* optou por não se pronunciar sobre o sequestro de Rafaela — postura de quem considera o bem-estar do profissional mais relevante que o furo jornalístico —, hoje o dia, até agora, não se mostra favorável a grandes coberturas. Passaria em total monotonia, não fosse a proposta para ser correspondente internacional. Está aí um assunto que prefiro ignorar por enquanto, embora eu tenha de admitir que vai ser difícil esquecê-lo.

Faço o trajeto até minha mesa com os pensamentos meio desordenados e o olhar preso ao papel em minhas mãos. Só levanto a cabeça para me inteirar de uma agitação que se forma entre os caras da editoria. E, quando faço isso, involuntariamente um sorriso largo cresce no meu rosto. Não só encontro Rafaela em meu campo de visão, como percebo que ela já me viu e parece estar esperando que eu reaja ante a presença dela.

Uma espécie de energia magnética nos envolve, empurrando um em direção ao outro. Devemos estar dando o maior show para os colegas, que, exceto Fernando, que já sabe o que se passa comigo, não vão demorar a somar dois mais dois.

Porque o lugar não é ideal para as coisas que tenho em mente, mudo de abordagem na última hora. Acabo me saindo com esta:

— Aonde pensa que vai com tanta elegância?

Mais um dia em que Rafaela se supera no quesito estilo. Está de vestido, meia-calça preta transparente, sapatos de bico fino, além de ter prendido os cabelos de um jeito que as mulheres costumam chamar de *coque*. A roupa induz minha imaginação a viajar por diversas direções, ainda que não seja nem um pouco ousada, a não ser por marcar as partes mais interessantes do corpo dela. É uma beleza de criatura.

— Dar um jeito de fazer as coisas da maneira certa — responde ela. Mais enigmática, impossível, e ainda dá uma piscada para enfatizar o peso das palavras.

Reparo que, embora Rafaela se esforce para demonstrar controle da situação, as marcas do dia anterior estão bem ali, naquele rosto bonito e maquiado: olhos inchados e olheiras parcialmente ocultas por algum produto de beleza. Não é tão durona quanto parece. E nem sei por que insiste tanto em provar o contrário.

— Como o quê? — quero saber. Estou disposto a conhecer tudo o que ainda não sei a respeito dessa menina.

— Preciso parar de tropeçar em meus próprios pés e de acreditar em conversa fiada. Só pra começar.

— Entendo. — Sorrio por dentro. Sei que o que vou falar agora vai irritar a esquentadinha ao extremo. Mesmo consciente disso, prossigo. Só quero que ela esqueça as coisas ruins que aconteceram ontem. — Mas precisa se vestir como uma advogada assexuada para alcançar seu objetivo?

O rosto instantaneamente pálido de Rafaela me faz me arrepender de ter dito isso. Não é para ela pensar que a considero pouco atraente. Caramba! É muito pelo contrário.

— Ei. É brincadeira. De assexuada você não tem nada — asseguro depressa. — Está mais para fantasia sexual de alguém, como aquelas enfermeiras dos filmes... Você sabe. — Dou uma piscada sacana, para que não haja dúvidas a respeito do que pretendo enfatizar.

É nítido que Rafaela tenta segurar o riso a fim de não dar asas às minhas bobagens, mas ela fracassa. Vejo claramente um leve tremor nos cantos de sua boca.

— Não sei o que faço com você.

— Mas eu sei. — Estendo a mão e, sem culpa, faço um carinho no queixo dela, que é sedoso como uma flor. — Minha lindinha.

Ficamos presos no olhar um do outro, como se pudéssemos conversar em silêncio mesmo e ser entendidos, mais até do que por meio de palavras. Ameaço convidá-la para fazermos algo juntos mais tarde, mas Luciana entra em cena, roubando para si todas as atenções.

— Menina, chegou em boa hora! — Nossa editora bate palmas e, em seguida, agarra as mãos de Rafaela. — Tudo bem? Precisa conversar? Como está lidando com tudo? — A euforia inicial dá lugar à lembrança de que hoje não é um dia comum e que a estagiária é motivo de preocupação.

— Estou bem, Lu. Ótima mesmo. Não precisa se preocupar. — Não sei se acredito nessa declaração feita de modo tão veemente.

Mas parece que Luciana acredita.

— Você é inacreditável. Qualquer um que tivesse passado pelo estresse de ontem, hoje estaria trancado em casa, se escondendo do mundo.

— Essa não é uma alternativa ruim. — Posso apostar que Rafaela não teria sequer levantado da cama se não quisesse provar, mais uma vez, que é absolutamente capaz de dar conta de tudo. — Mas não nasci pra fazer drama. Acho que o livro *Poliana* mudou minha vida — brinca ela.

E o pior é que achamos graça da piadinha fraca. Tudo para deixar o clima mais leve, sem as sombras dos acontecimentos de ontem. Penso que Rafaela merece essa atitude por parte de todos nós.

— Fico feliz. Porque o dever nos chama. Ou melhor, clama por vocês dois — avisa Luciana, sem amenizar o serviço.

Observo a reação de Rafaela, torcendo para que ela encare esse novo trabalho em dupla como uma possibilidade de nos entendermos, ainda que apenas no campo profissional (por enquanto, espero). Da última vez não deu muito certo.

Luciana nos comunica que o jornal foi premiado com uma informação quente, enviada por uma fonte há poucos minutos, com potencial para se tornar um furo e tanto.

— Parece que aquele médico acusado de abuso às suas pacientes... Dr. Evaristo Vidal, lembram? — Ela se interrompe para verificar se estamos por dentro do assunto. Concordamos juntos, só com um movimento de cabeça. Acho que o objetivo de Rafaela é igual ao meu: não cortar a linha de raciocínio da nossa editora. — Pois é. Parece que foi visto numa cidadezinha do sul de Minas. Preciso que vão até lá. Queremos o furo.

— Nós dois? — questiona Rafaela, um ligeiro rubor subindo do pescoço à face.

— Claro. E é importante que saiam daqui... agora, se possível — diz Luciana, depois de checar as horas no relógio de pulso.

Essa informação é suficiente para que Rafaela deixe de lado a impressão de que está tudo sob controle. De repente ela é só confusão, alegando não estar vestida de forma adequada para uma viagem e, por isso, precisa passar em casa a fim de se trocar e preparar uma bolsa. Fala aos atropelos, nervosa e preocupada. Noto que essa apreensão extrapola a vaidade. Outros motivos acionaram os temores de Rafaela. Torço para que viajar sozinha comigo seja o maior deles, no bom sentido.

— Vamos dormir lá? — quer saber ela, e não consegue esconder a olhadela discreta em minha direção.

— É melhor que sim. — Sorrio feito um bobo. Acabo de receber minha grande chance. — Caxambu fica a uns trezentos e setenta quilômetros daqui de BH. Dá umas quatro a cinco horas de viagem. Prefiro que pernoitem por lá. Vou pedir à secretária do Recursos Humanos para fazer as reservas. Enquanto isso, Rafa, corra até seu apartamento. Bernardo pega você daqui...

— ... a uma hora. — Eu poderia ter oferecido um tempo mais esticado, porém admito que estou me divertindo às custas do embaraço de Rafaela. Se ela ao menos sonhasse com minhas reais intenções para essa viagem...

De olhos arregalados, ela nos encara por alguns segundos, mas logo se dá conta de que os minutos estão passando. Sem se despedir de nenhum de nós, Rafaela dá meia-volta e corre para fora da redação.

Não acho que preciso me apressar tanto, porque comigo as coisas são bem mais básicas. Deixo o jornal logo que Rafaela sai, contudo ajeito minha bolsa com calma. A única preocupação que tenho se chama Cid. Como não posso levar meu cachorro, por ser um animal de físico avantajado e, portanto, nada bem-vindo em hotéis, recorro à boa vontade da minha mãe em recebê-lo no apartamento dela.

A negociação não é muito fácil, uma vez que dona Inês não é nem um pouco fã das peripécias de Cid. Normalmente o danado marca de maneira bastante enfática sua presença na casa da minha família, e não de um jeito agradável.

Uma vez ele atacou a cristaleira só porque não reconheceu o reflexo distorcido dele mesmo no espelho do móvel. Além de quebrar o vidro da porta, causou a ira da minha mãe ao estilhaçar peças valiosas da coleção de porcelanas dela.

Apesar desse episódio em especial, ela acaba concordando em cuidar do meu cachorro estabanado para mim. Ainda bem.

Faço o percurso de carro até o edifício de Rafaela elaborando a abordagem que pretendo executar logo mais à noite, depois que tivermos terminado o trabalho. Se tudo ocorrer conforme meu recém--estruturado planejamento, em menos de doze horas abrirei o jogo com a garota, e, na melhor das hipóteses, enfim ficaremos juntos.

Às vezes é difícil ser homem. Afora uma ou outra menina mais ousada, a tarefa de dar o primeiro passo geralmente recai sobre nossas costas. E o medo de levar um baita de um fora, como fica?

O alerta de chegada de uma nova mensagem desvia meus pensamentos. Com uma mão no volante e a outra no celular, leio o texto, que é da própria Rafaela, para minha surpresa:

> Oi, Bernardo. Será que posso levar meu cachorro para Caxambu? É que não tenho com quem deixá-lo. E, antes que mencione meus irmãos, adianto que eles não contam. Obrigada.

Minha resposta é instantânea e rápida:

> Não.

Nego porque a companhia de um filhote não é compatível com o trabalho de investigação que nos espera. No entanto, dois minutos depois, mudo de opinião. É melhor não enfurecer Rafaela, especialmente quando também espero um *sim* logo mais à noite.

Ah, tudo bem. Mas não quero sujeira no carro. Avise para o seu *Dom*.

Aviso repassado. Mas pode ficar tranquilo, que ele é muito educado.

Nem um "obrigada".

Chego ao prédio de Rafaela mais rápido do que calculava. Peço ao porteiro que dê um toque nela e me encosto no carro para esperar. Cruzo os braços sobre o peito enquanto observo a região ao meu redor. É um dos poucos bairros de Belo Horizonte, no entorno da região central, que ainda preserva algumas características pitorescas das cidades do interior. Por ter sido criada num lugar tão pequeno, acredito que Rafaela deve ter demorado a se adaptar na capital.

Esse pensamento me faz enxergar quão pouco sei a respeito dela, além das informações básicas. Há tanto a ser descoberto... Com Valentina eu não tinha chance de procurar saber. Ela sempre expunha tudo, mesmo quando eu não me interessava pelas coisas que necessitava dizer. Já Rafaela é bem fechada. E isso me faz querer arrancar cada detalhe que compõe a vida daquela menina.

Ela passa pela portaria toda linda e esbaforida, se virando como pode com uma mala pequena e a cesta do cachorro. Infelizmente tirou o vestido que a fazia parecer uma advogada gostosa, dessas dos filmes B. Ainda assim faz uma simples calça jeans parecer a peça mais sensual do guarda-roupa feminino.

— Então esse é seu cachorro? O famoso Dom? — pergunto em tom de piada, com o intuito de irritá-la, mas a verdade é que o cão é bem bonitinho, dentro da feiura natural da raça pug.

— Sim. Por quê?

— Nada. — Ergo as mãos para o alto, exibindo o famoso gesto que significa "calma".

— Liga não, meu bebezinho. Esse moço mau não está rindo de você, viu?

Entro no carro antes dela, lutando para esconder o riso. Dom se ajeita no banco de trás, sem emitir o menor sinal de simpatia por mim.

Rafaela se acomoda por último. Enquanto prende o cinto de segurança, aproveito para observá-la sorrateiramente.

— Trocou de roupa?

— A-hã. — E isso é tudo. A economia de palavras pode sugerir uma certa animosidade entre nós, embora, no íntimo, eu sinta que o motivo do diálogo quase inexistente seja outro.

A fim de forçar a barra, também mantenho minha boca fechada. Uso o som do carro para preencher o silêncio, que chega a ser opressor. Por sorte é a voz de Maria Gadú que se propaga dos alto-falantes, não um rock pesado. Esse tipo de música provavelmente favoreceria o aumento da tensão no ambiente.

Deixamos Belo Horizonte pela BR-381, surpreendentemente pouco movimentada. A ausência de assunto e a música suave logo apagam Rafaela, que se recosta na porta do passageiro e se entrega ao sono. Reconheço que não deve estar sendo fácil para ela tentar levar o dia com naturalidade. Por mais que não tenha sofrido violência física durante o sequestro, viveu momentos traumáticos na mira da arma de Biju. Que ódio daquele imbecil!

Tenho vontade de acariciar o rosto de Rafaela enquanto dorme só para ganhar uma prévia das sensações que gostaria de ter caso retribua meus sentimentos por ela. Mas, para ser honesto, nem sei se o lance entre ela e Marcelo continua rolando, ainda que os indícios apontem para o fim de um relacionamento que nem começou direito. Caso contrário, ele que teria segurado a mão dela no carro da polícia. Mas esse privilégio foi meu.

Dom geme no banco de trás, como se pudesse adivinhar o fluxo dos meus pensamentos.

— Ei, garoto. Fique frio — falo baixo para não incomodar Rafaela, que se movimenta, ficando agora com o rosto virado na minha direção. Ela parece serena, pois a expressão que exibe é relaxada, tranquila. Se não for viagem da minha cabeça, acho até que vejo uma ligeira arqueada no canto de sua boca, como se sonhasse com algo bom.

Também relaxo e faço uma das coisas de que mais gosto: dirijo, curtindo a estrada e a paisagem. Quando dou por mim, já percorremos mais da metade do caminho, o que é ótimo. Conto os minutos para o dia passar depressa e eu finalmente ter a oportunidade de conversar sério com Rafaela.

Ela desperta no momento em que repasso, pela milésima vez, minha abordagem para logo mais à noite.

— Onde estamos? — pergunta, a voz tipicamente rouca de sono. Bem *sexy*, por sinal.

— Perto de Perdões. — Estou com fome. Espero que ela também esteja. — Quer parar pra esticar as pernas?

Rafaela concorda, para meu alívio. Sugiro a próxima lanchonete.

— Ótimo.

Ela demonstra preocupação com Dom, que mal se mexeu durante toda a viagem.

— Também tenho um cachorro. — Introduzo o assunto, uma maneira de demonstrar, por meio de informações sobre minha vida pessoal, que não quero ser só um colega de trabalho. — Um weimaraner de olhos tristes.

Recebo um olhar curioso e interessado.

— Sério? Ele vive sozinho com você?

— Sim. Somos só nós dois. Eu e o Cid.

Deixo em suspense e não esclareço o nome do meu cachorro, de propósito. Todo mundo questiona a escolha. Pela cara que Rafaela faz, garanto que ela está se perguntando a mesma coisa. Facilito:

— Cid, em homenagem ao Cid Moreira.

— Não acredito! — exclama no meio de uma gargalhada.

— Você ri? Não acha o nome do seu meio estranho também? — Eu a desafio a me contradizer.

— Um pouco, mas não tenho culpa. — Rafaela balança os ombros. — Quem o batizou foi meu irmão. Ideia da namorada dele.

Nem imagino a respeito de qual dos três ela fala. São muitos. E fortes. Espero jamais promover a ira do trio.

— Por que mora sozinho? De onde é sua família?

Eu me animo com a curiosidade dela. Estamos avançando e, pelo jeito, na mesma proporção. Estou interessado na vida de Rafaela, e, ao que tudo indica, ela na minha.

Conto que sou de Belo Horizonte mesmo, nascido e criado na capital mineira.

— Não acha que já estou meio grandinho para viver sob o mesmo teto de papai e mamãe? — brinco.

— Não se dão bem? — Eu me surpreendo com a pergunta. As pessoas tendem a deduzir que morar separado dos pais, mesmo quando vivemos na mesma cidade, é sinal de desunião familiar, o que não é o meu caso.

— Muito. Acontece que aprecio minha privacidade e até minha desorganização. Tenho duas irmãs mais novas, e elas, além da minha mãe, adoram reclamar que sou muito bagunceiro. Então, assim que pude, tratei de arranjar um canto só pra mim, apesar de adorar filar a comida da dona Inês aos domingos.

O que não revelo é que me mudei para poder fazer o papel de pai para meu filho. Não acho que esta seja a melhor hora para deixar Rafaela a par desse período da minha vida. Na verdade, nem sei se essa hora existe.

Por sorte, ela não se prende à questão de eu morar sozinho e demonstra seu interesse em outros detalhes, bem mais fáceis de lidar.

— O que suas irmãs fazem?

— A Maria estuda psicologia, e a Pri, a caçula, ainda está no ensino médio.

Se não fosse a lanchonete de beira de estrada, que surge em nosso campo de visão assim que acabo de soltar a última informação, acredito que Rafaela prolongaria o assunto. Mas ambos saltamos rápido do carro, motivados por nossas necessidades fisiológicas.

E depois disso a viagem segue tranquila, confortável até. É inegável a mudança para melhor no clima entre nós. Difícil ignorar também a expectativa para logo mais à noite. Ainda que eu não tenha dado a entender meus planos, garanto que Rafaela consegue pressentir algo diferente no ar. Eu espero que sim.

Capítulo 19

Nunca é demais insistir: fuja, isto sim, dos rebuscamentos, dos pedantismos vocabulares, dos termos técnicos evitáveis e da erudição.

Quatro anos antes...

Eu não cheguei a ver meu filho nascer.

Hoje

Durante todos esses anos trabalhando no jornalismo investigativo, nunca me senti tão parecido com os personagens de filmes que abordam essa temática. Se fôssemos participantes de algum tipo de *reality show*, o público diria que era tudo encenação. Até mesmo eu, ao voltar aos acontecimentos do dia, tenho dificuldade em acreditar na sorte que demos e no modo como as coisas sucederam.

Para começar, fomos direto ao endereço que Luciana nos passou. Não foi difícil encontrar a casa, pois contamos com a quase infalível ajuda do GPS. Uma senhora com cara de avó bondosa atendeu a porta, com um sorriso largo estampando o rosto e secando as mãos num avental florido amarrado na grossa cintura. Mais clichê que isso, impossível. Porém a expressão dela mudou de atenciosa para preocupada assim que mencionei o nome da pessoa que procurávamos. A mulher tratou de nos despachar tão logo foi questionada a respeito do paradeiro do médico Evaristo Vidal, a quem Rafaela apelidou de Doutor Abusado.

Ela é boa em inventar apelidos, aliás. Eu mesmo recebi o Cria de Satanás. Ficaria irritado com isso se não me divertisse com a gracinha.

Claro que não acreditamos na palavra da senhora, que jurou não conhecer pessoa alguma com aquele nome. Em vez de nos darmos por vencidos, compramos um sorvete e nos sentamos num banco da praça, onde passamos um tempo espreitando a casa branca de janelas azuis, endereço dado como certo por nossa editora.

Fazia um pouco de frio, e eu agradeci ao clima por nos dar um assunto seguro para conversar. Sei que falar sobre o tempo é mais manjado que garoto se fingindo de surdo-mudo no sinal de trânsito, mas eu não queria adiantar a *tal* conversa com Rafaela. Ainda estávamos a trabalho.

— Será que vamos voltar a BH de mãos vazias? — indagou ela quando a espera começou a incomodar.

— Não, nem que eu tenha que invadir a casa da vovó sinistra.

Rafaela riu da piada, e eu sorri para ela. E foi nesse instante que uma caminhonete branca estacionou em frente à casa e dela saiu um homem cujas características físicas batiam em cheio com a descrição que recebemos dele.

— Olha o nosso homem lá — apontei.

Sem combinar, nós dois nos apressamos para abordar o médico antes que ele tivesse tempo de sumir dentro de casa.

Resultado: primeiro ele tentou se esquivar, dando a entender que estávamos enganados a respeito da identidade dele. Depois, quando percebeu que não teria escapatória, ameaçou nos processar.

— Mesmo? Como pretende acionar a Justiça se está fugindo dela há meses? — Rafaela precisou refrescar a memória do Doutor Abusado, que ficou sem outra opção a não ser concordar em nos conceder uma entrevista exclusiva, realizada um pouco mais tarde, no hotel em que estamos hospedados.

Desta vez Rafaela se refugiou num canto da sala e absteve-se de se envolver. Demorou, mas acabei entendendo o porquê daquela atitude. O médico é um dos seres humanos mais estragados que eu tive a oportunidade de entrevistar. Quem olha para ele enxerga um senhor quase passando da meia-idade, inofensivo e até simpático. Porém, por trás dessa aparência comum, há um inquérito policial em que consta indiciamento por atentado violento ao pudor e estupro a mais de quarenta mulheres.

A cada nova informação revelada durante a conversa, a maioria delas versões distorcidas das denúncias, Rafaela se sentia mais incomodada, como se estivesse se colocando no lugar das vítimas. Foi nessa hora que eu compreendi sua opção por não se envolver. O homem é um lixo, capaz de deixar qualquer pessoa enojada, especialmente mulheres que se submetem com regularidade ao tipo de consulta que ele faz.

Apesar de todos os indícios, Evaristo Vidal continuou negando as acusações e se disse inocente, vítima de uma trama injusta para denegrir a imagem dele.

Conta outra, doutor!

Assim que ele foi embora, consultei o relógio a fim de me programar.

— Ei, por que não vai descansar um pouco? — sugeri a Rafaela. Ela merecia. — Vou preparar a matéria lá no quarto. Depois, por volta das oito, podemos sair pra comer alguma coisa. O que acha?

— Hum, vou aceitar as ofertas. E preciso dar uma conferida em Dom, de qualquer forma. Faz um tempão que está sozinho lá em cima.

Tudo isso aconteceu horas atrás. Agora estou com a mão na maçaneta e o coração na garganta, prestes a encarar o maior desafio do dia, se não de todos os tempos: me declarar para a estagiária mais irritante do planeta.

Rafaela desce um minuto ou dois depois de mim. Por pouco não pegamos o mesmo elevador. Ela está tão linda, enfiada numa calça laranja e usando sandálias que lembram plataformas, mas sei que têm outro nome. Sorri timidamente ao me ver, mas mantém o passo firme. Parece que me desafia a apreciá-la. É o que faço.

— Soube que está rolando uma espécie de festa na praça, com aquelas barraquinhas de comidas típicas e artesanato local, sabe? — sugiro de modo indireto.

— Esqueceu que sou do interior? Conheço essas comemorações melhor do que ninguém. — Rafaela pisca de modo sugestivo, e meu coração dá uma rateada. Ah, nem me reconheço direito.

— É mesmo. São Pedro dos Ferros é cultura!

A gente sai envolto num clima gostoso, de flerte enrustido, meio que sabendo que há algo por vir. Caminhamos lado a lado, como tantas vezes durante nossas saídas juntos a trabalho, mas com o diferencial de arranjarmos pretextos constantes para esbarrar um no outro, de modo aparentemente não deliberado.

O trajeto até a praça é curto. Logo nos deparamos com a movimentação do lugar, cheio de pessoas descontraídas e amistosas. Além das barracas e do cheiro maravilhoso das iguarias oferecidas aos visitantes, uma banda de música sertaneja garante a diversão de todo mundo. Não que eu goste do estilo, no entanto confesso que não demoro a entrar no clima.

Pelo jeito, não sou o único. Se o sorriso fácil no rosto de Rafaela for indício de que ela também está aproveitando o momento, somos dois seduzidos pelo ambiente.

— Está feliz? — pergunto assim que escuto um suspiro satisfeito.

— Estou me sentindo como se estivesse de férias. Até que foi uma boa, depois do horror que vivi ontem, vir parar aqui hoje. Este lugar é mágico.

Concordo com ela. Há uma enorme chance de Luciana ter providenciado essa viagem para oferecer a Rafaela uma oportunidade de se afastar dos tormentos atrelados ao sequestro. De qualquer forma, providencial ou não, nossa editora acertou em cheio.

— Não sei você, mas estou faminto. — Aponto para um carrinho de cachorro-quente. Sou capaz de comer qualquer coisa.

— Somos dois.

Posso não ser um homem das antigas, mas ainda acredito no cavalheirismo. Rafaela insiste em pagar a própria comida, atitude da qual discordo com veemência. Eu preciso que ela enxergue em mim uma pessoa diferente daquela com quem se acostumou. Não sou o ogro sem coração que muitas vezes pareci diante dela, de propósito, o que é pior.

— Ah, então pague! — Por fim, Rafaela se dá por vencida. — Não vou arranjar encrenca por causa de uns poucos reais.

Armo um sorriso presunçoso, embora eu não esteja bancando um jantar legal nem nada do tipo. É só um sanduíche de rua, mas ainda assim me considero merecedor dos louros pela vitória. *Ela está cedendo*, penso animado.

— A noite está tão linda, não é? — comenta Rafaela com olhar sonhador. — Quando em BH conseguimos ver um céu assim?

Se ela pensa que vou admirar as estrelas, está enganada. Não tenho forças para olhar para coisa alguma, a não ser a estagiária a míseros palmos de distância. Quero muito beijá-la e chego a ensaiar o primeiro passo. Porém a mudança de banda no palco altera a rota das minhas ações.

Hits adolescentes passam a dominar a festa, o que agrada a boa parte dos presentes. Logo o centro da praça se torna uma pista de dança improvisada.

— Quer dançar também? — Solto essa ideia de repente, embalado pela perspectiva de ter Rafaela em meus braços. E nem espero a resposta. Eu a agarro pelas mãos e a arrasto até o meio da pista.

— Ei! Espera. Não sou boa nisso. Esqueceu que tenho dois pés esquerdos? — Rafaela protesta, com medo de dar vexame.

— Ah, deixa disso! Vamos nos divertir.

Colo meu corpo ao de Rafaela e executo uns passos meio descoordenados, que nos fazem gargalhar.

— Você é pior que eu — acusa ela.

— Sou nada. — Para minha sorte, a banda começa a tocar um forró do Fala Mansa, febre nas festas dos tempos da faculdade. Então posso mostrar meu talento, conduzindo Rafaela com bastante traquejo.

— Quem diria, hein? Nisso, você é bom.

— E em outras coisas também. — Dou uma piscadinha antes de executar um giro mais ou menos elaborado. O corpo de Rafaela acaba ainda mais colado ao meu (se é que é possível), que se retesa de excitação.

O perfume que ela usa afeta meus sentidos, causando uma espécie de frenesi por antecipação. Ah, se tudo sair como espero, vou me considerar um filho da puta de muita sorte.

— Ai, desculpa. — Rafaela se enrola nos próprios pés, não fazendo nada diferente do que costuma ser, ou seja, atrapalhada. — Eu disse que isso não ia dar certo.

Discordo. Está dando mais do que certo.

Com o objetivo de provar que ela está fazendo um mau juízo da situação, eu a seguro pelas mãos e a faço girar em torno de si mesma. Não foi um movimento elaborado. Longe disso. No entanto, Rafaela não chega a terminá-lo, pois, de repente, solta um grito sufocado e, antes que eu tenha tempo de reagir, acaba estatelada no chão.

Nosso destino depois da cena: o pronto-socorro mais próximo.

O plantonista do PS é um sujeito muito folgado e cara de pau. Estou notando essa característica irritante desde o instante em que cheguei com Rafaela nos braços. Ele é pior do que aquele outro médico, o tal dr. Daniel, que a atendeu no hospital Mater Dei quando ela se chocou contra a porta de vidro do spa onde se embelezava a bandida da Lucinha Marinho.

— Dói muito aqui? — quer saber ele, uma mão muito boba subindo além da conta pelo tornozelo da *minha* estagiária.

— Um pouco.

— Vou pedir a radiografia. Só assim saberemos se houve fratura ou apenas uma entorse. Tudo bem?

Rafaela assente, e eu torço o nariz. Duvido que o doutorzinho trate todos os pacientes com tanta consideração. Levando em conta o que sabemos sobre o Sistema Único de Saúde, acho muito difícil.

— Desculpa... — Os lábios dela se movimentam silenciosamente, formando essa única palavra.

Eu me aproximo e ajeito uma mecha de cabelo que cai sobre seu rosto. Trata-se de um gesto delicado e atencioso, mas que me anima ainda assim.

— Não tem por quê. Eu que não deveria ter executado aquele passo estilo *Dirty Dancing*. Estava me exibindo — brinco.

— Até parece! Bernardo, você está longe de dançar como Johnny Castle.

Não tenho oportunidade de retrucá-la, já que o médico folgado volta com o pedido de radiografia e encaminha Rafaela para a sala de imagens. Fico do lado de fora, andando com as mãos enfiadas nos bolsos da calça, louco por notícias — peço perdão pelo trocadilho.

Funcionários do pronto-socorro passam por mim, mas eu nem registro suas feições. Estou de olhos grudados na porta fechada que deixou Rafaela trancada com o plantonista.

— Deixa disso, Bernardo! — ordeno a mim mesmo. Afinal, não sou assim, movido a ciúmes.

Frustrado comigo mesmo, bagunço os cabelos e solto um longo suspiro. Eu preciso aprender a me controlar quando se trata de Rafaela e das reações que ela provoca em mim.

Minutos depois, ela deixa a sala de radiografia mancando, com apenas uma tornozeleira ao redor da luxação.

— Não houve fratura — o médico aponta o óbvio. — Só uma leve torção, que vai requerer repouso e analgésicos.

— Ótimo.

Ainda que não seja nada, pego Rafaela no colo e vou com ela até o ponto de táxi, ignorando seus protestos. A corrida não dura três minutos. Logo descemos na entrada do hotel, onde volto a carregá-la.

— Bernardo, por favor, não precisa fazer isso.

— Sei que não, mas eu quero.

Claro que chamamos bastante atenção ao passar pela recepção do hotel desse jeito. Não fosse a faixa no pé, muitos pensariam que somos um casal desesperado que mal pode esperar chegar ao quarto para dar início a uma noite de sexo selvagem. Quem me dera!

— Ai, que vergonha... — murmura Rafaela, o rosto enterrado no meu peito.

Eu a levo até o seu quarto e faço a gentileza de abrir a porta para ela.

— Prontinho. Está entregue, inteirinha. — Coloco Rafaela no chão antes de analisar de longe seu tornozelo. — Ou melhor, quase.

— Obrigada — diz sorrindo. — Não tenho palavras pra justificar minha descoordenação. Eu sempre acabo estragando tudo no final.

— Não estragou nada. Estar com você é garantia de diversão, Rafa. Não temos um só momento de tédio.

Eu vou beijá-la. Não tivemos *a* conversa, mas podemos alterar a ordem dos acontecimentos. Inclino meu rosto até ficar a centímetros do dela. Mas, antes de seguir em frente, sinto necessidade de esclarecer uma questão que ainda me incomoda.

— Rafa, o que há entre você e o Marcelo? Por acaso estão juntos?

Rafaela retesa o corpo instantaneamente. É mais que nítido seu desconforto diante da minha dúvida. Sua reação também me atinge. Eu me empertigo, à espera de uma resposta que não vai me agradar, pelo jeito.

— Acredito que não tenho por que discutir isso com você. — Essa é a resposta que me dá. Rafaela não se constrange em ser dura.

Talvez eu tenha me enganado a respeito dos sinais. Vai ver, minha autoconfiança está com a calibragem corrompida.

— Tudo bem — resmungo, batendo em retirada antes que meu papelão fique ainda maior.

Só dentro do meu quarto me permito extravasar a raiva pelo fora que acabei de levar. Grito alguns palavrões enquanto entro no chuveiro socando as paredes. Eu não aprendi nada mesmo durante o convívio com Valentina. Já era tempo de saber que as mulheres são peritas na arte de emitir sinais ambíguos e de recuar quando percebem que foram além.

Valentina fez sombra na minha vida por uma eternidade. O que aquela mulher aprontou comigo não é fácil de ser assimilado. Ainda assim, depois de anos, acreditei estar pronto para um relacionamento de novo.

Visto uma calça de moletom e me questiono como será daqui para a frente. Devo aceitar o emprego no exterior? Vou conseguir conviver com Rafaela sem permitir que a mágoa interfira no trabalho?

Em meio a esses questionamentos, ouço uma batida hesitante na porta. Eu a abro sem expectativas, mas não deixo de me surpreender. De pijama, pé enfaixado e pálida feito um fantasma, é Rafaela quem dá o ar da graça.

— O que houve? Você está bem? Seu tornozelo está doendo?

É só o que penso. Por que razão ela viria me procurar, a não ser por estar com problemas no raio daquele tornozelo torcido?

Mas Rafaela não responde a nenhuma das questões. De um jeito estranho, fica me olhando fixamente, como se nunca tivesse me visto na vida. Me admira o súbito interesse por mim, rechaçado sem cerimônia minutos atrás.

Não faço isso por vingança, mas me mantenho impassível. Cruzo os braços e devolvo seu olhar, sem mover um milímetro. Seja lá o que tem a dizer, vai ter que assumir a situação por si só.

— Posso entrar?

Arqueio as sobrancelhas, considerando tudo muito esquisito. Apesar disso, chego para o lado e dou passagem a Rafaela, que anda com certa dificuldade. Horas antes eu teria perguntado se ela precisava de ajuda. Agora meu orgulho me impede de ser atencioso.

Rafaela está inegavelmente agitada. Custa a me encarar depois que chega ao interior do quarto. Antes, dá uma conferida em tudo ao redor. E, quando me olha, enxergo uma batalha sendo travada dentro daquele olhar de caramelo derretido.

Ela inspira fundo uma, duas, três vezes. Então manda de uma vez:

— A resposta é *não*.

Enrugo a testa, porque tenho quase certeza de que perdi o início da conversa. Não me lembro de ter ouvido outra frase antes dessa.

— Para qual pergunta?

— Para a que deixei sem resposta mais cedo. — Outro suspiro, agora ainda mais profundo. Parece que o tornozelo a incomoda, pois ela alterna a perna de apoio o tempo inteiro.

Eu já saquei aonde Rafaela quer chegar, e meus sentidos entram em alerta, só na expectativa, porém não digo nada. Eu me recuso a tomar outro fora.

— Não, o Marcelo e eu não estamos juntos. Tentamos ultrapassar os limites da amizade, mas não deu certo.

Ah, que notícia incrível! Meu coração bate acelerado em resposta. Não dou conta de segurar o sorriso que ameaça rasgar meu rosto. Ando devagar até ficar bem perto de Rafaela, a ponto de perceber quanto está trêmula.

— Sério? — provoco. — Isso quer dizer que nós podemos atravessar a linha do relacionamento estritamente profissional?

— S-sim — gagueja ela.

Eu quase não acredito no que ouço. Será influência da empolgação, ou Rafaela acaba de assumir que deseja um algo mais comigo tanto quanto quero com ela?

Eu dou um jeito de encurtar a pouca distância que nos resta. Agora um movimento mínimo nos colocará colados um ao outro.

— Pergunta número três — levanto os dedos da mão direita enquanto pronuncio as palavras num tom quase inaudível —: Ficaremos estagnados no nível da amizade?

Agora é com ela. Se estiver mesmo disposta a ficar comigo, terá de ser sincera.

Rafaela primeiro desvia os olhos para o piso, mas logo os ergue para me encarar. Suas bochechas estão coradas, claro sinal de embaraço. Movimento as sobrancelhas, incentivando-a a prosseguir.

— Espero que não.

Mal assimilo a resposta e já estou em cima dela. Esperei tanto por este momento que não posso mais refrear meus impulsos. Puxo Rafaela pela cintura e pressiono minha boca à dela. Ela tem os lábios macios, como eu imaginava. Aproveito a sensação, tocando-os com delicadeza. Rafaela solta um suspiro, preenchendo meus sentidos com seu hálito, que tem cheiro de pasta de dente. Eu me empolgo tanto que gemo sem me afastar dela nem por um instante. E, para melhorar a situação, ela joga os braços sobre meus ombros e enlaça meu pescoço, me puxando para mais perto. Era tudo o que eu precisava para enlouquecer. Estimulado pelo convite de Rafaela, eu a agarro pelos cabelos e dou um jeito de aprofundar nosso beijo, que perde toda a delicadeza e se torna feroz, guloso, possessivo.

Sempre estranhei quando alguém afirma ver estrelas ou sentir uma corrente elétrica ao beijar outra pessoa. Para mim, essas declarações nunca passaram de exagero ou frases comuns em livros de amor. Mas acabo de comprovar que sensações como essas podem existir de verdade. Meu corpo inteiro treme por ter Rafaela, finalmente, em meus braços. Já estive com muitas mulheres, porém nenhuma delas conseguiu mexer tanto assim comigo, nem mesmo Valentina no nosso auge.

Se eu pudesse, impediria que esse momento acabasse. Penso que, por mais que fiquemos juntos, nunca será suficiente para mim.

Percorro as mãos pelas laterais do corpo dela, motivado por sua empolgação, visível de todas as formas possíveis. Rafaela não se contenta em me apertar junto a ela, mas também beija meu pescoço, mordisca meus lábios e meu queixo, e geme durante toda a ação. Tudo o que quero é levá-la para a cama, tirar esse pijama de adolescente e aproveitar cada momento introduzindo-a ao mundo dos prazeres sexuais. Infelizmente, compreendo que a noite de hoje não progredirá nessa direção. Eu me lembro muito bem de Rafaela confessar que ainda é virgem — embora não entenda como chegou aos vinte e um anos sem ter transado ainda.

Tudo bem se não vamos chegar a esse ponto. Mas uns avanços mais arrojados não farão de mim um aproveitador sem coração. Até porque meu *coração* já está bastante envolvido nessa história.

Animado com a perspectiva de elevar a temperatura, desço as mãos um pouco mais e, em vez de ser repreendido, acabo *surpreendido* por Rafaela, cujos dedos se esgueiram por meu abdômen e sobem até meus ombros, deixando uma sensação muito gostosa. Nem tento esconder quanto fico excitado. Ela não é boba. Sabe que está me enlouquecendo.

Tudo vai se intensificando, dos beijos à pegação. Temo não conseguir me segurar se avançarmos demais. Sem me soltar dela, conduzo-a pelo quarto, em direção à cama. Por mais que a gente fique apenas nos amassos, preciso senti-la sob meu corpo.

— Ai!

Congelo meus movimentos. Será que machuquei Rafaela?

— Rafa, o que foi? Machuquei você? — Eu a encaro, morrendo de preocupação. Seu rosto está vermelho, e os lábios, inchados. Tudo culpa minha.

— Não. É o meu pé.

Admito que esqueci completamente a torção. Claro que a dor se manifestaria. Eu fiz Rafaela andar de costas, de um jeito nada delicado. Não penso duas vezes: pego minha linda — e fogosa — estagiária no colo e a carrego até a cama, onde faço com que fique confortável.

Há roupas minhas espalhadas por todos os lados. Eu jogo tudo no chão, liberando espaço para que Rafaela se sinta bem. Em seguida, repouso o tornozelo machucado em cima de um travesseiro e subo a barra da calça do pijama dela, com o objetivo de avaliar o estrago — como se eu fosse algum doutor no assunto.

Na minha dispensável opinião, tudo parece normal; bem, normal levando em consideração o estado de Rafaela. Ainda assim me preocupo.

— Quer tomar um analgésico?

— Já tomei. Vai fazer efeito daqui a pouco, espero.

Porque ela conseguiu me tranquilizar, imediatamente abandono o lado ortopedista — recém-aflorado pela tendência a quedas e torções de Rafaela — e aproveito que meus dedos já estão em contato com a pele dela para atormentá-la com um carinho mais ousado. Eu os deslizo ao longo de sua perna, até quase o joelho, e depois volto para baixo. Percebo, pelos olhos anuviados, que Rafaela, neste exato instante, é só tesão.

Prendo o olhar dela ao meu, o que é suficiente para promover o aumento dos meus batimentos cardíacos. Ela, por sua vez, respira com dificuldade. É, vai ser muito difícil me controlar, mas, se me resta um pouco de hombridade, não economizarei a virtude com Rafaela. Ela precisa saber que pode confiar em mim diante de qualquer situação.

Então tomo uma atitude. Desde o instante em que soube que passaríamos a noite juntos em Caxambu, decidi ser claro a respeito dos meus sentimentos. Apesar de termos nos agarrado como se o mundo estivesse prestes a explodir, não falamos como chegamos a este ponto. Eu estou interessado em começar um relacionamento com ela. Mas e quanto a ela? Será que o interesse é recíproco?

— Está certo. Eu começo. — Rafaela passa na minha frente, fazendo crer que também tem algo a dizer.

Só que não lhe dou chance. Tenho pressa em me declarar.

— Você deve estar se perguntando como chegamos a este ponto. Eu me pergunto *por que* demoramos tanto a chegar a ele. — Sorrio para ela, que me estimula a continuar com um ligeiro levantar de sobrancelha. É muito linda! — Porque era só nisso que eu pensava de uns tempos pra cá. Achei que jamais conseguiria te dobrar, uma vez que criou uma resistência tamanho família contra mim.

— Me dobrar, é? — Pelo jeito, Rafaela não aprova o modo como apresento a situação. Não sou bom nessas coisas de me abrir. Mas vou continuar tentando.

— Você entendeu o que eu quis dizer.

— Sim, mas preciso esclarecer que você não me dobrou, Bernardo.

Meu coração retumba no peito. Mais uma vez, fico com medo de ter interpretado mal os sinais.

— Não? Então o que veio fazer aqui? E o que foi... isso entre nós?

Rafaela expira devagar. Cada segundo sem uma explicação é muito frustrante.

— Quando quis saber sobre o Marcelo, eu fui rude ao responder daquela forma. Fiquei com remorso, até porque já não nos tratávamos como dois lutadores de vale-tudo.

— Remorso? Então... — Posso ser homem, portanto preconceituosamente apontado como membro do gênero com menos sentimentos entre os dois tipos existentes. No entanto, prevejo que o fora de Rafaela vai destroçá-los.

— Espera. Deixa eu terminar — pede ela, as mãos para cima. — A verdade é que, por mais que eu tenha tentado me apaixonar pelo

Marcelo, que ao contrário do que você pensa é um cara superlegal, nunca consegui. Nunca, Bernardo, porque... porque...

— Porque... — Aproximo meu rosto do dela, ansioso demais para aguentar a agonia. Por isso, faço pressão.

— Porque ele não é... você. — Rafaela pronuncia o "você" tão baixo que mal a escuto. Mas eu sei que foi exatamente isso que ela disse porque, devido ao esforço para ouvir, eu entendi muito bem a palavra. E talvez ela seja a mais incrível de todas que já escutei.

Envergonhada, cobre o rosto com as mãos assim que solta a declaração. Porém eu insisto que olhe para mim enquanto faço a minha. Puxo as mãos de Rafaela para baixo e uso as minhas para envolver o rosto dela. Olho profundamente nos olhos dela, de modo que não duvide de mim.

— Sabe, Rafa? Você não imagina de quantos modos eu quis matar o Marcelo. Pensar que vocês poderiam estar juntos, puxa, me enlouqueceu.

— Não entendo. Juro que não. Afinal, você me detestou desde a primeira vez que me viu...

Contorno os lábios dela com os dedos. Permanecem inchados e eu quero beijá-los mais e mais, a noite inteira se possível.

— Sim. Não nego. Detestei ter que virar babá de estagiária. Detestei admitir que seu texto é excelente. Odiei seus saltos por deixarem você gostosa, suas roupas bonitas, o fato de todos gostarem de você.

Rafaela parece não compreender a enormidade das minhas declarações, porque faz força para se livrar de mim. Mas eu não permito.

— Porque você tinha razão. Eu sou um idiota metido a besta que não sabe trabalhar em equipe. Ou não sabia. Porque você me transformou, Rafa. Cheguei a um ponto de só querer estar do seu lado, de desejar passar todo o tempo do mundo com você, trabalhando ou não.

Ela fecha os olhos, depois de soltar um longo suspiro.

— Pra você ter uma ideia, percebi que sentia algo por você quando me peguei sentado na sua baia resvalando os dedos no seu teclado, tentando sentir sua presença. Loucura, né?

— Quer dizer que...

— Quero dizer, Rafa, que não sei ao certo desde quando, embora compreenda bem o porquê, mas estou louco por você. Não louco de raiva. Louco... por você.

Capítulo 20

Nunca se esqueça de que o jornalista funciona como ***intermediário*** *entre o fato ou a fonte de informação e o leitor.*

Quatro anos antes...

Faltavam poucos meses para que eu concluísse o curso de Jornalismo, e estava às voltas com a produção do projeto experimental, o trabalho de três semestres que tem requisitos parecidos aos de uma monografia, com a diferença de ser feito em grupo. Quando escolhi o tema, ainda namorava Valentina. Portanto acabamos ficando no mesmo grupo, como sempre.

Que ela nunca foi uma pessoa muito fácil de lidar, eu já sabia. Valentina costumava se apresentar como "chefe" dos trabalhos que fazíamos em dupla e achava que me deixar com as partes mais difíceis era um grande favor que me fazia. Eu fingia que entrava na onda dela, mas acabava agindo segundo meu próprio esquema.

Depois que nos afastamos, aguentar seu humor carregado durante as reuniões do projeto se tornou uma tarefa árdua. Primeiro porque eu mal conseguia dirigir a palavra a ela, que se recusava a falar comigo e, principalmente, a permitir minha aproximação da barriga que guardava meu filho. O segundo obstáculo era a recusa de Valentina em aceitar as opiniões que eu levantava. O grupo tinha mais três pessoas além de nós dois, e todas acabavam do lado da minha ex, devido à gravidez e porque eram mais amigas dela.

Por fim me tornei um peso morto, porque preferia engolir a raiva a entrar em atrito com a mulher que estava imbuída na missão de transformar minha vida num inferno. Se tudo o que eu precisava fazer era concordar com o grupo e, no final do ano, sair da faculdade com o diploma debaixo do braço, depois de ver o projeto aprovado pela banca de examinadores, por mim, tudo bem.

Eu participava das reuniões e voltava para casa às vezes frustrado; outras vezes, de consciência tranquila. Se minhas ideias eram descartadas sem cerimônia, eu é que não iria me martirizar por isso.

A cada dia eu chegava à conclusão de que fazer trabalhos em grupo podia ser uma verdadeira droga.

Acontece que o pior ainda nem havia acontecido.

No penúltimo semestre do curso, o professor de fotojornalismo marcou uma atividade avaliativa individual e complexa. Ainda que demandasse um tempo maior que o normal, gostei da proposta. Aproveitei uma ideia antiga, não aprovada pelo grupo do projeto experimental, e a desenvolvi dentro da disciplina. No final, minhas expectativas estavam altíssimas quanto ao resultado do trabalho.

No dia da apresentação, fiquei torcendo para que chegasse logo a minha vez. Mas um sorteio definiu a ordem das apresentações, me jogando para o final da fila. Paciência. Assisti a meus colegas se dando tanto bem quanto mal, como em qualquer trabalho acadêmico. Porém eu não temia a minha hora. Pelo contrário, eu a ansiava.

Até que Valentina foi para a frente da sala e expôs seu projeto. Com segurança, ela apresentou imagens e conteúdo, atraindo todas as atenções para si, inclusive a dos alunos que nunca se interessavam por coisa alguma.

Sim, o trabalho estava bom. O problema era que parecia uma cópia quase fiel do meu. Escolhi representar personagens de histórias consagradas contextualizadas em situações atuais de conflito, usando o gancho de uma fotógrafa canadense, Dina Goldstein, que registrou personagens de contos de fada em cenários contemporâneos.

Se Valentina não tivesse me ouvido sugerir o tema semanas antes, eu aceitaria que tudo não passou de uma infeliz coincidência. Mas não era esse o caso. A maquiavélica não só roubou minha ideia como a fez passar por original.

Quando chegou a minha vez, argumentei com o professor que as semelhanças não podiam ser consideradas inocentes. Ele não quis discutir o assunto diante da turma toda e pediu que Valentina e eu ficássemos para conversar depois da aula. Claro que ela armou uma cena, levantou várias acusações contra mim e ainda insinuou que eu havia usurpado a ideia dela.

Para não tomar uma decisão injusta, o professor aceitou os dois trabalhos e deu a nota máxima a ambos. Mas eu queria que Valentina tivesse recebido o que merecia.

Saí da sala puto, quase incontrolável. Eu não imaginava o que poderia ter feito de tão grotesco para merecer as artimanhas de Valentina como castigo. Aquela mulher era o diabo em pessoa.

Hoje

Faço, de longe, o sinal de positivo para Fernando e me apresso até a antiga sala de revelação fotográfica, atualmente usada como arquivo alternativo do jornal, já que faz anos que aderimos ao processo de revelação digital.

Desde que Rafaela e eu nos demos bem — mais do que bem — lá em Caxambu, venho me desdobrando para arranjar alguns momentos a sós com ela. Só nossos encontros fora do horário de trabalho não me satisfazem. Nem a ela, como pude perceber várias vezes. Mas ainda estamos naquele processo inicial, indo devagar — para mim, devagar demais; para ela, nem tanto. Respeito muito a virgindade de Rafaela, porém não vejo problema em, sempre que possível, acelerar as coisas entre nós.

Outro dia perguntei por que se manteve virgem até hoje, considerando que é raro alguém passar pela faculdade sem ter feito sexo no mínimo uma vez. Com um embaraço muito fofo, Rafaela declarou que jamais surgira a oportunidade, uma vez que nunca levara um namoro a sério.

— E não consigo assimilar o tal do sexo casual — concluiu por fim.

Considerei a explicação plausível; só não entendo como uma garota como ela pode ter ficado tanto tempo sem namorado. Garanto que pretendentes não faltaram. Bem, agora ela tem um, e, para minha sorte, sou eu.

A sala está envolvida pela escuridão. A cena que pretendo reproduzir dispensa energia elétrica. Rafaela e eu juntos já produzimos eletricidade o suficiente. Ouço a maçaneta da porta girando. Em seguida, a luz da redação irrompe por meio da fresta aberta. Antes que minha linda estagiária se dê conta do meu plano, empurro o corpo dela contra a parede, tomando o cuidado de tapar sua boca com a mão, para impedir que grite.

Resvalo meus lábios aos dela, que finalmente entende o que está acontecendo.

— Você está louco?! — protesta, tentando parecer irritada. Mas sei que é só fachada, pois, assim que a beijo de verdade, sou recompensado com a mais fogosa das reações. Rafaela empurra meu pescoço para baixo e intensifica o beijo.

— Totalmente — respondo, sem deixar os lábios dela.

Meu corpo pega fogo e eu preciso me concentrar, e muito, para não explodir sem ter feito absolutamente nada. Mas é difícil, levando em conta que estamos sozinhos, em completa escuridão, agarrados um ao outro e executando manobras com as mãos e a língua que provavelmente deixariam atores de filmes pornográficos no chinelo.

Seguro Rafaela pela cintura e a ergo de modo que enrosque suas pernas em volta de mim. Não vejo, mas tenho certeza de que ela deve estar muito *sexy*, prensada contra a parede e de sapatos de salto alto. Uma visão para nunca ser apagada da memória. Aprofundo o beijo, o que aumenta nossa sofreguidão. Neste momento somos gemidos, arfadas e sussurros. Estou no limite da excitação.

Usando uma calça agarrada ao corpo, sei que Rafaela, nem com toda a sua inocência, é capaz de ignorar o que está acontecendo comigo.

— Bê... — Ela geme, elevando a um nível estratosférico minha empolgação apenas por ter me chamado de "Bê".

Livro os lábios dela porque quero muito escutar o apelido de novo. Mas minha boca não sai de cima dela e passa a ser agente de chupadas, lambidas e mordidas em seu pescoço, seus ombros, seu queixo...

— Hum, Rafa, até quando vou aguentar isso? — Pergunta retórica, embora eu anseie por ouvir como resposta um *não mais*. — Nossa, você é tão linda e hum... Deliciosa. Ai, minha lindinha, você quer me matar?

Procuro o botão da calça dela, enquanto minha outra mão desliza por dentro de sua blusa. Mas, antes que eu consiga atingir ao menos um dos objetivos, Rafaela empurra meu peito e se solta, dando um jeito de impor certa distância entre nós.

— Chega. — Ela espalma as duas mãos, erguidas na frente do corpo. Sua respiração indica que está tão abalada quanto eu.

— Mas, Rafa... — Tento pegá-la de volta, porém ela é rápida ao se esquivar.

— Estamos trabalhando, Bernardo. E a porta nem está trancada. Não é o lugar certo.

— E qual é o lugar certo? Ou melhor, quando? — Minha voz sai num tom não muito gentil. Está mais para impaciente.

Eu me arrependo de ter feito essas cobranças assim que vejo a cabeça de Rafaela pender para a frente. Suspiro, me xingando por ser insensível. Eu quero essa garota mais que tudo. Se agir como um babaca, contudo, logo a perderei.

Envolvo o rosto dela com ambas as mãos e o trago até o meu. Então declaro pausadamente, sem tirar os olhos do dela, de modo que não duvide da minha sinceridade:

— Não importa. Fui movido pelo calor do momento. Nossa hora chegará.

Hoje faz um mês que Rafaela e eu estamos juntos, e vamos sair para comemorar. De uns dias para cá, as coisas entre nós estão mais sérias e intensas. Só de encostarmos um no outro, pressinto que ficamos prestes a entrar em erupção.

Cid me encara com curiosidade enquanto acabo de me arrumar. A sensação de não saber se está bem-vestido não é exclusiva às mulheres. Visto uma calça jeans escura, camisa preta com mangas arregaçadas até pouco abaixo dos cotovelos e botas marrons. Meu cabelo, mais comprido que o normal, não se ajeita como quero. Com um suspiro resignado, acabo deixando para lá.

É uma merda, essa história de tentar impressionar uma garota de quem se está muito a fim, ainda mais ela sendo toda ligada nessas questões bestas de moda. Quando conheci Rafaela, tive a impressão de que era uma pessoa muito fútil. Mas com o tempo percebi que gostar de se arrumar não é necessariamente um defeito nela. Está mais para uma manifestação artística. Resumindo: ela não é uma cabeça de vento que só se preocupa com as aparências. Já tive provas mais que suficientes do contrário.

— É, amigo. Um pouco de torcida não vai me fazer mal — falo para Cid, que espirra ao receber respingos do perfume que acabo de passar.

Nesta noite, durante o jantar, pretendo revelar a Rafaela quanto estou apaixonado. Sei que dou a entender isso todos os dias, embora acredite que traduzir minhas ações em palavras não vai nos prejudicar em aspecto algum.

No começo da semana, assim que ela chegou ao trabalho e ocupou seu lugar de frente para mim, quase mandei uma mensagem via sistema de comunicação interna do jornal, assumindo meus sentimentos. Rafaela estava linda e me lançou um sorriso tão caloroso que aqueceu meu peito. Fernando soltou uma piadinha boba, mas o que me impediu de verdade de agir como um imbecil pegajoso foi justamente essa percepção, ou seja, a de me sentir um *imbecil pegajoso*.

Pronto, enfio a chave do carro no bolso e saio, não sem fazer um afago atrás das orelhas de Cid. O pobre coitado anda carente, porque, admito, tenho aberto mão das corridas noturnas pela Bandeirantes para passar mais tempo, físico ou virtual, com minha *estagiária*.

Não demoro a chegar ao prédio dela. Enquanto subo os andares de elevador, desejo ardentemente que a noite se desenvolva segundo a ordem natural dos relacionamentos quentes, o que significa Rafaela se entregando a mim enquanto me considero o maior sortudo por ter a honra de poder lhe mostrar o que é sentir prazer nos braços de quem a gente... *ama*?

Será?

Melhor não analisar demais. Já errei uma vez ao acreditar que amava uma garota.

No momento, o que me amedronta mais é não estar seguro de que serei o que Rafaela espera em sua primeira vez. Nunca tirei a virgindade de ninguém. Para mim é algo bem tenso. A ideia é tensa por si só.

Esqueço todos os meus temores assim que Rafaela puxa a porta do apartamento e me convida a entrar. Ela é só sorrisos e aroma de sabonete e xampu. Considerando que ainda está de roupão e não pronta para sair, é certo que acabou de tomar banho. Mil imagens desse momento atormentam meu cérebro.

— Oi, minha lindinha. — Eu a puxo para cima de mim e a cumprimento com um sussurro direto em seu ouvido. Já observei que Rafaela é toda sensível na região mais alta do pescoço. Gosto de torturá-la.

— Oi. — Ela é puro dengo. Estou prestes a sugerir uma mudança nos planos. Em vez de sair para jantar, ficarei bem satisfeito em permanecer no apartamento, de preferência no quarto dela. — Estou quase pronta. Espera?

— Claro que sim. — Melhor seguir as etapas originais do plano.

Rafaela agarra meu braço e me encaminha até o quarto, que não faz jus à ideia que criei sobre ele. Levando em conta a propensão da minha namorada à organização, as coisas me parecem bem zoneadas. Sobre a cama, onde sento sem cerimônia, vejo um mar de roupas descartadas, além do notebook, fechado em cima do travesseiro. Na estante de livros, que ocupa toda a extensão de uma das paredes, as obras só faltam pular. Nunca conheci ninguém que tivesse tantos livros assim.

Ao pé da cama, a preguiça em forma de cachorro, Dom, dorme esparramado. Apoio o braço no joelho e alcanço a cabeça dele para lhe fazer um carinho. Ele geme sem sequer abrir os olhos.

— Esse cachorro precisa descobrir novas fontes de prazer. Vai acabar ficando obeso de tanto dormir.

— Ele é preguiçoso como a dona — comenta Rafaela distraidamente.

— Discordo — retruco, ficando de pé para encostar meu corpo ao dela. Inspiro fundo, absorvendo seu aroma. — Dom tem uma dona muito motivada. — Afasto a manga do roupão de Rafaela até que um dos ombros esteja aparente. Com a ponta dos dedos, deliberadamente lento, traço círculos no lugar. — E responsável. — Ela fecha os olhos e ofega. Aproveito a baixa de guarda para resvalar meus dentes em sua pele recém-saída do banho. — Além de competente. Uma parceira e tanto.

Minha voz não passa de um sussurro, porque a brincadeira deixou de ter graça. Agora estou queimando de dentro para fora.

— Porém, acima de tudo isso, Dom é um felizardo porque dorme todos os dias com uma garota muito *sexy* e linda. — Com a língua, percorro uma trilha que vai da base do pescoço até um pouco abaixo da orelha de Rafaela, que se arrepia. — E eu quase morro de inveja dele por causa disso.

Sinto quando a hesitação de Rafaela perde para a certeza. Ela está pronta para mim. Nada poderia me deixar mais realizado. Mas não vou pressionar. Bobagem ou não, quero que a decisão seja dela. Se me disser, neste exato momento, que podemos seguir em frente, longe de mim bancar o herói esquivo típico dos romances de meninas. Caso contrário, tudo bem também.

Olho para Rafaela, na expectativa. A gente se encara por alguns segundos, e eu registro o instante exato em que ela fraqueja. O clima se desfaz.

— Dom, seja um garoto bonzinho e faça companhia a Bernardo. — Disfarça, ganhando distância. — Vou terminar de me arrumar no banheiro.

* * *

Assim que Rafaela some de vista, me jogo de volta na cama e caio de costas sobre a pilha de roupas e umas almofadas. Algo me espeta bem nas costelas. Tateio o colchão às cegas e encontro uma pasta dessas cheias de plásticos, bem feminina. A princípio, imagino que seja um portfólio, um arquivo físico dos textos que Rafaela já assinou. Muitos estudantes de Jornalismo têm esse costume.

Então eu abro a pasta, não com a intenção de espiar. É um gesto automático, movido pela curiosidade de ler matérias antigas escritas por minha namorada. Mas, de cara, percebo que invadi um mundo muito particular. Só que agora é tarde. Depois de ler o título "O GAROTO DA MOCHILA XADREZ", automaticamente me sinto mais que compelido a prosseguir, mesmo consciente de que estou sendo invasivo.

Trata-se de um diário, começado há *dez anos*! O primeiro texto fala de uma viagem a Iriri, que Rafaela fez com a família, onde se tornou obcecada por um menino que andava de bicicleta, sempre sozinho, e carregava nas costas uma mochila xadrez.

Não é possível!

Passo para a próxima página, com o coração martelando feio meu peito. Algo me diz que minha curiosidade vai dar em merda.

> *Então, para mim, ele é só o garoto, ou, quando muito, o garoto da mochila xadrez, que, ao encontrar seu olhar com o meu, encheu meu coração de algo inominável.*

Rafaela deixa cair alguma coisa no banheiro. Eu me assusto, porque reconheço que estou ultrapassando limites. Mas não paro. De repente me vem a sensação de que conheço o personagem principal do diário dela.

> *Eu queria me juntar a ele e compartilhar suas aflições. Dizer que podia confiar em mim e passar o resto dos meus dias de férias com ele, dividindo segredos, inventando brincadeiras.*
>
> *Impossível, eu sei. Eu era uma criança; ele, um adolescente que provavelmente tinha intenções muito diferentes das minhas.*

Mas o garoto estava se aproximando. Ele, seus olhos azuis e seus mistérios.

Devoro cada palavra diante de mim. São tantos textos, tantas páginas, que a pasta está estufada. Rafaela viveu metade da vida presa a uma lembrança fugaz. Logo, abriu mão de ter uma vida de verdade, quero dizer, um relacionamento genuíno, porque criou expectativas inalcançáveis em relação ao menino que ela chama de o garoto da mochila xadrez.

Se me restava alguma esperança de que não estou interpretando tudo errado, ela desaparece assim que me deparo com a página seguinte.

O garoto já significou várias coisas para mim. Aos dez anos de idade ele era apenas um enigma, um mito, talvez um símbolo de liberdade para uma menina praticamente enclausurada. Eu não pensava nele com sentimentos românticos.

Isso não impediu que, aos doze, ele aparecesse como o mocinho perfeito de quase todos os meus sonhos, o personagem principal de todas as minhas redações do colégio. Eu o imaginava chegando de surpresa na escola, matriculando-se em alguma série mais adiantada que a minha e me reconhecendo assim que desse de cara comigo no recreio.

Aos dezesseis, eu reparava em qualquer garoto que fosse uns quatro anos mais velho que eu e tivesse olhos azuis. Devaneava se finalmente era ele, o meu garoto, e de vez em quando perguntava para um e outro se ele costumava passear em Iriri. A resposta? Não, não e não.

No meu aniversário de dezoito anos, ganhei uma mochila xadrez. Foi Gustavo quem me deu, alegando ter certeza de que eu adorava a estampa quadriculada. O que eu adorava mesmo era a imagem do meu garoto carregando nos ombros sua mochila xadrez.

Desde então, costumo usá-la bastante. Já viajei com ela, levo-a para a faculdade. Ninguém entende meu apego à mochila. Mas o fato é que, usando-a, sinto-me próxima do garoto, como se eu fosse uma simples mortal e ele, um anjo que se esconde, mas me protege há dez anos.

Deus, quando vou deixá-lo em paz?

Fantasias e mais fantasias, com uma pessoa que nem existe. Afinal, por mais que seja um indivíduo de carne e osso, ele nunca passou de uma ilusão para Rafaela.

Sei disso porque li quase tudo. Sei porque conheço o garoto.

Sou *eu*, na adolescência, tentando assimilar a separação inesperada dos meus pais, lutando para passar pelo momento mais duro da minha vida sem desmoronar, sem me revoltar. *Eu* sou o garoto da mochila xadrez. E *Rafaela* é a menina dos olhos molhados, aquela que, tantos anos antes, eu vi através da janela, com o olhar perdido em algum ponto qualquer da rua.

Esse ponto era *eu*.

Largo a pasta na cama e afundo a cabeça entre as mãos. Mais uma vez aquela incômoda sensação de ser insuficiente me encontra. Já vivi algo parecido duas vezes: quatro e dez anos atrás. Mas agora é ainda pior. Porque sou, ao mesmo tempo, a fantasia e a tentativa de superação, ainda que Rafaela desconheça esse fato.

No momento, é demais para mim. Fujo do apartamento enquanto posso. Não faço barulho nem deixo recado. Simplesmente sumo, como um covarde de merda.

Mas eu sou um ser humano, com o direito de surtar ao dar de cara com uma situação tão grotesca. Não sou o homem que Rafaela projetou. O garoto dela está longe de ser eu. Tampouco posso fingir que não encontrei o diário ou tratá-lo como uma coisa sem significado.

Não consigo raciocinar direito. Saio da casa de Rafaela e volto para a minha dirigindo feito um piloto de *stock car*. Minha primeira ação ao abrir a porta é buscar o número do telefone de Luciana nos meus contatos. Ela atende rápido.

— Bernardo?

— Lu, eu aceito a vaga.

— Aceita?

— Sim. Mas quero ir logo, o mais rápido possível. Pode ser?

Ela não responde imediatamente. Capto sua hesitação, que se manifesta verbalmente:

— Mas e a Rafa? Vocês não acabaram de se acertar?

Coço a nuca.

— Não quero falar sobre isso. O jornal não precisa mais de um correspondente internacional?

— Sim, mas você me pegou de surpresa.

— Lu, escuta. Eu estou dizendo que sim, eu vou. Não se preocupe com o restante. Só dê um jeito de me mandar para a Europa o mais rápido possível, tipo amanhã ou depois.

Ela solta uma risada seca.

— Impossível. As coisas não funcionam assim. Precisamos nos organizar.

Perco a paciência.

— Não. É tudo ou nada. Quero a vaga, mas sob essa condição.

— Está bem. — Luciana suspira. — Pode se preparar. Vou ligar para o Maurício e tentar, escute bem, Bernardo, vou *tentar* agilizar a transferência para o começo da semana. Está bom assim?

— Tá. Só me faça um favor.

— Outro, né?

— Sim, mais um. — Me jogo no sofá e esfrego os dois olhos com a mão livre. — Se Rafaela procurar por mim, mesmo que eu ainda não tenha ido embora, diga que já fui.

— O quê?! Mas isso é...

— Por favor, Lu — eu a interrompo. — Preciso que faça isso por mim.

Depois de uma longa pausa, finalmente ela responde:

— O.k. — E desliga.

Capítulo 21

*Procure banir do texto os **modismos** e os **lugares-comuns**. Você sempre pode encontrar uma forma elegante e criativa de dizer a mesma coisa sem incorrer nas fórmulas desgastadas pelo uso excessivo.*

Quatro anos antes...

Preciso falar com você.

Dias depois da trairagem de Valentina, fui surpreendido por uma mensagem dela, sucinta e direta. Eu não tinha a menor vontade de conversar com a pilantra e, se não fosse pelo meu filho, daria uma banana para ela.

Concordei em recebê-la no meu apartamento, só para estar no meu próprio terreno. Nem imaginava o que Valentina queria comigo àquela altura. Eu só esperava que não viesse me pedir desculpas por ter se vingado de mim de modo tão baixo.

Não assisto a novelas porque não tolero a apologia que fazem a atitudes bestas, como subir na vida a qualquer custo, consumismo exagerado, vingancinhas sem noção. Portanto, todo o drama promovido por Valentina me deixava mais que puto, porque ela havia transformado minha vida na porra de uma novelinha barata.

Quando a desgraçada surgiu na minha porta e eu olhei para ela, veio a constatação imediata: eu tinha perdido. Naquele jogo grotesco que armou desde que nos conhecemos, enfim Valentina chegou aonde queria. Eu estava derrotado.

Hoje

Não fui para a Europa tão rápido quanto exigi de Luciana. Burocracia pode ser um pé no saco. Então, por causa de documentação, papelada e não sei mais o quê, ainda fiquei uma semana em Belo Horizonte, entocado em casa, já que, para todos os efeitos, eu já tinha me mandado.

Na segunda-feira depois do fatídico encontro com o diário de Rafaela, cheguei cedo ao jornal, antes de todo mundo, e me enfiei na sala de Luciana, onde recebi todos os detalhes sobre minha nova função. Minha cabeça doía como o inferno; meus olhos, inchados, latejavam. Eu não via a hora de voltar para meu apartamento antes de esbarrar em um dos caras da editoria ou, pior, em Rafaela.

Mas, como o azar sempre surge em ondas, ir embora naquela hora não estava nos planos celestes para mim. Vi Rafaela caminhar cabisbaixa entre as mesas assim que abri a porta da sala de Luciana para sair. Meu peito se apertou, e a vontade de correr até ela foi grande. Eu nem sabia direito o que me impedia de fazer isso. Só sei que não fiz. Na verdade, corri na direção oposta e me escondi no banheiro, implorando à editora que não delatasse minha presença. Ela encarou meu gesto como atitude de uma infantilidade sem tamanho. Eu nem me dei ao trabalho de discutir. Apenas reforcei a exigência de me manter oculto.

Luciana fez cara feia, mas não retrucou. E poucos minutos depois, como eu imaginava, pediu que Rafaela desse uma passada na sala dela.

De dentro do banheiro, consegui ouvir o diálogo entre as duas.

— Rafa, por favor, sente-se. — Uma pausa e barulho de cadeiras sendo movidas. — Você sabe quanto eu gosto de você, não é? Sou mestra em avaliar caráter e não fugi à regra com você. Só tive a ousadia de propor o que propus quando chegou aqui porque me passou uma boa impressão. Ou melhor, superou minhas expectativas. Pouco tempo depois vejo que não errei ao lhe dar a oportunidade de ser mais que uma estagiária para o jornal.

Luciana se referia ao trabalho oferecido a Rafaela quando ela concorria à vaga de estagiária, proposta essa que me afetava diretamente. Desde que foi contratada, passei a ser seu mentor, que, num português mais chão de fábrica, significava "babá".

— Obrigada.

— Espero que fique conosco assim que se formar.

Isso, Luciana não precisava nem dizer. Deixar Rafaela ir embora depois do estágio seria uma perda lastimável para o jornal.

— Isso não cabe a mim.

— Eu sei. Mas é um desejo do jornal, que partiu do nosso editor-chefe.

Rafaela se mostrou surpresa. Para mim, era um reconhecimento lógico.

— E é bom que fique sabendo desde já das intenções da *Folha de Minas* em relação a você para que comece a se preparar.

— Me preparar?

— Sim. Porque daqui para a frente queremos ver você agir por si só.

Nesse ponto da conversa, acabei sacando que Luciana só estava preparando Rafaela para avisar sobre minha partida. Refreei o impulso de sair do banheiro e pedir que ela esquecesse tudo — o garoto, os textos, a pessoa que projetou — e permitisse que eu, do meu jeito, tentasse ser bom o bastante para seus padrões.

Mas como competir com um santo, com a porcaria de um mito?

— Não é segredo pra ninguém que você e o Bernardo estavam juntos — comentou Luciana, sem preâmbulos, usando o verbo no passado, demonstrando estar atualizada em relação à nossa história. — Desculpe tocar nesse assunto, mas ele me procurou no sábado e me fez um pedido que me pegou de surpresa.

Um novo silêncio preencheu a sala, bem mais longo dessa vez. Sem enxergar o desenrolar da cena, eu me sentia sufocado. Ou pela cegueira, ou pela culpa, ou pelo medo.

— Rafa, não sei o que de fato houve entre vocês nos últimos dias, juro que não. Porém, como não sou burra, claro que deduzi que a decisão dele está totalmente atrelada a esse relacionamento.

— Decisão?

— Você se lembra de quando mencionei que perderíamos o Bernardo mais cedo ou mais tarde, que ele era bom demais para ficar preso em Minas por muito tempo?

Não sabia que as duas haviam falado sobre isso. Quando teria sido?

— Bom, há um mês mais ou menos, um de nossos correspondentes na Europa pediu transferência de volta pra cá. A vaga foi oferecida imediatamente a Bernardo, que, apesar de ter gostado da proposta, recusou. Todo mundo tentou convencê-lo, mas foi inútil. Alegou que, por motivos pessoais, preferiria ficar aqui. Rafa, embora não tenha esclarecido esses motivos, acredito que ficou por sua causa.

— Impossível. Não estávamos juntos nessa época.

— Sim, mas é claro que já havia o interesse, não acha?

Ah, se havia! Eu me lembro de ter ficado muito confuso, não querendo desperdiçar uma oportunidade como aquela, mas o que eu começava a sentir por Rafaela acabou tendo um peso enorme na minha decisão. E Luciana, que não dorme no ponto, não deixou de captar a verdade subliminar por trás da minha recusa.

Bom, um adiamento, na verdade. Porque acabei voltando atrás e abri mão de ter um relacionamento com Rafaela.

Bati a cabeça na parede, de propósito, com cuidado para não fazer barulho e revelar meu esconderijo. Mesmo que eu viesse a me arrepender da decisão de fugir para bem longe — e as chances de isso acontecer eram imensas —, eu simplesmente tinha que ir.

— Nesses trinta dias desde então — Lu prosseguiu —, o jornal não conseguiu recrutar um profissional para realizar a substituição, até porque não havia pressa, já que o outro ainda está lá. Sabendo disso, no sábado Bernardo decidiu mudar de ideia e aceitou a transferência.

Outro momento de profundo silêncio. E, em seguida, uma pergunta que era mais uma afirmação:

— Ele não te avisou, não é?

— Não.

A distância não me permitia julgar como certas minhas impressões, embora eu pudesse jurar que Rafaela estava chorando.

— Quer falar sobre o que ocorreu? — Luciana não sabia, porque não entrei em detalhes. E eu duvidava muito que Rafaela estivesse disposta a esclarecer os fatos.

Mas eu estava enganado. O incentivo da nossa editora era tudo de que ela precisava para ganhar coragem e se abrir. Escutei a versão dela da história, todos os detalhes, desde o verão em Iriri, dez anos antes, até o momento em que Rafaela percebeu que eu havia descoberto o diário. E, pela segunda vez, concluí que não estava preparado para ser o garoto de Rafaela.

— Eu me afundei na cama, Lu, desolada com o fato de Bernardo ter ido embora sem me avisar. — Ela soluçava; eu sofria junto. — Assim que me deparei com o diário intitulado *O garoto da mochila xadrez*, entendi direitinho qual era a de Bernardo. Ele descobriu sobre o garoto, da pior maneira possível. E não me deu a chance de explicar.

— Acho que ele foi muito precipitado — julgou Luciana, o que me deixou com raiva. Só eu sabia quanto aquela história estava acabando comigo.

— Não sei... Eu pensava nos textos, no modo como eu me referia ao garoto... — Rafaela recitou algumas frases, talvez para fazer com que Luciana entendesse. — "Nunca existirá alguém como você. Sonho em encontrar você quase todas as noites. Procuro você em todos os caras de olhos azuis que vejo. Posso viver mil anos, mas nunca vou esquecê-lo."

Apertei os olhos. Não queria reviver nada daquilo.

— Fragmentos do meu diário piscavam em meu cérebro como letreiros luminosos de néon, Lu. E Bernardo leu tudo! E entendeu errado.

— Não sei o que dizer pra te consolar.

— Acho que só uma cama e um travesseiro macio vão ser capazes disso. Tudo bem se eu for embora? Não vou ajudar muito hoje. Não assim.

— Eu ia mesmo sugerir isso. Vá pra casa. Digo aos outros que está doente.

— Essa desculpa não vai colar por muito tempo. O pessoal aqui é bom de interpretação; afinal, são os melhores investigadores de Minas.

— Tem razão. Mas a gente pensa em outra coisa quando se sentir melhor.

— Obrigada — Rafaela agradeceu baixinho. Comecei a me movimentar para sair do banheiro apertado, mas recuei quando ela voltou a falar.

— Quando ele vai?

— Já foi. Viajou hoje de manhã. — Por sorte Luciana mentiu por mim, como havia pedido.

Minutos depois, pude deixar meu esconderijo improvisado — e providencial.

Sem fazer comentários sobre a conversa que acabei ouvindo sem desejar, passei por Luciana e lhe agradeci por não ter me denunciado. Eu teria de esperar um pouco mais para deixar a redação sem ser visto, mas preferi não iniciar um novo diálogo com ela. Não havia clima para isso.

Horas depois, quando a barra ficou limpa e eu pude dar o fora, minha editora colocou a mão em meu ombro e me fez escutá-la:

— Espero que esteja muito certo do que está deixando pra trás, Bernardo, porque, caso venha a se arrepender, penso que a Rafa nunca será capaz de te perdoar. Eu não seria.

O arrependimento bateu bem mais rápido do que eu previa. Mal tinha começado meu trabalho como correspondente internacional e já me culpava por ter sido tão burro. Estava longe de tudo, mas a saudade de Rafaela me atormentava dia e noite, além dos caras do jornal, que me mandavam mensagens constantes, às vezes brigando comigo e me xingando por ter sido um idiota, outras relatando como minha linda estagiária estava se dando bem trabalhando sozinha.

Ao mesmo tempo que o crescimento dela na carreira me alegrava, saber pelos antigos colegas que a Rafa não parecia mais a mesma pessoa — falante, irreverente, animada — me deprimia. E tudo ficou pior quando me contaram que ela havia recusado a proposta de continuar na *Folha de Minas* depois da formatura para ir tentar a sorte em São Paulo, onde mora seu irmão mais velho.

Eu até tentei tocar a vida procurando esquecer o passado e aproveitar minha experiência na Europa. Não parava em lugar algum, sempre cobrindo acontecimentos em todos os cantos do continente. Fiz cobertura de guerras, atentados terroristas, eventos esportivos, mas nada era suficiente para simplesmente deixar de lado a sacanagem que fizera com Rafaela e, de quebra, o fato de ter sabotado um relacionamento que poderia ter dado certo.

Não sou de dar ouvidos a esses lances de destino, sinais do além, nem em nada do tipo, mas um dia, bem quando as coisas estavam no limite — o arrependimento era tão grande que não me deixava concentrar em nada direito —, eu me joguei sobre um banco qualquer do Hyde Park, em Londres, protelando a hora de voltar para o apart-hotel impessoal e solitário onde vivia. Minutos depois, como se não houvesse outros lugares vazios no parque, um senhor pediu licença, com toda aquela cortesia típica dos ingleses, e se sentou ao meu lado.

— Hoje o dia está particularmente belo, não acha, meu jovem? — perguntou ele, puxando papo.

Eu não estava com disposição para interagir, porém não fui capaz de ignorá-lo.

— Sim — respondi automaticamente, curvando o pescoço para cima a fim de observar o céu.

— Foi aqui, neste mesmo parque, num dia bonito como o de hoje, que conheci o amor da minha vida — comentou o velho, saudosista. Mal acreditei que iríamos cair naquele tipo de assunto. Falar sobre histórias de amor não estava entre meus temas favoritos no momento. — Ela era linda. Tão delicada...

Por educação, achei que devia incrementar o relato, demonstrando certo interesse pela história do desconhecido.

— E o que houve?

— Eu a cortejei por um longo período, porque ela não facilitou muito as coisas para mim.

Sorri ao pensar em Rafaela e no modo como nosso relacionamento evoluiu. Ela também não facilitava.

Mas quem resolveu complicar foi você, lembrei a mim mesmo.

— Quando somos jovens, temos o costume de achar que nada pode contra nós. — Ele soltou um suspiro cansado. — Mas como somos burros! Nossas maiores decepções são provocadas por nós mesmos.

Talvez eu tenha sido óbvio ao demonstrar minha incompreensão, já que o senhor completou antes de eu perguntar:

— Eu demorei a conquistar a mulher que amava e não levei tempo algum para perdê-la.

Fiquei esperando mais informações, que não foram dadas. Com outro suspiro, o velho mudou de expressão e me olhou com interesse.

— E você?

— Eu o quê? — Não quis parecer rude, mas eu realmente não consegui acompanhar o questionamento dele.

— Está em qual fase? À procura, mas ainda não encontrou? Encontrou e deixou escapar? Ou é um rapaz esperto, que sabe reconhecer a sorte quando ela bate à porta?

O homem era cheio de enigmas, um pouco caduco, talvez. Mas me fez refletir. Definitivamente eu era o burro da coluna do meio.

Então, um dia acordei sozinho — como todos os anteriores —, olhei para o teto e tomei uma decisão imediata. Nada estava funcionando mesmo. Tinha acabado de saber que a mudança para São Paulo era certa, coisa de dias. Mas antes Rafaela viajaria para Iriri, o antigo balneário no Espírito Santo que nos uniu pela primeira vez, tantos anos atrás.

Pulei da cama em busca de papel e caneta. Para Rafaela, escrever o diário por tanto tempo manteve vivas as lembranças do garoto. Naquele momento acreditei que, se eu pudesse ter uma mínima chance, talvez a conseguisse também por meio das palavras.

Rafaela,

Anos atrás, conheci uma menina. Ou melhor, conheci, não. Porque, para se conhecer, é preciso primeiro dizer "olá", depois "muito prazer" e eu me chamo "fulano de tal". Então, não a conheci exatamente. Só a vi, várias vezes. E, apesar de tê-la achado bonitinha — assim, no diminutivo, pois não passava de uma criança —, foram seus olhos que mais me chamaram atenção. Não porque fossem verdes, ou azuis — cores supervalorizadas em nosso país tropical —, nem porque tivessem um tom raro. Fiquei encantado pelos olhos dela porque eles brilhavam. Imediatamente pensei: Por que os olhos dessa garota estão molhados? Então, com o passar dos dias, percebi que eles não estavam molhados. Eles eram. Sempre.

Nunca tive oportunidade de falar com a menina dos olhos molhados. Ela vivia acompanhada, às vezes por alguns garotos um pouco mais velhos que ela; outras, por uma senhora simpática. Mesmo quando a via pendurada na janela, sozinha, sentia que seus pensamentos estavam perdidos. E eu, por ser novo e bobo, jamais tive coragem de abordá-la, perguntar seu nome, fazer amizade.

Passei parte das férias me dando motivos para falar com ela. A outra metade, gastei me repreendendo por ser covarde. Coisas de garotos, sempre intimidados diante de uma menina bonita.

A última vez que a vi foi o pior dia da minha vida até então. Minha tia, com quem viajei naquele verão, me acordou com uma carta na mão. Não sabia o que estava escrito nela, mas previ que não deveria ser coisa boa, pois o olhar da tia Cris dizia tudo. Era da minha mãe, que havia ficado em nossa casa porque não conseguiu folga no trabalho. Suas palavras foram o primeiro choque de realidade com o qual fui obrigado a conviver. Depois vieram outros, claro. Quanto mais velhos ficamos, maiores e mais constantes se tornam as decepções.

Através da carta, soube que meus pais tinham resolvido se separar. Na verdade, fiquei sabendo que meu pai tinha decidido se separar e até já havia arranjado um lugar novo para morar, deixando todos nós para trás.

Apesar dos meus catorze anos, nunca percebi que eles viviam mal. Sempre imaginei que cresceria com meus dois pais dentro de casa, brigando às vezes, mas juntos. Não consegui chorar naquele dia. Tampouco quis conversar com minha tia e permitir ser consolado. Enfiei a carta na minha mochila e parti para a Praia dos Namorados, a mais isolada de Iriri.

Passei horas sentado na areia, olhando para o mar e digerindo a notícia que abalou meu mundo. Nem notei quando uma chuvinha fina começou a cair. A raiva tem o poder de nos cegar, o que é bom, eu acho.

Então foi assim, cego de tudo, que de repente me levantei e mergulhei nas ondas. Lembro-me de estar com a carta na mão e também de soltá-la, permitindo que as águas acabassem com ela. Como se, assim, acabassem também com minha dor.

Não que tenha funcionado totalmente. Saí do mar com frio, cansado, triste. Até que vi a menina. E nossos olhos se cruzaram por um instante, pela primeira e última vez.

Fiquei anos sem me recordar dessas férias. A separação dos meus pais deixou de ser importante. Minha mãe se casou de novo, com um cara legal. Toquei minha vida sem neuras ou traumas. Confesso que também me esqueci da menina. As mulheres acusam os homens de terem memória curta, e elas estão certas, pelo menos no que se refere a mim.

Só recentemente comecei a ter lampejos com a imagem de seus olhos molhados. Eles apareciam para mim em sonhos, às vezes enquanto trabalhava, até quando assistia ao futebol às quartas-feiras. Engraçado isso, afinal passou tanto tempo...

Porém, a maior surpresa ainda estava por vir. Porque uma coisa é a memória se manifestar do nada. Outra completamente diferente é se deparar com o objeto do seu passado em carne e osso e constatar que ele não só é real, como pode estar empenhado em interferir na sua trajetória. Isso mesmo, Rafa, o destino colocou a menina dos olhos molhados no meu caminho, e eu custei a constatar que era ela bem na minha frente.

Pensei que estivesse louco, assim como você deve estar se sentindo agora enquanto lê estas palavras, nada sem sentido, tenho certeza.

Por isso preciso ver você, falar com você. Caso esteja se questionando como isso seria possível, bem, estarei lá, na Praia dos Namorados, sentado naquele mesmo lugar, esperando por você.

Espero que apareça, minha menina dos olhos molhados.

Capítulo 22

Seja rigoroso ***na escolha*** *das palavras do texto.*
Desconfie dos sinônimos perfeitos ou de termos
que sirvam para todas as ocasiões. Em geral,
há ***uma palavra*** *para definir* ***uma situação****.*

Hoje

Troveja sobre minha cabeça, e eu olho para o céu, indignado. *Pô, São Pedro! Justo agora?* Em seguida entendo que mereço todo tipo de castigo e me resigno.

Estou sentado nas areias molhadas da Praia dos Namorados, contemplando o horizonte cinzento. Há algumas horas joguei a carta que escrevi, ainda na Europa, na varanda da casa de verão da família de Rafaela. Meu coração bate descompassado, ciente da probabilidade de eu jamais ser perdoado — ou sequer atendido.

Nunca mais estive em Iriri depois daquela vez. A cidade está bem mudada, com muitos hotéis enfeitando a orla e as ruas adjacentes. Mas a única razão por eu estar aqui pode ser aquela que vai me fazer jamais voltar.

Devagar, a chuva começa a cair. Ainda que toda a água do mundo deságue sobre mim, não me movo. Por excesso de confiança ou de burrice, permaneço fixo no lugar, até que Rafaela apareça ou me deixe esperando até eu ter certeza de que não virá mesmo.

É difícil prever o que acontecerá. Ela não sabe que o garoto sou eu. Pode estar com medo do autor da carta anônima, por exemplo. "E se for um psicopata?" Rafaela tem o direito de imaginar algo assim.

Essa constatação me pega de surpresa e me obriga a inventar, do nada, um plano B. Caso ela não apareça, terei de ir bater na porta dela. Não desistirei tão fácil.

A chuva já castiga, ensopando meus cabelos e minhas roupas, quando os latidos de um cachorro interrompem meus pensamentos angustiados. Giro o pescoço e mal posso acreditar na figura que corre, a língua pendurada para fora, até mim.

Dom!

Ajoelho na areia e o recebo, fazendo festa em sua cabeça. Ele nunca demonstrou tanto entusiasmo como agora, pelo menos nos momentos em que estive por perto.

— Não imagina como estou feliz em te ver, gorducho! — desabafo, aliviado, como se dedos imaginários tivessem acabado de soltar meu pescoço.

Fico de pé e avisto Rafaela. Mesmo distante, noto muitas coisas: ela perdeu um pouco de peso, e os cabelos, antes compridos, agora estão apenas resvalando nos ombros. Ando em sua direção e reconheço outros detalhes inquietantes, como a vermelhidão nos olhos e a palidez da pele. Me odeio, pois sei que sou o culpado pelo sofrimento da minha eterna estagiária.

Tudo o que penso em dizer é *Me perdoa*, quantas vezes for preciso até que ela realmente me desculpe por ter sido um bundão. Mas, assim que paro diante de Rafaela, meu peito se aperta tanto e eu acabo perdendo a coragem ao enxergar sua expressão, tão ferida e indignada.

De novo a noção de que não sou o garoto projetado pelas fantasias dela me castiga. Só que, ao contrário da outra vez, agora não fujo. Engulo as dúvidas, sorrio um sorriso torto e digo:

— Oi.

De testa franzida e com lágrimas escorrendo silenciosamente pela face, Rafaela não se dá ao trabalho de responder.

— Rafa, desculpe. — Vou direto ao ponto, nervoso. — Sou um idiota.

— Por que voltou pra me atormentar? Acha que, depois de tudo, um pedido de desculpas é suficiente pra apagar sua atitude ridícula? — Ela está muito brava. Mais até: brava e machucada, uma combinação muito perigosa. — Acredita que me contar que é o garoto da mochila xadrez vai mudar alguma coisa entre nós? Pois saiba que não me comoveu, Bernardo. Se o garoto fosse qualquer outra pessoa, eu estaria feliz em finalmente poder conhecê-lo.

Tremo ao ouvir as últimas palavras, porque elas batem com meus piores temores. Por outro lado, o tom de voz, a aparência e a raiva de Rafaela indicam claramente que ela está abalada, sim, ao contrário do que acabou de afirmar aos gritos.

— Se não te comovi, por que está chorando? — questiono, arriscando escutar o que não quero.

— Não estou! — retruca ela, limpando as lágrimas com força usando as costas das mãos.

Nunca tive tanto medo do resultado de uma missão. Sim, fazer a Rafa me perdoar é a minha missão nesta droga de vida.

— Rafa, por favor, só me deixe explicar. Não vire as costas pra mim sem ouvir o que tenho a dizer! — imploro, sem nenhum pudor. Tenho meu orgulho, que não vai me servir de nada neste momento.

— Não me lembro de você ter me dado oportunidade de me justificar. Por que eu deveria fazer o mesmo? — pergunta, os olhos voltados para o chão.

Gotas de chuva pingam de seu novo corte de cabelo.

— Porque você é mais generosa do que eu. — Essa é a verdade. Neguei a ela uma explicação meses atrás porque sou um egoísta, um homem com muitos defeitos. Mas não quero mais ser assim.

Rafaela ergue o olhar. Nele vejo que nada do que disse serviu para alguma coisa. Ali só há incredulidade e mágoa, tanta que Rafaela não se acanha em virar as costas para mim. Mas eu a impeço de seguir em frente, segurando-a pelo braço.

— Não faz assim, Rafa. Só quero que me escute. Depois, se ainda assim for impossível me perdoar, não vou te segurar, prometo.

— Está chovendo — murmura. — Estou com frio. Não vou ficar parada debaixo desse aguaceiro. Não pretendo pegar uma gripe.

Caramba, quantos nãos!

— Vamos pra outro lugar, então? — sugiro, me permitindo ter um pouco de esperança.

Então ela perde a paciência de novo.

— Bernardo, numa boa, você não imagina como estou me sentindo. Primeiro recebo sua carta, o que já foi um choque de mil megawatts. Depois vem você querendo se justificar. Não sinto que consigo digerir tudo isso de uma vez. Portanto não me peça para ouvi-lo agora. Nem aqui, nem em qualquer outro lugar.

Agora. O advérbio sugere que haverá um *depois*, então. É a isso que me prendo, antes de aceitar a derrota.

— Pelo menos vai me dar uma chance? Mais tarde, quem sabe?

A resposta demora a chegar e vem depois de um longo suspiro.

— Sim; preciso entender o que houve, pelo menos pra seguir em frente sem pensar nessa história. Se quiser conversar, apareça à tardinha na casa da minha avó. Pode ser?

— Claro! — respondo mais que depressa, incapaz de segurar um largo sorriso. Finalmente uma migalha de esperança.

Mas é o máximo que vou conseguir agora de Rafaela, que, sem me olhar nem mais uma vez, chama Dom e parte.

Ergo a cabeça e permito que a chuva me fustigue. Permaneço assim por vários minutos antes de voltar correndo para o hotel, me enfiar no chuveiro e dar um jeito de resolver as coisas com minha *menina dos olhos molhados*.

Apareço no portão da casa da avó de Rafaela pouco antes das seis da tarde. Acredito que dei a ela um tempo suficiente para se preparar para mim. Do meu lado as horas se arrastaram, me deixando numa angústia ferrada.

Ela me diz para entrar, mas não me leva para dentro de casa. Ficamos na varanda, sentindo a umidade do clima chuvoso grudar na pele.

Passo as mãos pelos cabelos, a fim de organizar as ideias. Mas tudo o que ensaiei — as falas, as mil desculpas ditas de várias formas diferentes — se torna uma página em branco na minha mente.

— Agora que estou aqui, nem sei como começar — admito, meio sem fôlego. Rafaela até que tentou parecer indiferente ao se vestir de modo desleixado — moletom, blusa larga, cabelos presos —, mas essa falsa despreocupação só me faz duvidar de suas intenções.

— Como já passou um bom tempo, não faço questão de preencher as lacunas deixadas por seu sumiço. Mas, já que está aqui, por que não começa contando o que passou na sua cabeça quando me largou feito uma idiota, toda arrumada, na noite em que íamos jantar fora? Porque, Bernardo, apesar de eu ter me culpado por ter sido descuidada com o diário que escrevia sobre o garoto, de cabeça fria ficou muito claro pra mim que não fiz nada de errado. Nunca fui desonesta com você a ponto de merecer ser magoada daquela forma.

Como contestar tanta verdade? Rafaela está mais do que certa. O título de idiota da história é todo meu, sempre foi.

— Eu sei disso — murmuro.

— Bem que o Marcelo tentou me avisar. Se tivesse sido esperta, jamais teria caído na sua lábia.

Ah! Mencionar o galã do esporte é golpe baixo. Ela sabe que detesto lembrar que os dois já tiveram um lance, ainda que superficial e passageiro. O sangue ferve dentro de mim.

— O Marcelo não sabe de nada! O tempo todo ele quis você, por isso ficou fazendo intriga. E não usei lábia nenhuma pra te convencer a ficar comigo. Pelo amor de Deus, Rafa, será que não escutou nada do que eu disse?

— Escutei, sim. E foi por ouvir demais que me ferrei. — Ela se levanta do banco de madeira onde estava sentada e anda de um lado para o outro. — Bernardo, você não se importou em me comunicar que estava de partida para a Europa. Tem noção de como foi saber sobre isso pela boca dos outros? Aguentei olhares de pena do pessoal do jornal por sua culpa. Portanto, não queira minimizar a minha raiva.

Também fico de pé e repito o gesto dela.

— Não li seu diário por maldade. Quando passei os olhos no primeiro texto, senti uma familiaridade com a história. Continuei por curiosidade. Então as peças foram se encaixando até que tive certeza de que o seu garoto era eu. E foi horrível, Rafa. Acho que naquela hora soube como o Clark Kent se sente em relação ao Superman. Por mais que sejam a mesma pessoa, a Lois Lane não sabe disso. Você também não sabia. Não quis ser o estepe de um sonho seu. Porque só conseguia pensar que nunca seria capaz de substituir a imagem que criou. Preferi me retirar. — Confesso tudo, fazendo questão de mostrar que sou humano. Tenho minhas vulnerabilidades.

Mas ela apenas ri.

— Foi um erro — continuo. — Não demorou nem uma semana pra eu me arrepender. — Baixo o tom de voz quando volto a me sentar. — Quis voltar atrás, mas achei que você não me ouviria por telefone. Então achei melhor dar um tempo em tudo.

— Foi um tempo longo demais — ela declara num sussurro.

— Foi, sim. Agora estou aqui, morrendo de medo de que seja tarde.

Minha garganta se fecha. Preciso empurrar a angústia goela abaixo. Se ela subir mais um pouco, vou acabar afogado nas lágrimas que fazem pressão para sair.

— Não estou mais na *Folha de Minas* — afirma Rafaela.

— Eu sei.

— Vou embora pra São Paulo.

— Sim.

— Você está na Europa.

— Londres. No momento moro em Londres.

— Então não há muito que fazer. — Rafaela prende o lábio inferior com os dentes e movimenta os ombros, como se não se importasse. — Aceito suas desculpas; até entendo seus motivos, embora não concorde muito com sua forma de sofrer.

Estou envolvido por uma nova onda de esperança quando Rafaela me estende a mão, não para me puxar para ela, mas sim como um gesto de camaradagem.

Eu me recuso a retribuir. Não é amizade — apenas — o que quero dela.

— Não entendi. Você está me perdoando *e* se despedindo?

— Ué. Vamos em direções opostas. É educado dizer *adeus*.

— Nossa, Rafaela, tantas pancadas deixaram seus miolos moles. — Perco a paciência. — Estou desculpado?

— Sim.

— Não me odeia mais?

— Claro que odeio! Você partiu meu coração! — Ela grita comigo, vermelha de raiva. — Eu odeio você, Bernardo, com todas as minhas forças. Odeio por ter partido e odeio porque vai partir de novo.

A ira de Rafaela é tão palpável que me atinge em cheio. Dói sentir a dor que emana dela, que se afasta e apoia o corpo ofegante na mureta. Vejo as costas dela subindo e descendo, então não penso duas vezes. Chego por trás e prendo o corpo dela entre o meu e o guarda-corpo de madeira. Minhas mãos envolvem sua cintura, e minha boca paira a milímetros do ouvido de Rafaela, que se retesa, aflita.

— Não vou partir outra vez — prometo com toda a minha sinceridade.

— Vai, sim. — A voz dela soa hesitante.

— Não vou nada — garanto, enquanto deslizo meus dedos por seu pescoço, de acesso fácil devido ao rabo de cavalo. — Prometo deixar seu coração inteiro daqui pra frente.

— Mas vai partir daqui, voltar pra Inglaterra. Não temos futuro — teima.

Eu a aperto ainda mais e esfrego a frente do meu corpo na parte de trás do dela, que luta para não se permitir envolver.

— Não vou voltar. — Tomo a decisão de estalo, mesmo que ela comprometa meu emprego e minha credibilidade profissional. Não tenho forças para deixar Rafaela de novo.

— Mas você não pode...

— Não posso o caramba! — Alcanço meu limite. Cansado de tentar emplacar meus argumentos, obrigo Rafaela a ficar de frente para mim e, antes que seu cérebro processe minha intenção, uno nossas bocas, beijando-a tão desesperadamente que até machuca.

Não demora muito para Rafaela corresponder. Sinto seus lábios acompanhando os meus e as mãos dela apertando meus ombros. Sou tomado por um alívio sem tamanho. Ela ainda me quer. Ela ainda me quer!

Nem o frio, nem mesmo o medo de perdê-la para sempre são suficientes para minguar o fogo que me consome. Em instantes meu corpo deixa transparecer todos os sinais da paixão que sinto por essa menina.

Mais que paixão, até...

— Bernardo... — Rafaela afasta a boca da minha. Gemo em protesto. — Não podemos...

— Rafa, eu quero você, sou louco por você, acho até que te amo. — Engasgo. — Isso não é suficiente pra ficarmos juntos? Finalmente juntos? Depois de tudo...

— Como? Agora que vou me mudar e você é um correspondente internacional?

Envolvo o rosto de Rafaela com as duas mãos e a encaro intensamente de modo que ela nunca mais duvide dos meus sentimentos.

— Temos três opções. Você não precisa se mudar, mas, se quiser fazer isso, posso ir também. E, caso prefira ter uma experiência diferente, vou adorar levar você comigo a Londres.

— Não está falando sério. O que eu decidir está bom?

— Você tem crédito.

Ainda que tenhamos nos beijado intensamente minutos atrás, só agora consigo respirar sem aquele aperto infernal, porque — até que enfim! — Rafaela se lança espontaneamente sobre mim, com um sorriso largo como há muito tempo eu não via. Pendurada nos meus ombros, me funga todo com o nariz, alternando o gesto com beijinhos no meu rosto.

Ai, caramba, que alívio! Esgotei minha cota de burrice pelo resto da vida. Duas vezes é demais até para um sujeito arrogante como eu.

— Que bom! Porque, no momento, a única coisa que quero decidir é... — Rafaela se ergue até alcançar meu ouvido e, com o rosto em chamas, me surpreende totalmente. — Vem pro quarto comigo.

— Oi? — De olhos arregalados, verifico se ouvi direito.

Ousada, Rafaela pula e enrola as pernas ao meu redor e então repete pausadamente, com seu pequeno e arrebitado nariz encostado ao meu:

— Vem. Pro. Quarto. Comigo.

Claro que não peço que fale isso de novo.

Com o coração socando acelerado, eu a carrego para dentro de casa e deixo que me guie até o tal quarto.

Caímos juntos na cama, eu por cima. Então aliso seu rosto com reverência e delicadeza. Estamos prestes a mudar os rumos da nossa história. Não digo que não tenho medo, porque o sentimento está ali, escondido mas presente. Porém ele não vai interferir no momento mais emocionante da minha vida.

— Bê... — Rafaela sussurra; o peito subindo e descendo com dificuldade.

— Linda, posso ser a pessoa daquele garoto de dez anos atrás. Mas quero que esteja ciente de que não consigo ser o *garoto* do diário.

Ela me cala com a ponta dos dedos.

— Shhhh... Não existe mais nenhum garoto, Bernardo. Só o homem na minha frente. Só você.

Sorrio feito bobo e beijo Rafaela. E é assim que passamos toda a noite, entre risos, beijos, descobertas e muito amor.

Imagino que a aparição inesperada do sol nos primeiros minutos da manhã seja uma forma de saudar a mudança de clima entre mim e Rafaela. Depois do castigo imposto pela chuva, nenhum de nós sequer chegou a cogitar que teríamos um dia tão lindo como o de hoje.

Aperto Rafaela um pouco mais entre meus braços. Estamos sentados na areia, contemplando o mar da quase isolada Praia dos Namorados. Não fossem algumas pessoas caminhando na orla, estaríamos completamente a sós.

Respiro nos cabelos da mulher que arrebatou minha vida; último suspiro antes de tocar no assunto que mantenho guardado há tanto tempo, trancafiado de modo a não me assombrar de novo, não mais do que já faz. Mas eu devo a Rafaela sinceridade total, levando em conta o fato de que a quero comigo para sempre.

— Rafa, existe uma questão sobre mim, difícil de trazer à tona... — Ela gira o corpo, encaixado entre minhas pernas, e me encara intensamente. A vontade que tenho é de esquecer a merda toda, o que não é mais uma opção, não depois de eu ter me apaixonado por Rafaela. — Eu tive um filho — mando, na lata.

Rafaela se mostra surpresa — ou chocada, não sei —, porém tenta se recompor sem que eu perceba. Tarde demais. Mas vou em frente ainda assim.

— Ou melhor, quase tive um filho.

— Quase? — ela repete baixinho. Faço um carinho em seu rosto. Posso sentir o coração dela socando o peito. O meu também está.

Para contar essa história vou precisar ressuscitar cada detalhe, desde o dia em que conheci Valentina e ela se tornou uma obsessão, além de um capricho. Então faço isso. Relato o passado, de um modo como nunca fiz antes. Quem conhece a situação é porque passou por ela ao meu lado, mesmo que indiretamente, como minha família e Fernando.

Conto tudo, todos os podres, todas as cenas, até as partes boas — bem menores do que as fodidas. Rafaela escuta impassível, alternando apenas expressões de concordância e incentivo.

— Ela impediu você de acompanhar a gravidez só porque o namoro acabou?

— Sim. E eu, incapaz de imaginar que aquela mulher poderia ir mais longe do que já tinha ido, acreditei que resolveria as coisas quando meu filho nascesse.

Ergo os olhos para o céu, procurando uma desculpa para as lágrimas que teimam em brotar. Digo a mim mesmo que a culpa é do sol, e não da emoção em reviver esse passado sinistro.

Minha voz fraqueja quando continuo:

— Rafa, Valentina era uma pessoa muito doente. Ainda deve ser, mas há quatro anos não sei do paradeiro dela. E nem quero! — Estou enrolando porque dói demais falar o que revelo em seguida. — No dia em que ela apareceu no meu apartamento, depois de me ferrar num trabalho da faculdade ao copiar minha ideia sem o menor embaraço, pensei que eu estivesse ficando louco.

Passo os dedos entre as mechas do cabelo de Rafaela, ainda mais lindos com o novo corte.

— A barriga havia sumido... — murmuro.

Minha namorada pisca várias vezes, demonstrando confusão.

— Sumido? Mas a Valentina não fingiu a gravidez. Você disse que foi a algumas consultas, que chegou até a escutar os batimentos cardíacos do bebê.

Respiro fundo, o coração a mil.

—A barriga sumiu porque meu filho, tão pequeno, tão indefeso, não estava mais lá. — Agora choro de verdade, ainda que silenciosamente. — Rafa, Valentina fez um aborto. Ela interrompeu a gravidez aos seis meses de gestação.

Não dou conta de continuar. Interrompo a história, enquanto Rafaela segura meu rosto com as duas mãos e o leva de encontro ao dela. Nossas lágrimas se misturam e escorrem por nossas faces. Depois ela me abraça, sem exigir saber mais. Contudo, após um tempo, eu mesmo resolvo terminar a explicação. Talvez assim eu me livre de vez da angústia e da culpa que me castigam há anos.

Então revelo que Valentina, ao constatar que eu nunca mais voltaria para ela, achou melhor me punir da única maneira que acabaria de verdade comigo. Procurou um médico que não se importava em executar abortos clandestinos em troca de uma boa grana e, sem remorso, pôs fim a uma vida já em condições de sobreviver fora do útero. Uma monstruosidade.

Fiquei tão arruinado que passei meses procurando encontrar uma forma de assimilar o ocorrido. Enquanto isso, me martirizava por não ter sido capaz de salvar meu filho.

— Algum tempo depois, Valentina se mudou do país, talvez por medo de que eu fizesse algo contra ela. — Rio, lembrando de todas as ideias que tive para acabar com a raça da vagabunda. — E eu me enterrei no trabalho. Só pensava na carreira, no jornal e nos furos que eu queria dar.

Dedos pequenos e macios limpam os sinais de lágrimas no meu rosto. É boa a sensação.

— O que essa mulher fez não tem explicação. Eu mesma gostaria de ter a chance de meter a mão na cara dela.

— Você já provou que é boa de briga. — Beijo Rafaela com carinho.

— Agora entendo por que é tão temperamental — ela deduz.

— Rafa, meu temperamento sempre foi meio torto. Mas você tem um pouco de razão. Muito do que sou hoje é reflexo do relacionamento que tive com Valentina. Fiquei mais desconfiado, menos acessível...

— Mais maduro — completa Rafaela, sorrindo e com o olhar cheio de algo que transmite conforto.

— Verdade. Tive que crescer, no fim das contas, ainda que totalmente desacreditado no amor.

Ela arma um biquinho e esfrega seu nariz no meu, sem deixar de sorrir.

— Espero que recupere logo a crença nesse tal sentimento chamado amor.

— Rafa, preste atenção numa coisa — falo, sem desgrudar meus olhos dos dela. — Não existe a mísera chance de o que vamos viver daqui pra frente ser comparado com o que tive com aquela desgraçada. Nenhum relacionamento é fácil, mas você é boa. Pessoas boas não magoam as outras de propósito. Eu confio em você, não apenas porque te amo, mas por tudo o que observei durante os meses em que trabalhamos juntos.

Ela engole as novas lágrimas e responde baixinho:

— Obrigada.

Franzo a testa, torcendo para que o efeito da careta seja uma expressão bem safada, e retruco:

— Obrigada nada. Vou cobrar pelos elogios. — Deito Rafaela na areia e cubro o corpo dela com o meu. — Como prefere pagar? À vista ou a prazo?

Ela solta uma gargalhada gostosa e me puxa pelo pescoço.

— Dos dois jeitos.

Capítulo bônus

Clássico Cruzeiro x Atlético
Estádio do Mineirão
Belo Horizonte/MG

Até agora não entendo como fui convencido a vir à final do Campeonato Mineiro com Rafaela. Não que eu não esteja interessado na partida. É que, devido a um acordo entre os times, hoje o mando de campo é do Cruzeiro e a torcida é única. Isso significa que atleticanos não são bem-vindos e que a massa azul e branca, crente de que a vitória é mais que certa, ocupa cada pedaço do estádio.

Eu vim, muito a contragosto, porque Rafaela disse que não perderia o jogo por nada. Então estou aqui, à paisana para não ser linchado, rodeado de cruzeirenses sem noção que atormentam meus ouvidos num coro desafinado do refrão:

Nós somos loucos! Somos Cruzeiro!
Nós somos loucos! Somos Cruzeiro!

Não, louco sou eu por ter concordado em acompanhar minha namorada fanática por esportes. O pior é que a dose, ainda por cima, acabou sendo dupla. Mais cedo estivemos no ginásio do Mineirinho, onde a seleção brasileira masculina de vôlei ganhou da Sérvia pela Liga

Mundial. Não que eu tenha ciúmes, mas foi um saco ficar ouvindo os gritos dela todas as vezes que os jogadores iam para o saque ou faziam um ponto a favor do Brasil.

— Ah! Olha o Fábio lá! Olha, Bê! O Fááááábio! — Como se eu não estivesse enxergando, com meus próprios olhos, a entrada triunfal do maior ídolo do Cruzeiro, o goleiro galã.

— Grande coisa — desdenho entre dentes.

— Você está com inveja porque meu time é bem melhor do que o seu.

Solto uma gargalhada debochada, porque um absurdo desses não merece nem ser comentado. Em seguida o time do Atlético surge em campo, debaixo de vaias da torcida de mar..., digo, sofredores. Porque, convenhamos, nosso histórico no maior clássico mineiro é muito melhor. E, levando em conta que o Cruzeiro não vence o Galo há bastante tempo, no final das contas eu serei o único torcedor feliz do Mineirão.

— Vai começar! VAI COMEÇAR! — Rafaela berra no meu ouvido, mais uma vez destacando o que está explícito.

Fico na minha, pois ninguém precisa saber que estou torcendo para o adversário, mas logo no início já percebo que o jogo está mais para a massa atleticana do que para o bando de bundões.

Na primeira oportunidade, o atacante do Galo mete uma bola na trave, calando o Mineirão por um segundo.

— Ai, meu Deus! Que nervoso! — exclama minha namorada, mal se contendo de ansiedade.

— Se eu fosse você, Rafa, seguraria a onda, porque vai ser assim o tempo todo.

— Assim como? — Ela me fuzila com os olhos cor de caramelo em chamas.

— Um sufoco atrás do outro. Você conhece a lenda, né? O Horto é a nossa casa, e o Mineirão, nosso parque de diversões. — Gargalho ao me referir ao fato de que a "casa" oficial do Cruzeiro tem sido sinônimo de muitas vitórias para o Galo nos últimos tempos.

— Veremos!

O jogo prossegue com boas chances de gol para as duas equipes, embora o Atlético esteja ganhando no tempo em que permanece com a posse de bola, o que faz Rafaela soltar um palavrão a cada cinco minutos.

— Seu pai já te ouviu dizendo essas besteiras? — provoco e ganho uma careta em resposta.

O primeiro gol sai meia hora antes de o primeiro tempo acabar e é do Galo. O Mineirão inteiro emudece, perplexo, enquanto eu preciso me segurar para não sair comemorando e tirando onda do bando de cruzeirenses.

— Freguesa! Freguesa! — entoo baixinho, só para Rafaela escutar. Recebo um tapa em troca, mas está valendo.

No intervalo, ela murcha na cadeira e não me dirige a palavra. Mesmo mal-humorada, consegue ser fofa.

— Ei, não fique assim. Vamos virar. — O cara sentado ao lado de Rafaela resolve consolar minha namorada. Eu me levanto e o encaro. Caso não tenha me visto, agora fica claro que estou com ela e não pretendo abrir mão, mesmo que minha namorada seja uma cruzeirense fanática.

— Está querendo provocar briga? — questiona Rafa, de cara amarrada.

— Desde que o folgado aí do lado pare de te azarar, não.

Ela revira os olhos.

— Você não entende. Nessas horas só temos uma coisa na cabeça: confiar que nosso time vai virar o jogo — explica, impaciente. — Não tem ninguém *azarando* ninguém aqui.

— Sei.

Rafaela volta a se agitar quando a partida recomeça.

Logo nos primeiros minutos é visível a melhora na qualidade do Cruzeiro, que impõe um novo ritmo ao jogo. Começo a ficar preocupado, especialmente no momento em que sai o gol de empate. O estádio vai à loucura, igual ao humor de Rafaela, que vibra feito membro de torcida organizada.

— Eu falei! Eu falei!

— Ei, vocês não ganharam nada ainda.

— *Ainda*. Disse muito bem.

Caso o placar confirme o resultado de um a um, haverá prorrogação e, em seguida, disputa de pênaltis. Não sei o que é pior, por isso torço fervorosamente — ainda que sem emitir um único som — pela vitória do Atlético.

Vai, meu Galo!, penso, mas não deixo meu incentivo escapar pela boca.

Porém minhas esperanças acabam sendo em vão. Aos quarenta e dois minutos do segundo tempo, o Cruzeiro faz mais um gol e define o jogo de uma vez por todas. Rafaela se pendura no meu pescoço, em transe.

Por ora, aceito a derrota. No entanto, só eu sei como passarei o resto da noite: tão puto da vida que nem Cid suportará ficar por perto.

Mais tarde, no carro, de volta para casa, Rafaela cantarola junto com a música tocada no rádio. Está toda feliz.

— Se preferir, pode me deixar no meu apartamento — sugere ela.

— Nem morto que o Cruzeiro vai me ferrar duas vezes no mesmo dia.

Minha namorada solta uma risada gostosa, tão espontânea, que acaba me amolecendo um pouco.

— Ai, Bê. Não sei se fico lisonjeada ou ofendida com essa declaração mal-humorada.

Suspiro, resolvido a ignorar a derrota do meu time para o arquirrival a fim de estar inteiro para a noite, que ainda é longa.

— Quando chegarmos em casa, vou fazer de tudo pra esclarecer essa dúvida.

Rimos um para o outro, com amor e expectativa.

— Mal posso esperar — confessa Rafaela. — Mas, Bê, aqui é Zeeeero!

Agradecimentos

A menina dos olhos molhados é o resultado de muita torcida e de inúmeros pedidos de leitores que se apaixonaram pela Rafaela e pelo Bernardo alguns anos atrás, em *Azul da cor do mar*. A todas essas pessoas, que não só me incentivaram, mas também me fizeram enxergar um novo ângulo de uma história que particularmente amei escrever, um obrigada enorme. Sou movida a estímulos e vocês souberam injetar em mim toda a confiança de que eu precisava.

Aos meus familiares, todos (os Carvalho, os Oliveira e os Rocha), muita gratidão e amor. Sou privilegiada por conviver, desde pequena, com tanta gente maravilhosa, que me inspira e ensina sempre: pai, mãe, avós, irmã, sobrinhos, tios, primos, cunhados, sogra... Rogério, João e Hugo, obrigada por me apoiarem e se orgulharem de mim. Amo vocês mais que tudo.

Agradeço a minha agente, Luciana Villas-Boas, responsável por levar esta história ao lugar certo e por acreditar no meu trabalho a ponto de me transmitir a confiança necessária para que eu não fraqueje. Anna Luiza Cardoso e Lara Berruezo, recebam também meu abraço cheio de gratidão.

Ser autora Globo Alt é incrível. Sinto-me confortável e querida nessa casa que me recebeu da melhor forma possível. À Eugenia Ribas-Vieira, editora competente e com um coração de ouro, meu muito obrigada. É um prazer trabalhar com você, bem como com toda a equipe Globo, em especial Camila Hannoun, Sarah Czapski, Renata Zucchini (amo suas capas!), Nathália Bottino, Sara Gandhour, Jéssica Ferrara, Alyster Fernandes, Nanda Ferreira, Cleo Rodrigues e Cássia de Sousa.

Ao time de leitoras-beta desta obra, Iris Figueiredo, Izabela Carvalho, Laís Souza, Luiza Barbosa, Mirelle Candeloro, Naiana Mara e Viviane Santos, agradeço com fervor. Vocês sabem de tudo, de tudo mesmo (detalhes do antes, durante e depois – lágrimas, risos, apreensões).

Muito obrigada a minha amiga Glauciane Santos, beta-mor, que já deve estar cansada de ler seu nome em meus agradecimentos, mas eu nem ligo. Vou ser grata para sempre, afinal deixei de ser escritora solitária por causa dela.

Amigos e alunos da Escola Nossa Senhora Auxiliadora, em especial nonos, segundo e terceiros anos de 2016, o apoio de vocês não tem preço.

Valéria Zinato de Souza, Elisa Polesca, Maria Angélica Moura, Nádia Lopes, Mônica Guiciard, Aline Monteiro, Aline Braga, amigas de uma vida que disseminam meu trabalho e me fazem ir sempre adiante, obrigada!

Escritores brasileiros, companheiros de jornada, recebam meu reconhecimento através destas poucas palavras. À Bianca Briones, uma das pessoas mais sensacionais que a literatura nacional me apresentou, um beijo gigante. Você me inspira com sua sensibilidade. Chamá-la de amiga é uma honra para mim.

Por fim, registro meus agradecimentos aos blogueiros, livreiros e leitores. Sem vocês não haveria motivação suficiente para a criação de tantas histórias. Escrever é essencial para mim. Ser lida, um privilégio. Aos meus grupos de fãs (WhatsApp, Instagram, Facebook), um abraço caloroso. Adoro vocês!

Este livro foi composto nas fontes Fairfield e Delicious
e impresso pela gráfica Lis
sobre papel pólen soft 70 g/m²,
em setembro de 2017.